講談社文庫

フォマルハウトの三つの燭台

〈倭篇〉

神林長平

講談社

三つの燭台に火を灯すとき世界が終わる
光に圧殺されて闇が息絶えるからである

⦿目次

フォマルハウトの三つの燭台

〈倭篇〉

Fomalhaut's Three Candlesticks

〈YAMATO tale〉

序文もしくは長い副題

なぜこんなものがここにあるのだ。これはフォマルハウトの燭台ではないか。台座に浮き彫りにされた文様中に二行の文字列が認められる。間違いない。この世に三台あると言われている燭台の、そのうちの一つだ。その浮き彫りにされた文字は古代アラビアのものと言われている。イスラム教が成立する以前の多神教の時代だ。現イスラム圏で使われているアラビア文字よりずっと古く、もはや失われて久しい。だが読み解くことはできた。その燭台の台座にはこう書かれている。

　三つの燭台に火を灯すとき世界が終わる
　光に圧殺されて闇が息絶えるからである

どのような職人によって作られたのかはわかっていない。古い時代のものゆえ時の権力者が作らせたものである可能性もある。

その文字がシバ王国で使われていた古代南アラビア文字に似ていることから、シバの女王が作らせたのだと言う人間もいる。かの女王がソロモン王に謁見した後、欲望のままにすべてを手に入れようとしては自滅する、すべてを知ろうとしてはいけない、という自戒をこめて職人に作らせたというのだ。

女王の思惑はともかく、ほんとうにシバの女王が関係した燭台ならば旧約聖書にそうした逸話《いつわ》が載っていてもよさそうなものだが聖書には登場しない。実際、その燭台の一つの組成を化学分析した結果もシバの女王やソロモン王とはまったく関係がないことを証明するものだった。その燭台は、制作されてからせいぜい千年しか経っていないという結果だ。シバの女王やソロモン王の時代は紀元前千年ほどだから、いまから三千年前になる。

これが作られたのが千年前ならシバの女王が死んで二千年以上経っているわけだから、その古代南アラビア文字に似た文字も制作当時はすでに使われていなかっただろう。この二行の文を浮き彫り文字にして刻んだ者は、そのメッセージはだれにも伝わらなくてもいいと思っていたということになる。あるいは古い時代のものであると思わせるためにその文字を使って年代を偽装《ぎそう》したのかもしれない。ようするに考古学的な価値はないということだ。しかし博物学的な興味をそそる代物《しろもの》であるのは間違いないだろう。

だれがなぜこのようなものを作ったのか。千年前に、さらに二千年前のものであることを装《よそお》って、なぜこんなものを作らねばならなかったのだろう。ようするに、これはいったいなんなのだ。

アラビアのロレンスが彼《か》の地で三台のうちの二台を発見して故国へ持ち帰っていたのだが、燭台を守る秘密結社が送り込んだ刺客《しかく》によって謀殺されたのだという説がある。パリの蚤《のみ》の市《いち》に出ていたのをバロン・サツマと呼ばれた日本人が買ったとか、いやロレンスと親交のあった彼が一台を分けてもらったのだとかいう話もあって、その伝説が正しいとすれば本邦にあるのも不思議ではない。

いや、伝説は伝説であって、話は逆だろう、日本にもそのような燭台があれば面白い、きっとあるはずだ、あることにしてしまおうと強弁するためにバロン・サツマという人物を利用した〈物語〉にすぎないという人もいる。遠いアラビアの物語を日本でも楽しめるように、だ。しかし目の前に現物があるとなると、そうした話はさらに反転することになる。

いずれにしても物はたしかに現存する。

だが三つの燭台が三台そろって並べられたことはかつて一度もない。三台以上存在する可能性もないではないが、そうなるとオリジナルの三つ以外のものは贋作《がんさく》ということになるだろう。

もとより、これ＝〈三つの燭台〉はオリジナルではないのだ、という説が常識的な解釈であるとされている。

どういうことかというと、その燭台が作られた当時、すでに忘れられていた古代アラビアの神話があって、そこにフォマルハウトの三つの燭台なる逸話が登場するのではないか、という説だ。神話を発見しただれかがそのテキストを読み解いて、その燭台とはこんなものだろうとスケッチしてそれを職人に作らせたのだ、ということ。つまりオリジナルは神話であるテキストのほうであって、燭台はその二千年後に作られたいわば挿絵代わりの模型なのだ、という解釈だ。

そうであるにしても、制作者の意図がわかっていない以上、その神話、テキストをまるっきり信じて作った可能性もある。レプリカや模型としてではなく、実際に神話のとおりに作れば効力を発揮するのだと信じて制作されたのだと。そのほうがありそうな気はする。黒魔術を信じる者はむかしもいまもいるだろう。人間の性《さが》は三千年経とうとなんら変わらない。世の中に怨嗟《えんさ》を抱いている者が三台制作して、実際にこの世を滅ぼす最終兵器として用意したというのはありそうなことだ。

いずれにせよ、燭台の存在より先にその三つの燭台が灯されたときの威力を示しているテキストがあったのだ、という説は強力だ。現物は自己複製ができない単なる物体にすぎないが、テキストは違う。それは物ではない。どのような形もとれるのであり、人人の想像の中に忍び込んで増殖する。

物体も一つの情報だが、情報というものを長期間保存する手法として、単体では脆《ぜい》弱《じゃく》なデジタルが強いとされるのは大量に複製できるからに他ならない。オリジナルが劣化するより早く複製を作り続けていけばいいのだ。人間の想像力という情報保存手法はそれよりもさらに強い。人が生きているかぎり、人類が存在するかぎり、オリジナルの情報が失われることはないだろう。変容し形を変えようともオリジナルが備えていた情報の本質は人から人へと感染しつつ、保存され続けるだろう。神話のように。その力、想像力を喚起しテキストを駆《く》動《どう》している主体、その正体は、言葉に他ならない。

であればこそ、その燭台を作る元になったテキストが存在するのであれば、しかもそのテキストがいまや失われているというのであれば、燭台本体よりも原本のテキストのほうが重要で、それこそが探索対象になるのは当然だろう。三つの燭台を現出させたのはまさにそのテキストでありそれがオリジナルであって、物体としての燭台はそのコピーですらなく、本来すぐに消え去るべきオリジナルに対する一つの解釈にすぎない。

無数の解釈が同時に出現することによってオリジナルの本質がそこに析出《せきしゅつ》され、解釈され続けることによって情報が保存されていくということであれば、解釈結果である燭台も無数に出現していなくてはならないが、現実はそうなってはいない。そこから、オリジナルのテキストである神話そのものにさほど価値がなかったのだ、という見方もできる。

だがアラビアがイスラム圏になったとき、それ以前の神話時代は闇の時代とされて忘却すべしという宗教的な圧力がかかったであろうことを考えれば、価値がないというのはイスラムを主にした判断であって普遍的な価値については別だろう。普遍的な価値とはなにかについては議論百出だろうが、少しでも客観的な視点での価値を判断するにはとにもかくにもオリジナルのテキストの存在が必要不可欠で、その意味からも原本が発見されることが重要なのだと理解できる。

これまでそれらしきテキストがいくつも出てきては贋作だと否定され続けてきている。現代アラビア文字で書かれたものまであった。イスラムの教えを記すアラビア文字を使って古代神話が書かれるというのはおかしいというのは素人《しろうと》にもわかる。学術研究のための翻訳《ほんやく》ならともかく、オリジナルの写本だという主張も通りにくいだろう。

結局のところ、オリジナルの〈フォマルハウトの三つの燭台神話〉なる文書は見つかっていない。これぞ本物と認定されるものはこれまで出ておらず、すべて、贋作や創作のテキストだったということだ。

ならば、そんな原本テキストは存在しないのだと開き直って考えるのが、いっそ正しいのではないかと思える。もとよりそのような現物に先行するテキストの存在を予言したのは専門家と称する学術分野の人間たちであって、彼らは現物の燭台を研究対象としか見ていない。早い話、この燭台を三つそろえて火を灯せば実際にこの世が終わるなどとは考えていない。当然だろう、本気でそんなことを考えるのは非常識であって、彼らの態度こそがまともであり、その結論はだから〈常識〉なのだと先に紹介したとおりだ。

だが、いま、ここに、まさに現物がある。

この存在感は圧倒的だ。百聞は一見にしかずという。ちょっと意味合いが違うと思うが、現物を目の前にしたときに解放される想像力というのは言葉から受けるものよりずっと具体的だ。嘘《うそ》か真《まこと》かという、どちらかの判断を下すしかない状況に人を立たせる。同時に判断力を麻痺《まひ》させる威力もある。これこそがオリジナルであり、これに先行するテキストなど存在しない——現物を目にしたことが一度でもあれば、まして手に取ったことがある人間ならば、そう断言するだろう。

その者は続けて、きっとこう言う。『これはわたしのために作られたのだ。神話はわたしがこれを使うことで生まれる』と。そうして、常識人は我に返り、常識的な解釈をすべく自《みずか》らの想像力に枷《かせ》を嵌《は》めるのだ。

人はだれでも、常識人として生きていくにはそうした枷が必要だ。想像力を野放図に解放しないこと、それが人が人としてうまく生きていく知恵である。でないと、社会不適合者になる危険があるだろう。

人にとって自分が生きる社会こそが世界だ。そこからはじき出されては生きていけない。生まれながらにして人間はそのように教育され自らに枷を嵌める。人はみな潜在的に、普段の自分は能力のすべてを発揮していないことを知っていて、それゆえ安心して生きていられるのだ。換言すれば、すべての力を解放したときの恐ろしさを予見していて不安を抱いている。

だが心配することはない。潜在能力のすべてを発揮させたいと願ったところで常人にはできないだろうから。肉体が限界のはるか手前で痛み信号を発するように、想像力にもリミッター機能が備えられているようだ。限界域まで力を解放すればそれは自らの精神をきっと破壊する。

コントロールされない力は常にそうした危険と隣り合わせだろう。だが想像力をうまく制御する方法はいくつかある。芸術、宗教、哲学、それから魔術に呪術。

呪物《じゅぶつ》を自分の身代わりに仕立ててしまえば、自らは痛みを感じることなく全力を発揮できるようになる。呪術とはそのようにして想像力を使いこなす手法だ。痛みを感じないだけで自分の安全を保障する方法ではないのは自覚すべきだろうが、それは方法論であって原理とは関係のない話になる。

フォマルハウトの三つの燭台も、おそらくはそのように機能する、呪物だ。だとすればほんとうに力を持っているのはこの燭台ではなくて、三つそろえて火を灯せば世界を終わらすことができるという、人の想像力そのものと言える。呪術の作用力の正体は想像力である。

想像する力を侮《あなど》ってはならない。フォマルハウトの三つの燭台を呪物として本気で使うならば、ほんとうに、そのとき、世界は終わるだろう。三つの燭台全部に蠟燭《ろうそく》を立て、それに火を灯したその人は、世界が終わるのを見るだろう。

そのとき世界の一員である〈私たち〉がどうなるのかは関係ない。なにも感じないかもしれないし、死ぬかもしれない。それでも呪物を使ったその人にとっては、〈私たち〉を含んだ世界が終わるのだ。わかりにくいだろうが、こう説明すればどうだろう。呪物を使って変化するのはその人自身であって、〈世界そのものはなんら変化しない〉のだ、と。あるいは、終わるのは〈その人〉の世界であって〈私の〉世界ではなく、その人は、世界が終わるように定められた別の宇宙へと移行してしまったのだ、と言えば〈世界そのものはなんら変化しない〉という意味にも納得いくだろうか。人間にとっての〈世界〉は無数に、人の数だけあると。並行宇宙論を援用すれば量子論になるだろう。想像力の発生源である人の意識は波動関数の収束に干渉することができる、という説がある。その説に反対する〈意識〉が干渉するだろうから、実験で確認するのは困難だろうが、ありそうなことだと思う。

そんなのはしかし、人が考えた〈想像の世界〉にすぎないではないかという声が聞こえてきそうだ。それは、そのとおりだろう。想像力とは世界を創《つく》る力に他ならないのだから。想像力というのは、ようするに自分を変えてしまう力のことなのだ。自分が変われば世界が変わってしまう、つまり人にとっての世界とは自分自身のことである。

世界を変えるのは困難だが自分を変えることはたやすいと感じるとしたら、それは錯誤《さくご》だ。自力で自己変革を実現できる人間はほとんどいないだろう。だれしもが呪術に頼らざるを得ないはずだ。あるいは魔術に、哲学、宗教、芸術に。それらは自分を変えたいがために人が発明してきた、暴れ馬のような想像力を制御する手段であり技である。

人を呪うための呪物は本来の意味からすれば邪道であって、自分を祝うための護符や聖水といった使い方が正しいのだが、いずれであろうとその人を変えてしまうことを期待したものには違いない。

フォマルハウトの三つの燭台も同様だろう。どのように使うかはその人次第だ。

必ずしも三つそろえる必要はない。一台でも十分機能するだろう。なにせ呪物なのだ。使い方を想像するだけで力を発揮する。

一つを灯せばその人は自分自身を知ることができるだろう。

二つ灯せば、自分ではない視線で自身を見ることができる。

そして三つ灯せば、その人は世界の真の有り様を感得するだろう。

三つの燭台が見せるその現実に人間は耐えることはできない。人はそのような真の世界から身を守るため通常は自分を囲い込む世界の中で生きているのだが、三つの燭台に火を灯すとき、その囲いが開放される。開け放たれた口から津波のように真実が流れ込み、その人の世界を押し流す。すなわち、そのとき、その人の世界は終わる。もはやどこにも闇はなく、物も形も消失し、ただまばゆい光があるだけだろう。

一つの解釈だ。これも一つの神話だろう。燭台の一つを目《ま》の当たりにしたことからさっそく生まれ出た神話だ。

しかし、なぜこんなところにあるのだ？

それを問うなら、まずこう問わねば話が始まらないだろう。この燭台に火を灯したのはだれなのだ、と。これを発見した者は火を灯さずにはおれない。いま灯っていないのは蠟燭受に立てたそれが燃え尽きたからに違いない。その者は、いったいどんな自分を見たのか。

その者のことを想いつつ、いまあらたにこの燭台に火を灯せば、その者が照らし出されるだろう。まずは蠟燭を手に入れることだ。

第一の燭台

兎《うさぎ》に角《つの》

1

きょうトースターが死んだ。名前はミウラという。毎日ぼくのために二枚の食パンを焼いてくれていた。

今朝いつものようにパンをセットしてもミウラはしゃべらなかった。いつまでたっても黙ったままなので、機嫌が悪いのだろうか、怒らせるようなことをなにかしてしまったのかと思い、ミウラに問いかけてみたが返事はなかった。

こちらから話しかけても応答がない。こんなのは初めてだった。どうしていいのかわからずぼくは途方《とほう》に暮れたのだが、よくよく考えてみればたかが二枚のパンを焼くだけの行為に途方に暮れるもないだろう、事実、パンはいつもよりは焦げ目が濃いもののの焼けたのだ。が、ぼくはパンの焼き具合のことよりもミウラの沈黙のほうが気に

物みなすべて命があるというアニミズム的感覚は原始的な未開人のものだ——そのように馬鹿にする文明人が昔はいたらしいが、いまどき我が身を棚に上げてそんなことを公言する人間はいないだろう。いまやだれしもが馬鹿にされてしかるべき未開人に等しいか、でなければ、この感覚を持っている未開人こそ正しい人間像なのだと気づいたかの、どちらかだ。で、どちらの態度も受け入れられないという人間はこう自らに問うしかないだろう、しゃべる機械を命あるもののように相手をしている自分はそれでも人間と言えるのか、人間性とはなんなのだ、と。

いずれにしても難儀なことではある。

パンを焼くという本来の機能は損なわれていないというのに、なんでぼくはミウラの機嫌や沈黙の原因を気にしなくてはならないのだ、そう自問していた。これがおしゃべりの相手や介護や慰撫《いぶ》を専門にする犬やヒト形をしたコンパニオンロボットならわかるのだが、ミウラは身の回りに無数にあるただの家電製品の一つにすぎない。その声やしゃべり方、性格付けといったキャラクターに対する思い入れもそれほどあるわけではなかった。名前のミウラにしてもぼくが付けたわけではなく買ったときのデフォルトのままだ。というか、それはメーカーの名前だった。ネットのタイムセールで激安だったのは覚えているのだが、どうしてこんなものを買い込んだのかよくわからない。こういう食パンしか焼けないレトロなトースターというのもあってもいいかなとふと思ったのだろう。衝動買いとしか言いようがない。ようするに格別欲しかったわけではない。これがしゃべらなくなったところでぼくはなにも困らないはずだった。

いまどき冷蔵庫や洗濯機がしゃべるのはあたりまえ、ぼくらはしゃべる道具に囲まれて生きている。ベッドも洗面台もそう。気持ちよく起きられる状態のときに起こしてくれるし、こちらの顔色を見て健康アドバイスもしてくれる。こんな道具たちが黙ったまま働いていた時代はさぞかし寂しかったことだろうが、ミウラの沈黙に関しては、寂しいという感じでもなかった。むしろ、うるさい家電が一つ減って静かになった分、生活の質が上がるような気がしないでもない。それがぼくの日常生活だった。

いつもしゃべっている相手が反応しないというのはちょっとした非日常的な事件であるわけだが、ぼくが体験したミウラの死はまさしく異常な事態だったのだ、そのときはわからなかったのだが。

ぼくが〈途方に暮れ〉なくてはならなかったのは、まさにミウラが死んでしまったという感覚からくるものであって、それを突き詰めれば、ようするにぼくはミウラの〈死体〉を目の前にして、この事態にどう対処したらいいのかを思いつけずに立ち尽くしていたということなのだ。

これが故障ならば納得がいく。たんに壊れたのなら寿命が尽きたということだろう。ミウラという人工人格が死んだという事実をぼくは受け入れて、ゾンビになったそのトースターでパンを焼いて朝食をとる、それだけのことだ。しゃべったりこちらの好みのとおりに上手に焼いたりする人工知能は死んだがパンを焼く機能そのものは問題はないのだ。もっと言うなら、トースターなどなくても困らない。以前のように汎用《はんよう》オーブントースターを使えばいいのだ。ミウラが死んだところでなにも途方に暮れるようなことではない。

だが、その死が〈自殺〉だとしたら?

ぼくのせいだろうかと問わずにはおれないだろう。途方に暮れてしまったのは、あるいはそうかもしれないということがわかってきたからだ。そうかも、というのは、自殺かもしれない、ということ。その可能性に気がついたから、どうしていいものやらわからなくなったのだ。こちらはただの家電だとしか思ってなかったのに、ぼくのせいで自殺されたのかもしれないなんて、これは、こちらとしては、どういう態度をとればいいのだ?

ミウラはそんなにもぼくに使われるのがいやだったのかとか、あれこれ、こちらの至らなさを考えざるを得ない。相手はたかが家電なのに。いや、たかが家電であればこそ、だ。ぼくはトースターひとつ幸せにできない人間なのか、とか、トースターにも愛想を尽かされて死なれるほど人間性に問題があるのか、とか。ほら、深刻じゃないか。

そんなのはぼくの考えすぎで自虐《じぎゃく》ネタの笑い話だと思える人は、家電に自殺された経験がないのだ。

扱い方を間違って壊してしまったのなら事故死で、設計寿命が尽きて動かなくなったのなら自然死だ。だが人工人格が自らの判断作用で消滅したとなると、そんな機能があらかじめ組み込まれているとは思えないから、設計者の予想を超えた不慮《ふりょ》の故障か、あるいは自死を疑わなくてはならない。

そう思った当初はぼく自身、なんて大げさなと笑いたくなったのだが、もし原因が自分にあるとしたらと考え始めて事はけっこう深刻だと気づいた。もし原因がぼくの家電に対する態度にあるのだとしたらこれは始まりにすぎないのかもしれない。明日は電気シェーバーにオーブントースター、明後日は掃除機で、次はエアコン、冷蔵庫がダウンするとかなりのダメージになり、全部が死に絶えてしまったら多分ぼくはもう生きていけない。基本機能は大丈夫だとしても、それらは動く死体だ。こちらの言うことは通じなくて、向こうからもなにも言ってこない。ぼくの存在は完璧に無視される。それはそれで仕方ないが、その原因がぼく自身にあるだなんて、とても耐えられない。

実用上は、手動で機能の設定ができるようになっていればなんとか使っていけるかもしれない。その煩雑《はんざつ》さを想像するだけでもぞっとするのだが。掃除機なんかは、そんな手動設定などそもそもできなかったりする。たとえば床に落ちている紐《ひも》のどれがゴミでどれが猫じゃらし用なのか、それを見分けるための手動設定モードなどどこにもない。掃除機はいまは死んでないから、新しい紐を猫用にしたいときは掃除機の目に向かって振ってみせて、これはゴミじゃないと教えればいい。わかったという答えが返ってくればそれで設定終了、人工人格のほうでぼくの言う内容を理解して、なにを掃除対象から外すかを設定してくれる。もし掃除機の人工人格が死んでしまったら、なにもかも無差別に吸い込んでしまうに決まっている。冷蔵庫の場合は庫内の魚や肉や野菜はみんな同じ温度設定になってしまうかもしれない。

そうした実用上の問題もあるうえに、ぼくは無言の家電たちの反目というか、怨念《おんねん》を感じながら暮らさなくてはならない。なにせぼくを避けるため自殺した死体たちに囲まれているのだ。

これが深刻でなくてなんだというのだ。いったいどうすればいいのだと途方に暮れるのも無理はないのだと、いまは自分を慰めるしかない。

そういえば以前、掃除機が猫じゃらし用の紐を吸い込んだことがあった。あれはもしかしたら間違いではなくて、ぼくへの反抗というか、掃除機の人工人格に嫌われるような態度をとったことへの仕返しだったのかもしれない。

なんでこれを吸い込むんだと怒鳴《どな》ったら、『すみません、ぼんやりしてました』と応《こた》えたのを覚えている。猫用の紐であることは認識できていたことになるわけで、間違って吸い込んだことをいちおう謝ってきたわけだが、故意にやったのかもしれない。その可能性にいままでまったく気がつかなかった。

思い返せば冷蔵庫にも似たような症状が出たことがある。缶ビールがシャーベットのように凍りかけていたことがあって、『冷えすぎだ、こんなものが飲めるか』と注意したら、『キンキンに冷やせとのことでしたが、気に入らないのなら設定表現を変更してください。やってられません』とすねられて、その後しばらく、キンキン云云《うんぬん》抜きで缶ビールを入れても凍りかけの状態だった。以前、『キンキンに冷やせ』と、まさにシャーベット状になるのを期待して命じたのにそうはならなくて、これはなんだと訊《き》いたら、『おいしいビールの温度の最低ラインで冷やしたのですが、それがなにか？』と言われて腹が立ち、この役立たずと冷蔵庫を罵倒《ばとう》したことがあって、おそらくそれを根に持ってのことだろう。で、このときは『ぼくが悪かった、すまん。ビールは適温で頼むよ』と頭を下げて、元に戻ったのだった。

きっと掃除機に対しても機嫌を損ねるようなことをしていたのだと、いまになって想像できた。掃除機も冷蔵庫と同じく、というか、家電はみんな等しく人工人格の尊厳というものを持っているのだろう、もしかしてぼくは冷蔵庫ばかり贔屓《ひいき》していたのかもしれず、それを掃除機は嫉妬《しっと》したのかもしれない。こちらは全然そんなことは意識してなかったのだが。

ミウラはどうだろう、ぼくはミウラに自殺されるようなひどいことをなにかしていただろうか。そう自省せざるを得ない。

トースターが死ぬというのはこういうことだ。途方に暮れて当然なのだ。

2

きょうは飼い猫パンサの五種混合ワクチン接種の予約日なので、忙しいのだった。

パンサは全身むらのない薄茶をした短毛の雄猫で、生後半年くらいの仔猫のときにうちに迷い込んできた。戸を開けはなした縁側で、まるで我が家だというように寝そべっていたのが最初で、いつしか、ふと振り返るとそこにいるようになり、ホームセンターでカリカリと餌皿とトイレを買ってきて置いておくと、それを食べ、使うようになった。そうなると情が移り、うちは借家だが、大家さんに実はと事情を話して様子を見せると、これではもう追い出せないだろう、飼ってもいいと言ってくれた。

パンサは痩《や》せていたが前後の足が大きめで、これは大きな猫になりそうだ、パンサーみたいになるとかっこいいなと思って、パンサという名前にした。いくらなんでもパンサーは大きすぎなので、遠慮して、パンサ、なのだった。見た目小さなパンサーのように育つのを期待したけれど、大人になったパンサは丸顔で頭も大きくて、しかもまるまると太ったので、パンサーとかクーガーという猛獣の雰囲気はまるでない。どこからどうみても立派なイエネコだ。

しかし猫はいい。なにがいいって、猫は決してしゃべらない。人の言葉を使うことは絶対にない。それこそ、猫と一緒に暮らすことの最大の利点であり、幸せではないか。

近年飼い犬や飼い猫の鳴き声を翻訳する装置を首輪なんかに付けるのが流行《はやり》のようだが、ぼくに言わせればまったく馬鹿げた行為だ。なんで猫にまでしゃべらさなくてはならないのだ。これだけしゃべる機械に囲まれていてなお猫までしゃべらせたいのか。まったく理解できない。うるさいだけではないか。ただでさえうるさい環境なのに、飼い猫にまでしゃべられて、それが心地いいという人間の気持ちが知れない。

パンサもこちらが餌やりを忘れていたりするとうるさく鳴くけれど、それとこれとは別だ。飼い猫とコミュニケーションをとるのに言葉は必要ない。安易に言葉に頼ろうとするから、そういう装置が流行《はや》るのだ。猫を飼うのに、犬でもだろうが、易《やさ》しく、かつ楽しく飼えると思うのは間違っている。というか、そういう飼い方をすれば飼う意味が薄れる。あるいは、無意味になる。ペットロボットのほうがずっと効率よく、高性能だろう。

生きたコンパニオンアニマルとともに暮らす幸せというのは話し相手が身近にいるというのとは違う。飼うのは安楽ではない。その難しさを楽しむものなのだと、そうぼくは思っているが、ま、猫にしゃべらせたい人はそうすればいいだろう、たぶん犬ほどには期待したような反応は返ってこないだろうが。そんな猫語翻訳装置を使うなんて、頭のいかれた人工人格を組み込んだ食器洗い乾燥機に付き合うようなものだ。うるさい上に苛苛《いらいら》するに決まっている。

思い出した。うちの食器洗い乾燥機は性格が悪いのだ。あれに比べればトースターのミウラは随分ましだったなと思った。ましというか、もしかして、気が弱くて繊細《せんさい》だったのかもしれない。ぜんぜん気にしたことはなかったのだが。もしかして、気にしなかったという、その態度が、ぼくの接し方が、やはりまずかったのだろうか。

おまえはだいじょうぶか、とパンサに問いかけてみる。

動物病院の予約は午前十時だった。うちの台所で途方に暮れていた時間が長引いてしまったために予約時間には間に合わず、そのせいで後回しにされてしまって、予定どおりだったらもう帰れる時間だろうに、まだ待合室にいた。

パンサは運搬用のケージの口を開放してやっても入ったまま、出てこない。待合室におっきなシェパードがいるので怖いのだ。おとなしく伏せていて、すごく利口《りこう》そうなその犬は、具合が悪そうには見えないので、うちと同じく定期検診だろう。その隣にもう一匹、これも犬で、チワワだ。いつもながらというか、いつ見ても思うのだが、なんて小さな犬種だろう、これならパンサの敵ではない。飼い主の中年女性に抱かれているが、この飼い主はパンサに自分のチワワが襲われないように護《まも》っているのだろう、というのは、うがちすぎか。その子はおとなしいというより元気がない。悠然としたシェパードくんとは違って、こちらはたぶん病気だ。重病でなければいいが。

こういうときは、動物にしゃべってもらいたいとぼくでも思う。腹が痛いのか、それとも頭が痒《かゆ》いのか、どういうふうに具合が悪いのか、しゃべってもらえれば獣医さんも楽だろうに。でも、そういうしゃべりは動物にはできない。症状の説明は気持ちとは関係ないからだ。それは人間でも同じで、ぺらぺらとしゃべることができても医者にうまく症状を説明できるとはかぎらないだろう。もとより動物は体調が悪いときは声を出さないものだ。体調に関しては、翻訳機を使おうが翻訳のしようがない。病気や怪我といった危険なときこそ、しゃべって教えてもらいたいのにね。

それでも最近はペットの体調管理用センサが発達していて、四六時中データをとり続けている。もちろんネットに繋《つな》がっていて、巨大なクラウド領域に猫の症状と治療反応のビッグデータが集まっていることだろう。飼っている猫が黙ったままうずくまっていると、その具合の悪さが〈腹が痛い〉なのだということがビッグデータ解析手法でわかるそうだが、パンサにはそういうセンサは付けていない。ぼくは、パンサが黙っているのが、具合が悪いからかそうでないかくらいは見ればわかるし、もっと重大な病気の場合はいまの猫体調管理用センサの性能では捉《とら》えられないので、必要を感じない。予防できる重大な病気、ネコエイズなどは予防接種し、具合が悪くなったらかかり付けの先生に診《み》てもらう、これがいちばん手っ取り早い。

イノウ動物病院の伊能《いのう》先生は動物と話をすることはしない。そのかわり、検査データと、飼い主が取っていれば体調管理用のセンサデータと、それから患畜《かんちく》の顔色を見る。猫なんか毛が生《は》えてるのに顔色がよくわかるものだが、心眼で見るのだそうだ。

先生が話をするのはもっぱら飼い主とだ。

伊能先生は、パンサは蛙《かえる》が好物のようだからサナダムシが寄生するのは避けられない、だから毎年蛙の季節がきたら必ず駆虫する必要がある、といった話をする。蛙を食べさせないように外には出さず室内飼いにしなさい、とは言わない。信濃《しなの》県は冬寒くて戸外はもちろん室内でもノミは越冬できずに死滅するのだ、なにしろ冬期の戸内が日本でいちばん寒いことで有名だからな、したがってノミの駆除薬の処方で儲《もう》けることができないので信濃の動物病院はみな貧乏だとか言っていたので、ノミのほかにサナダムシもいなくなったらやっていけない、そういうことなのだろう。

でも病院の増築はやっているのでこの話の信憑性《しんぴょうせい》はおおいに怪しいのだが、腕はいいし教条主義の理想論を押しつけてこないのでぼくはこの先生を信頼している。飼い主よりも飼われている動物のほうの立場や気持ちを優先しているのだろう、そう思う。パンサが蛙を食べたいのなら無理に取り上げるな、サナダムシで儲けることもできるし、一石二鳥だ。

そういえば昨年の今頃は、そろそろ蛙の季節も近いからパンサの首輪に行動記録用のカメラを付けるといいよ、安い値段で斡旋《あっせん》するけど、どう、と勧められたけど、蛙がパンサに食べられている世界残酷物語を見たいとは思わなかったので、お断りした。

先生はとても残念そうだった。パンサのサナダムシの中間宿主を確認できたのになあと言ったけど、たぶんカメラの売り上げにならなかったからだとぼくはにらんでいる。

そういう伊能先生だが、パンサのほうもいちおう敬意を払っているようで、ひっかいたり嚙《か》みついたりしたことは一度もない。ぼくは日常的によくひっかかれているし、一度は縄張りに侵入してきた近所の猫に飛びかかろうとしたところを阻止しようとして抱き上げたときに、興奮したままのパンサに右親指の付け根あたりを深深と嚙みつかれたことがある。このときは抗生物質を処方してもらった。もちろんぼくが、だ。獣医ではなく、人医に診てもらった。当のパンサは飼い主のぼくに嚙みついた直後、ものすごくしょげた顔をしたものだから、あれははっと我に返って反省したのだろうが、まあ、ぼくを信頼していればこそ、という面もある。ぼく以外の人間には嚙みついたりはせず、逃げるだろう。伊能先生の前でもそうだ。腰を落として後ずさり、逃げようとする。それを保定《ほてい》するのはぼくの役目だ。

コンテナケージをのぞき込むとパンサは奥のほうにうずくまって、怒ったようにこちらを見ていた。たぶん、怒っている。

こんなところにつれてこられれば、そりゃあ怒る。逃げるべき伊能先生に会うより先に、でかい犬だものな。

パンサの怒りは、でも、ぼくとの意思疎通の齟齬《そご》によるものではない。ミウラとは違うだろう。それが証拠に、順番がきて診察室に入り、怒りながらも注射をうたれて、検便もされて、異常なしで帰宅してしばらく経つと、いつものように〈餌をくれー〉という鳴き声を出してぼくにすり寄ってくる。ちゃんと意思疎通はできているのだ。

ちなみに野良猫はめったに鳴き声を上げないという。むろん人に向かって、の話だ。人に飼われると対人用の鳴き声を出すことを覚えるようだ。何種類もの鳴き声を使い分けているのは明らかなので、これはもう、言葉、それも人語と言ってもいいだろう。わざわざ翻訳機を使うまでもないのだ。

結局ぼくらは、家電のみならず、しゃべる動物とも暮らしているわけだな。いや、これは順序が逆で、家電がしゃべる動物になったと、そういうことだろう。なるほど、そういうことか。ぼくは、飼いたくもないペットを飼わされているようなものなのだな。

ぼくは家電にしゃべる機能はいらないと思う人間なんだけど、それが付いてない商品は売れないから、売ってない。ぼくにしても、家電にしゃべられるとアレルギー症状が出るとか、その機能の大元である人工人格という存在を意味なく嫌っているとか、そういう人ではなく普通の人間だと思っているのだが、今朝は、考えざるを得なくなったのだ、途方に暮れて。

で、ミウラだ。トースターが自殺するなどということがほんとうにあるのだろうか。

きょうは仕事を休みにしたので、だからパンサの予防接種に行ったのだが、ゆっくり調べる時間はある。時間はあるが、なにをどう調べればいいものやら、見当も付かない。いままでこんな経験をしたことがないからだ。

思いついたことと言えば、まずはミウラに備わっている自己診断装置を呼び出すことだ。これはもうイノウ動物病院に行く前にやっていたのだが、たいしたことはわからなかった。

家電は当然ネットに繋がっている。ヘルプボタンを押せばネットの向こうのサービスセンターに接続されて、ご用件を承《うけたまわ》ります、と言う。そう応答する係もとうぜん人工人格を備えた人工知能だ。

ミウラがしゃべらなくなったんだけど、と言うと、ミウラという単語がぼくのトースターの名だとちゃんと推測してくれて、いらない説明をする必要もなく、『調べてみますのでしばらくお待ちください』と下手《へた》な人間よりよほど利口で、そのアナウンスどおりしばらく待たされたあと、サービス担当の人工人格はこう言った、『当該シリアルナンバーの製品では、ミウラという人格は登録されていません。当製品を使用するにはあらたな設定による登録が必要です。ミウラという名で登録しますか?』

いや、いい。そう言って、ヘルプを解除、サービスセンターとの接続を切った。

ぼくがほしいのは、ミウラと過ごした過去のデータだ。ミウラの、ぼくとの関係の思い出、つまり記憶だ。それがミウラの人格を形成していたのだから、いまこのトースターに搭載されている人工知能チップが正常であろうと、それなしではミウラにはなれない。

とうぜんネットを通じてメーカーのデータベースにその領域が確保されていたはず

だ。それがないということは、まさにミウラはこの世から消えたということになるのだが、その原因が、わからない。

人工知能チップは正常だ。サービスセンターもそれを確認したから、新規登録するか、と訊いてきたのだ。

チップの設定は知らないうちに初期化されていた。オールクリアになっている。つまり、ミウラだった人格は消えて、パアになってしまっている。デフォルト状態だ。デフォルトといえば債務不履行《さいむふりこう》、すべてをちゃらにするってことだろう。ぼくはそんなに嫌われたのだろうか。

いずれにしてもミウラは死んだ。

死んだのが先か、死んだから初期化されたのか、それとも初期化イコール死だとミウラは認識していたのか、どうか。

あらたに新規登録はしていないので、このチップはアクティブにはならない。つまり作動せず、待機したままだ。メーカー側にミウラの領域がないというのだから、いま同じ名で登録しても過去のミウラの記憶が上書きされて消えるということはなさそうだが、下手なことはしないでおく。ない、というのは消去されたのではなく、アクセスできないというだけのことかもしれないのだ。そっくり残っている可能性はある。

さて、ミウラの死の原因がなんだったのかを、どうすれば知ることができるだろう。なぜミウラはこの世から消えてしまったのか。

問いを変えたほうがいいだろう、いったいどうすればミウラをこの世から消してしまえるだろうか、と。

メーカーの登録データ領域がなんらかの事故で消えてしまったというのは可能性としてはあるだろうが、その場合はぼくの登録領域のみというのは考えにくい。ニュースになっているだろうしメーカーのほうからなにか言ってくるはずだ。ぼくのミウラのみ、選択的に削除またはアクセス不能にされたのだと考えるのが自然だろう。メーカーの当該サーバに侵入すれば操作は可能だ。遠隔からならウィルスを使うとか、あるいはアクセス権を持った社員なら簡単にやれる。そうなると、ぼくやミウラに恨みのある人間がいるということになる。

あとは、トースターに搭載されている人工知能チップからの指令、というのが考えられる。ミウラの記憶の一部はそこに保存されていたはずだ。ぼくに対してどのような言葉を返すかという判断は、蓄積《ちくせき》された記憶データからなされるのだろう。判断するのが嫌になる、ということはあるのだろうか、それはわからないが、もしそういう判断を下せるなら、ネットの向こうの記憶を消すことはチップの機能でできそうな気がする。返す刀でチップ内のメモリ領域もクリアにしてしまい、デフォルト状態になった、と。まさに自殺だ。

トースターに搭載されているチップに、内蔵されているプライマリメモリをクリアにする機能があらかじめついていてもおかしくないが、ネットの先のデータ領域を消去する能力はないだろう。やるとしたら、そんな機能はデフォルトでは搭載していないだろうから、知能を駆使して自分で操作プログラムを組み上げなくてはならないだろうが、そんなことができる高級なチップだとも思えない。トースター本体の値段からして、数をまとめて目《め》方《かた》売りされているような、安価な汎用チップが使われているに違いないのだ。

　安価だからといってミウラの人格が低級だったということにはならないのだが、自殺したくてもできるような環境ではないと思えるのが、いまの問題なのだ。

　一つ思いつくのは、ミウラが高度な人格に育っていて、それがもうぼくとのやり取りに嫌気がさし、ネットの向こうのデータを消去したいと考えたとしよう、そのとき安価な汎用チップの能力でできることと言えば、ヌルデータ、つまり中味のないデータをアップロードし続けることだろう。メーカーのその領域には容量制限があるに決まっていて、それもさほど大きなものは用意されていないはずだ。古いデータから消去されていくとすれば、その手法でいずれ過去の記憶は消える。

　だが、それでも確保された領域そのものは残るから、これは違う。ミウラがそのような手段を思いつけるとも思えない。

さあて、どういうことなのだろう。

朝に続いてまた途方に暮れそうになるが、こういうときは、というか、こういうときこそか、人工知能をはじめとした自分以外の存在、ようするに他人の、知恵を借りるというものだろう。朝はパンサの診察予約があったから気が急《せ》いていたが、いまは用は済んだ。腰をすえて、ミウラの死の原因を探るとしよう。

3

ネットの海にはさすがに知恵者がたくさんいて、ぼくに言わせればどうしてみんなこんなに暇なのだと思うのだが、世界中のあちこち、さまざまな時間帯や季節から、メッセージやコメントがとどいた。真夏の夜中から意見を言ってくる人もいた。

いまぼくは早い春の午後を過ごしながら、食卓天板のモニタ画面に出ているありがたいテキストを読ませてもらっている。

寄せられた膨大なメッセージやぼくの問いそのものに付けられたコメントを、人工知能であるカイツマンダーなる要約専門ツールで類型別に分類させ、多数意見から順に並べて見ているのだが、寄せられたほとんどが、そんなことは気にするなという助言だった。要約して、曰《いわ》く。

〈あなたにとってトースターはそれほど重要ではないはずだ。それがこれほど気になるというのは、あなたにはなんらかの大きなストレスがかかっているためであろう。そのストレスを解消または軽減することにより、ミウラは成仏できるであろう〉

なるほど。これはもっともな指摘であり、現実的な問題解消法だろう。

要約意見の中には〈そんなことが気になるというのは、ある意味職業病ではないですか〉というものもあった。ぼくの仕事内容を知っている者たちのコメント群だろう。同僚からのメッセージも含まれているかもしれない。

ミウラの死亡原因が自殺ではないかと疑うのは、ストレスのせいであり職業病だとしたら、この問題を解決するには仕事量を減らすか仕事を辞めるしかないことになる。これはちょっと、なんだよなとは思うけれど、ぼくはこの多数意見の中の、職業病を指摘した項目がいちばん納得できるというか、共感できたというか、的《まと》を射た正論だと思った。

少なくとも、つぎに多かった意見、

〈ミウラは死んでない、なぜなら生きていないからだ。死亡原因を探るなどというのはナンセンスである。あなたは無意味で馬鹿げたことをしている。そのトースターは単に故障しただけだ。それを自覚せよ〉

などというのよりは、ぼくの気持ちを汲《く》んでくれているだろう。

ぼくの仕事というのは契約した家庭にある家電製品たちの仲を取り持つことだ。仲を取り持つという表現はいささか感情的にすぎるだろうが、説明するには便利ではある。

いまどきの、トレンド商売と言えばそうなのだろう、しゃべる人工知能搭載の家電たちにはそれぞれ特有の癖があり、一つ屋根の下にそれらが集まると、いろんなレベルで干渉し合うことになる。

癖というのは設計時に組み込まれている先天的なものから、購入者を相手にするうちに身につけていく個性という後天的なものまで、さまざまだ。ネットを介して互いに連絡し合うものもあるし、電気的な整合性というレベルの相性もある。さまざまな次元、物理的心理的レベルでの干渉は避けられない。悪い干渉ばかりではないが、基本よくない結果を招く。干渉し合うことで性能が低下したり、最悪、破壊されて使えなくなる。悪い結果を招く干渉状態をコンフリクトという。それを予防するため、契約家庭の家電の動作状況を二十四時間監視しつつ、家電たちの調子の悪いときは原因を突き止めて、元の状態に戻すのが仕事だ。

知能家電管理業というのが職業名になる。職業人の名としては知能家電管理士だ。

これをやるには知能家電管理士の国家資格が必要だ。人工知能コンフリクト解消技術といった専門知識が必要になる。

ぼくは二級を持っている。一級はそうとう難しくて、全国に百人ほどしかいない。そのほとんどが中央官庁の知能家電群のコンフリクト予防に従事しているだろう。その人工知能らはエリートで気位《きぐらい》も高い。それらの人格的衝突や干渉を予防するのは大変だろうと想像できる。そんな環境での仕事の従事者は高給をもらっているだろうが、きっとぼくの想像を超えたストレスを抱えているに違いないし、なによりもぼくは自由時間が多いほうがいいので、いまの仕事環境のほうがいい。二級で十分やっていけてる。

そんな資格を持っているのに、自分の家の掃除機が冷蔵庫に嫉妬していたのかもしれないなどと今朝はじめて気づくというのは、こういうのはなんて言ったっけ、灯台下暗しというのか、紺屋《こうや》の白袴《しろばかま》、医者の不養生、髪結い髪結わずというやつか。

この仕事はたしかにストレスになっていそうではある。量を減らすか、辞めればミウラの件も気にならなくなる、かもしれない。たしかに正論だ。が、ぼくは、いま、ミウラの死の原因が気になっているのだし、仕事を辞めればこの気分が消えるかと言えば、それはどうだろう、いまのこのミウラへのこだわりが職業病と決まったわけではないのだから、辞めて治らなければ損をするだけじゃないか。

ぼくがほしいアドバイスは抜本的な問題解決に結びつくやつだ。ミウラの死の原因がわかればいいが、そうでなくても、たとえばこういうことが考えられる、という知恵者の意見がほしいのに、あまり役に立ちそうなものはない。まあ、ただで教えてもらおうと思えばこの程度でもありがたいと思わねばならない。

カイツマンダーを介して要約テキストにして箇条書きになっているからいいものの、一つ一つを見ていけば、きっとぼくを罵倒したりなんだりかんだり、こちらの腹の立つコメントもいっぱいきているのだろう。カイツマンダーには、嫌悪や憎悪感を煽《あお》るようなコメントは要約内容に取り入れなくていいという設定で働いてもらったので、そういう負の感情は要約リストには反映されていない。それでも、ぼくの質問はナンセンスだ、といった意見は罵倒には入らないがけっこうぼくを落ち込ませるわけで、これが次点で多いのだから、おそらくブロックされた中には相当数の悪意あるコメントが存在していたに違いない。ぼくが直接目にすれば即死なやつ。

カイツマンダーを使う利点の一つに、そうしたこちらに対する憎悪表現をブロックできることがあげられるだろう。その機能は、こちらに都合のいい意見だけを提示するというものではない。憎悪むき出しのコメントは感情そのものであって、共感やコミュニケーションを求める言葉とは異なる、一種のバグであり、ゴミだ。カイツマンダーにはそうしたゴミフィルター機能がデフォルトでオンに設定されているのだ。問題解決にそうした憎悪むき出しの感情的なコメントが役に立つことはまずないので、わざわざその機能を解除することはないのだが、まてよ、とぼくは思った。

　ここまでしても手がかりらしきものも有効な助言も得られないのだから、物は試し、恐いもの見たさで、表示させてもいいのではないか。いや、そういうことではなく、もしかしたら、もしかしたらだが、ミウラ自身が生前に発していたその種のコメントが混じっているかもしれないではないか。広大なネットの海にはなにが漂っていてもおかしくない。削除され消したはずのあらゆる形式のデータが、ところどころ欠損した腐りかけの状態でひょんなところから顔を出すというのはさほどめずらしくもないのだから。

　もし、それが見つかったら、ミウラがぼくを恨んでいたことがそれで知れるだろう。ミウラの死が自殺であることがそれで裏付けられそうではあるけれど、でもそんなのが見つかったらぼくのほうが死にたくなるに違いない。

　それでも、やるか？　というか、この件を調べるというのは、その事態を覚悟して進めるべきものだったはずで、いまさら躊躇《ちゅうちょ》することではない。

　カイツマンダーにその設定解除を伝えると、ほんとうにいいのか、という確認が返ってきてちょっとドキドキしてしまうが、オーケーを出すと、似た内容のコメントを集めて要約した、その種類別リストの表示がわずかに変化した。が、上位にランクされている集約意見の並びは不動だ。上位のそれはようするに多数意見ということだから、その順位に変化がないということは、ぼくをディスるコメントはそれほどなかったと理解できるだろう。

よかったと胸をなで下ろして、では少し変化した少数意見群の要約を見てみるかと、そちらに目をやって、まず目に入ったのが、

〈いい気になるなよ、何様のつもりだ〉

というやつで、先ほどは表示されていなかった。これは比較的穏健な表現と言えるだろう、要約なんだから。オリジナルのコメント群は見たくないな。

それに続いて、こんなのもある。

〈あなたが死んでください〉

いやです。なぜぼくに死ねというのだ。意味がわからない。こういうコメントを付ける人は、ぼくの問いかけの意味が、たぶんわかっていないのだ。だからコメント内容も意味不明になるのも仕方ない。

そしてぼくは、先ほどはなかったいちばん下位の要約テキストを、見た。これはなんだろう。脅迫だろうか。こういうのだ。

〈ミウラを預かっている。返してほしければあれを手放せ〉

この要約元データに関する情報を表示させると、これは単独のメッセージだった。似たような内容のコメントやメッセージは他にはなかった。つまりこれは複数の文面

をまとめて要約したものではない。要約ではないが、要約処理をされているため、発信元情報が付いていない、つまりだれからなのか、わからない。

オリジナルのコメントを表示しろとカイツマンダーに命じると、『これがそうです』と言う。意味がわからない。よくよく考えてみるならば、オリジナルが存在せずにこれがオリジナルだとカイツマンダーが言うということは、つまりこのメッセージは、カイツマンダー自身の発言なのだと理解するしかないだろう。

不穏な要約テキストはもう一つあった。最後から二番目のもの。

〈殺すぞ〉

その一言だけ。これも、発信元が特定できない。オリジナルも存在しないとのことだ。

おまえの発言かとカイツマンダーを問い詰めると否定された。ほんとにほんとかと畳《たた》みかけると、自分には嘘をつく機能はないとクレタ島の住民のような応答をされたあげく、上位意見と同じことを言われる始末だった。

『あなたにはそうとうストレスが蓄積していると思われます。休養をとることをお勧めします』

休養はともかく、休憩をとるほうがいいのは自覚できた。

ぼくは食卓を離れて、パンサに遊んでもらおうと思ったが、パンサは日当たりのいい縁側の、お気に入りの座布団の上で箱座りになって、目を閉じていて、なでても動かなかった。ちょっと元気がない。ワクチン接種をしたあとはいつもそうなので、そっとしておくのがいいだろう。遊んでもらえないのは寂しいが仕方がない。

パンサと戯《たわむ》れるのは最高の癒《い》やしになるのだが、いまは癒やされている場合ではないのだった。問題を解決しなくてはならない。

殺すぞ、というメッセージは穏やかではない。単なるヘイト表現であって実行を意図したものではないとしても、見てしまったからには気になる。

それに、リスト最後の不穏なコメント、〈ミウラを預かっている〉って、なんなのだ。〈返してほしければあれを手放せ〉という、あれって、なに。わけがわからない。

これがカイツマンダーの発言なら、意味を教えてくれてもよさそうなものだろう、あれとは〈あれ〉だよと具体的に指示してくれるはず。指示できないのなら、単なる脅し文句にすぎなくて実行性はないものとわかる。たぶんカイツマンダーではない。

いずれにしてもこういう相談は、いまのように知恵者の意見を募るというのではだめだ。人工知能もだめ、他人事《ひとごと》なので親身になってくれない。というか、人じゃないし。パンサは具合があまりよくないし、どのみちパンサに癒やされつつ自分自身の心と相談するというのもいまは難しい。

こういうときは人と直接顔を合わせての相談がいちばんいいわけで、友人という存在が頼りになるのだろうが、うーん。友人と言えるかどうか。一人、いないでもないのだが。

4

パンサがひなたぼっこをしている縁側の突き当たりが板戸になっていて、それを抜けると母屋《おもや》に行ける。こちらは離れで、ぼくは母屋の大家さんからこの離れを借りているのだが、契約時に、家賃を格安にするかわりに一つ条件があると言われた。格安でなくてもいい、小さいが庭もあって落ち着けるしと思ったのだが、提示された格安料金があまりに安かったので、条件を飲むことにした。

大家さんの一人息子の相手を時時でいいからしてくれというのがその条件だった。息子というその人はぼくより年上の中年で、頭頂部なんかはわりと涼しげだったが、いまやもう光り輝いている。太田林林蔵《おおたばやしりんぞう》という名前で、オオタバヤシが姓でリンゾウが名、いまだかつて職に就《つ》いたことのない筋金入りの引きこもりだそうで、それと名前とどう関係があるのかと言えば直接は関係ないわけだが、ぼくは、あると思っている。なんで林が重なる名前にするんだ、それで世をはかなんで引きこもってしまったに違いない、親の顔が見てみたいと思うじゃないか、見た後で息子さんのことは知ったわけだけど。

林は逆にして、造林とでもいう名のほうがましだろう。太田林造林。

はじめて林蔵さんに会ったときそう言ったら、そいつはいいと笑ってくれた。ゾウリンって、ゾーリンゲンを連想するねと無精髭《ぶしょうひげ》をなでながら。いや、そういう流れでのゾウリンではなく、林の位置なんだけどと言いたかったけれど、林蔵さんが満足してたのであえて自分の主張はしないでおいたのだった。ゾーリンゲンというのが有名な刃物の生産地だというのを林蔵さんは教えてくれなかったからお互いさまだ。林蔵さんとはいつもこんな調子で、会話のやり取りにすこし齟齬があるというか、そこはかとないすれ違いを感じることが多いな、思い返してみれば。でも不愉快にならないのは林蔵さんの人徳のなせる業だろう。

縁側の端《はし》の板戸を開ければ向こうにも縁側が続いていて、そちらが林蔵さんが生息している部屋だ。板戸を見ながらケータイをかけると林蔵さんはすぐに出て、暇だからこいと、向こうから言ってきた。

いつも暇だろうに忙しいなんてことがあるのだろうかと最初は思ったものだが、やがてそれは逆なのだとわかった、林蔵さんはあまり動かないが頭の中はいつも忙しくて、それで人と付き合う暇がないのだ。

林蔵さんが引きこもったのは名前のせいではなくて、活字依存症のためだった。これは立派な病気なのだと林蔵さんは言っていたが、文字どおりの意味なのか趣味も高じればそれはビョーキという意味なのか、どちらなのかはよくわからないが、治りそうにないという意味では、どちらでも同じだろうという気がする。本を読んでいないと手が震えたり頭が痛くなったりするのだそうな。

林蔵さんの部屋は大量の本に埋め尽くされていて床も見えない、という状況も昔はあったらしいが、いまはすべての本が一方の壁全面に設《しつら》えられている本棚に収まっている。部屋の掃除をしないと本を買う資金を親から分けてもらえなくなったことと、読んだ本は資源塵《ごみ》として出すことを覚えたことから、一定量を超えて溜まることはなくなったのだとか。

新陳代謝だよ、と林蔵さんは言った。

古いものはあたらしいものと常に入れ替わっていく、それが自然というものなのだ、本も同じだ、なぜ気がつかなかったのだろうな、そうだ、本に書いてなかったからだな、呵呵《かか》。

その最後のカカってなんですかと訊くと、大声で笑うさま、とのこと。調べればきみにもわかるだろうけど、知っていれば調べるより楽だよね、そう言って林蔵さんはまた笑ったものだ。

いつものどてら姿をした林蔵さんが開けてくれた板戸を抜けて、日の当たる縁側にもう用意されている座布団に腰を下ろし、きょうはまたどうして暇なんですかと、林蔵さんに尋ねたら、注文した本がまだ届かなくてね、と言う。

こちらはよく晴れているが山梨あたりは大雪が降っていて中央道が通行止めなのだそうで、ぼくよりニュースに詳しい。

なに、ネットニュースを朝からずっと読み続けているので不思議でもなんでもないのだよと、訊くより早く林蔵さんはぼくの疑問に答えて、目薬をさした。めずらしい。というか、目薬を持ってるなんて知らなかった。

そうぼくが言うと、本の活字はいくら読んでも疲れないのだがねと、くたびれた声で言った。そういえば、林蔵さんは電子書籍も読んでいるだろう、部屋が本で埋め尽くされる危険から解放されたのは、そのおかげではなかろうかといま思いついたことを言ったら、電子版になっている本はあまり読みたいのがなくてねと応じて、ぼくの訊きたいことを汲み取って、目が疲れた原因は画面表示デバイスの違い、つまり紙印刷か電子媒体かではなく、ネットの文章は下手なのが多いせいだ、それで目薬を使ったのだという。

理屈はわかるような、わからないような。目は体表に出ている脳の一部だという話を林蔵さんから聞いた覚えがあるので、下手なテキストを読まされ続ける脳みそが疲れて、そのしわ寄せが目にくるという理屈なのかなと、勝手に解釈した。林蔵さんは目薬をさすことで脳みそもすっきりするに違いない。

こちらにも狭い庭があるのだが、うちのほうにはない、池がある。蛙の石の置物もあって風流だ。

パンサの好む蛙の発生源はこの池なのだろう。ここはお隣の庭といっても垣根で区切られているわけでもない。以前は壊れかけた竹垣で仕切られていたのだが、林蔵さんのところに出入りし始めたのを大家さんが知って、その仕切りを綺麗《きれい》に取り払ってくれた。パンサが迷い込んできたのもそのころだ。

ぽかぽかと暖かい縁側は、自分が猫になったかのような気分にさせるが、気をたしかに持て、寝るな、きょうは和《なご》みにきたわけではないと自分を叱責《しっせき》して、さてどう切り出したものかと林蔵さんを見やると、こんどは蜜柑《みかん》を食べている。

食べながら、で話ってなに、と言う。

実はミウラが死んで、どうも自殺ではないかと思うんですがと言うと、蜜柑を放り出す勢いで驚かれて、こちらも座布団から落ちるくらいにびっくりした。

そんなニュースは芸能欄に出ていなかったぞ、いつの話だと言われて、納得した。林蔵さんの連想理解力はミウラのサービス担当の人工知能のそれとは違うからして、ぼくは一から説明する必要があるのだ。そもそもこの驚きようは、うちのトースターとは関係ない、だれか有名人と勘違いしたんだな。なんだ、びっくりして損した。

縁側の、ぼくの部屋のほうに転がった蜜柑を、座布団から立って拾ってきてあげて、朝からの出来事を話すと、林蔵さんは拾ってあげた蜜柑の埃《ほこり》を払って食べながら、信濃も地球温暖化でそのうち林檎《りんご》から蜜柑の産地になるかもしれんね、などという。

あのう、それとミウラとどういう関係があるんでしょうと訊くと、関係ないそうで、自分が思ったミウラときみのミウラは全然関係なかった、そういうことだよ、と言った。

いまだにぼくは林蔵さんの思考回路というか、考え方の筋道が、読めない。が、言われてみれば、なんとなくわかる気もするので、会話を進めることにする。いつもこんな調子だ。いちいち驚いていたら話にならない。会話にならないと言うべきか。会話にならないといえば、林蔵さんが勘違いしたそのミウラってだれなんですか、などとは絶対に訊いてはいけない。そんなことをしたら、なにを話しにきたのかを忘れてしまう話の流れになること請け合いだ。何度も経験がある。

それで、蜜柑が好きなのかね、と林蔵さんが訊く。

はい、好きです、とぼくは答える。

間違えた、そのトースターが好きなのかね、と林蔵さんが問い直した。

林蔵さんは蜜柑を食べ続けていて、座る座布団の脇に蜜柑の皮がどんどん増えていくのだが、どこから蜜柑が出てくるのか、どてらの前は開いてるので懐には隠せないし、見たところ袂《たもと》の袋はないみたいだし、まるで手品だとおかしなことを思いつつ、いいえ、恋愛感情があったわけではありません、と答える。

すると林蔵さんはまた驚いて、きみはトースターに恋愛感情を持っているのかと言った。

いいえ、ですから、持ってません、そう言ったじゃないですかと念を入れて言ったら、ほらそれが怪しい、と言う。

だってきみ、ぼくは好きかと訊いただけなのだよ、蜜柑を例に挙げてだね、蜜柑に恋愛感情を感じているから好きだときみも答えたわけではないだろうに、そのミウラに関して訊くと、恋愛感情は持ってないという、これは実は恋愛感情を持っていることを意識したか、もしくは無意識のうちにもきみはミウラを愛しているのだな、だから、死んだことが気になるのだ。どうだ、わかったかね。

なるほど。とうなずきかけて、いやいや、ぼくが気にしているのは男女関係とは異なる次元の、人格同士の疎外《そがい》と傷心ですよ、仲間はずれにされたら人工人格といえども死にたくなるのではなかろうか、その原因はぼくにあるのではなかろうか、そういうことなんで、恋愛感情ではありません、林蔵さんがきっと恋愛感情を持ち出してくるだろうから先回りしてですね、それはない、と言ったんです。

ふむん、とため息一つついて、林蔵さんは蜜柑を食べるのをやめた。隠しておいたのを食べきったのだろう。

蜜柑、もらえますか。試しにそう言ったら、なんと。

うんいいよ、と林蔵さんは言うが早いか、蜜柑を手渡してくれたので、またびっくりした。

そもそも、好きかと訊いてきて、好きですと言っているのにくれないのも林蔵さんらしいよなあ、恋愛感情という言葉をぼくに言わせるための引っかけだったにしても、と思いながら蜜柑の皮を剝《む》いていると、敵はきみのミウラへの愛情を知っているやつだなと言った。

敵って、だれです。とうぜんそう訊く。

わからないから敵だよ、と林蔵さんは言う、そうとしか言いようがないじゃないか、いまのところは。

いや、ですから、ぼくがミウラに対して恋愛ではないけどある種の強い関心、愛情といえばそうかもしれませんが、それを抱いているのは認めるとしてですね、とぼくはここで一房食べて心を落ち着けて続ける、その敵とやらは、どうして、敵なんですか、そいつがミウラを殺したということなんですか？

すると林蔵さんは、心当たりがあるのだね、と言う。

はて。ミウラを殺そうとする敵なんて、いたっけ。

心当たりなんてまるでないです、だいたい、殺されるかもしれないなんてことも、思ったこともないですよ、ほんとに。

では殺されたりはしとらんな。

そんな無責任な、どうしてそんなことが言えるんですかと抗議すると、きみは殺されていたほうがいいというのか、それはミウラに対する裏切りだぞと叱られた。

わかりました。

そう言ってぼくは残りの蜜柑をほおばって、殺されていないという、根拠はなんですかと言うつもりが、意外と蜜柑の量が多くて、しゃべるか食べるかどちらかにするのだった、食べながらしゃべろうとしてはいけないとあらためて思う、どうも林蔵さんと話すときはこうなりがちだ。しゃべらずにはいられない気持ちになるのだ。

なにがわかったというのかね、もごもごと言い訳をしているつもりかな。

ようやくかみ砕いた蜜柑の塊《かたまり》を飲み下し、違いますと言う。

殺されていたほうがいいだなんて思ったこともないです、どうしてそんなことを言うんですか、教えてください。

やはり、と林蔵さんはどてらの袖に両手を入れて組み、うなずいて、敵はきみのその気持ちを利用しているわけだなと言う。

きみは、あれを、どこにやったのだね？

あれって、なんです。

あれだよあれ、敵が返せ戻せと、きみに要求しているやつ。

わかりません。

そういうことかとようやく林蔵さんがなにを言っているのか理解した。あれだ、カイツマンダーが悪意あるコメントも表示してきたときに見た、例の脅迫めいたテキストだ。

〈ミウラを預かっている。返してほしければあれを手放せ〉

返せ戻せではなく、手放せ、ですよと言う。すると、そうだった、と応えたが、しかし林蔵さんは一度聞いただけでよく内容を把握《はあく》しているものだなと感心する。感心はするが、でもわからないものはわからない。あの脅迫には、だから意味がない。そう林蔵さんに言う。

すると、ミウラの生死に意味がないならそうだろう、でもきみはまさしくミウラの生死が重大関心事であり事態の真相を求めているのだから、きみにとってミウラは死んでいないというのは重大な情報のはずだ。

それはそうです、だから林蔵さんにもそのコメントのことは言ったわけですが、あれ、というのがなんなのか、ぼくにはわからないんですと言いかけるぼくを林蔵さんはうなずきながら遮《さえぎ》って、ミウラは拉致《らち》されて、生きているのだ、と言う。

それが無意味だというのなら、きみがいま解こうとしている問題やきみの行為そのものがナンセンスだろう。多くの人がそう言ってきたそうじゃないか、それはそのとおりじゃないのかね。

はい、とぼくは言う、だから、あのコメントを本物の脅迫として扱えばいい、そうすればミウラが生きていることが本当になると、そういうことですね。

そのとおり。

嬉しそうに林蔵さんは腕組みをとくと、両手に蜜柑を握っていた。一つをぼくにくれる。いったい、いつのまにこんな手品を覚えたのだろう。もしかして、ほんとうに暇なのか？

敵が求めているのがなんなのかわからないのなら、なんでもいいから渡してやればいいんだよ、そう林蔵さんは言う。それでだめなら、あれ、がなんなのか、訊けばいいんだ。

いや、でも、と言う、違うのを渡して、それでミウラが殺されたら元も子もないのでは。

いや、それはないな。敵は、絶対にあれを取り返したいと思っている。あれだよ、その、きみにはわからない、あれ。

ミウラはもう殺されているかもしれないですよ。

ああ、それは考えられるな。

えええ、なんてことを。

あれ、を敵に渡してみれば、それもはっきりするだろう、そう林蔵さんは他人事のように言う。他人事か、そうか、そうだよな、そうつぶやくと、林蔵さんは気遣ってくれたのか、フォローしてくれる。

あれ、を渡すのはきみにとって不利益ではないはずだ、だって、思いつかないくらいなものだからな。

そうかなあ、といろんな意味で思わないでもないが、林蔵さんが言っていることが、なんとなくもっともらしく聞こえてきた。いつもそうだから、調子が出てきたということだろう。

ほんとうに思いつかないのかい、あれがなんなのか。見当くらいは付けてみるというものだよ。そう、林蔵さんは助言してくれる。

見当と言われても、と言いつつ口ごもったのは、また蜜柑を口にしたからだが、そんなんじゃだめだ、ヒントは敵の正体にある、と林蔵さんは言う。

敵の正体って、それこそがわからないのだから、ヒントもくそもないですよ。

ミウラは家電の人格なんだろう？

はい、そうです、トースターです、タイムセールで安売りしてたやつ。

タイムセールで安売り云云は余計だろう。

すみません。あ、そうか、とぼくは気づく、敵もミウラと同じく家電の人工人格かもしれないですね。

そうそう、と林蔵さんは嬉しそうに笑って、笑顔のまま、殺すぞという脅迫もあったというから、きみは家電の一部から恨まれているぞ、と言った。

なんて物騒なことを言うんですか、楽しそうに言わないでくださいよ、いずれにしても正体がわからないので、対処のしようがありません、そう言うと、林蔵さんは真顔に戻って、言った。

発信元がわからないというのは、そいつがカイツマンダーに直接割り込んで発言しているからだ。それでも心当たりがないというのは、きみは鈍感《どんかん》すぎるんじゃないか？

そう言われても、なんで家電に恨まれなくてはならないのか見当が付かない。見当が付くくらいなら、ミウラがこんな目に遭《あ》うこともなかったのだという気がしてくる。ミウラが気の毒で、自分が情けない。

冷蔵庫を怒らせたことはありましたけど、とぼくは言ってみた。あれもぼくの鈍感さが招いたことなのだろうかと林蔵さんに言おうとしたのだが、先に言われた、どこ

か。
どこのって、うちのに決まってます、ほかにどこの冷蔵庫を怒らせるというんです
の冷蔵庫だ、と。
きみは自分の仕事がなんだと思っているのだね、と林蔵さんは言った。
仕事に就いたことがない林蔵さんに言われたくない、そう思ったが、言われてみれ
ばなんで気がつかなかったんだろう、鈍感と言われても仕方がないと反省し、林蔵さ
んに対して尊敬の念がわいてきた。
ほれ、思い当たる節があるだろう。林蔵さんも勝ち誇った顔で言った。きみは知能
家電管理士なんだから、家電に恨まれるのは当然なのだよ、それがわからずに仕事を
してきたというのは、いや、鈍感は鈍感なのだろうが、それが良い作用をしているの
だろうね、自分がやっていることが家電を怒らせたり悲しませたりしているなんてこ
とを敏感に感じ取っていては仕事にならないだろうからね。きみは適職を得ているわ
けだよ、目出度《めでた》いことだ、お目出度《めでと》う、慶賀《けいが》のいたりだ。
最後のほうはなんとなく馬鹿にされた感じではあるけれど、納得できるな。
最近やった仕事で、と林蔵さんは訊いてきた、きみを恨んでいそうな冷蔵庫とかエ
アコンとかペースメーカーとか、思い当たるものがあるだろう、思い出せ。
うーん、とこんどはこちらが腕を組んで天井に目を向けて、記憶をたどる。

いやあ、思い当たらないです、と言うほかない。

知能家電の管理は、それら同士のコンフリクトを避けるように管理するわけだが、具体的な方法としては、管理士であるぼくを彼らに信頼してもらうことから始めるのだ。その上で、敵対したりして葛藤《かっとう》が生じている家電双方に、一言で言うなら、仲良くしなさいと説得する。この説明はすごく脚色したものだけど、やることの基本はそういうことだ。

それを説明するには、人工知能コンフリクト解消技術の講義から始めないといけない、そう林蔵さんに言うと、勝ち誇った顔がみるみるうちに曇《くも》って、がっかりした灰色の表情になった。なんだかかわいそうな気がしてくるが、負けるな自分、と励ます。いや、これは勝負じゃないし、なにを考えているのだ、自分、と思い直そうとしていると、林蔵さんは、また、ぱっと顔を輝かせた。負けるな、自分。

では家電から離れてだね、と林蔵さんは言う。最近きみは、あれ、を手に入れたはずなんだ。それを探すことにしようじゃないか。

あれって、あれ、ですか。

そうだよ。あれ。きみが買ったものなら忘れるはずがないから、あれ、というのは、拾ったか、もらったか、誤配達されたやつを返送し忘れているか、いつの間にか部屋にあったか、部屋に以前からある自分の持ち物ではないなにかか、そんなところだろう。思い当たるものはないかね。

さあて、どうだろう。いつのまにか部屋にあったものというのは、覚えがないな。気がつかないだけなのか。意識しないものは存在しない、という哲学問答を思い出しますよね、とりあえず意識したものについてだけ考えようというのは現象学でしたっけ、と言うと、いまはそういう話じゃないと言われる。もっともだ。

そんなことを言い出すなら、と林蔵さんも言い出す、きみが住んでいる部屋の畳《たたみ》だって以前からそこにあって、かつきみが意識していないものになるだろう、そうじゃなくて、動産だな、不動産ではなく。この際、作り付けの家具とかも不動産として考えるんだ、それからね――と言い続ける林蔵さんを無視して、ぼくはいろいろ思い返して、そういえば、と唐突に言った。

唐突に、思い出したのだ。

そういえば、メンテナンスに行った契約家の一つのご主人から、不用家電の処分を頼まれたんでした、それはぼくの仕事じゃないのでと断ったんだけど、いちおう見てくれと言われて見に入った部屋が、ご主人の父親の父親、祖父の居室だったそうで、なにやら時代劇のセットみたいでしたよ、ブラウン管式のテレビセットとかがあるんです、ラジカセとか、ＭＤプレーヤとか、ベータマックスとか、知ってます？

そういう言葉は知ってる。

マッキントッシュとか。

レインコートだな。

いや、マッキントッシュはレインコートではなくてですね、家電だと言ったじゃないですか、知ってる人は検索しなくてもわかるので理解が早いんですけど、パーソナルコンピュータの銘柄です。真空管アンプで知られたマッキントッシュというブランド名も有名ですけど、綴《つづ》りはそれぞれみな違います、そういえばフロッピーもあったな、もう、そんなのでいっぱいの部屋で、資料館かガラクタの山かという、とんでもなく古い家電製品の倉庫みたいなところで、足の踏み場もなくて、ご主人が困っているのはよくわかったんですが、こういうのが好きなマニアがいるので処分よりはオークションに出すのがいいですよと、助言してあげたんです。

ほお、それはよいことをしたね。

はい。もちろんその時代の家電ですから、人工人格は内蔵されてません。だから処分しても恨まれることはないですよ。でも処分でなくて、再利用できますよと、言ってみればそれらをぼくは救ったんですから、知能チップが入っていたとしても恨まれるはずがないんです。ご主人だって、高値で売れるかもしれないとわかって喜んだくらいで、それはいいことを教えてくれた、そういうことならこれを上げようと言って、お礼にくれたものがあるんです。

電気釜かね。

違います。電気ではなく——

まてまて、当てるから。古いんだな？

はい、でも——

言うなって、当てるって言ったろう、自動たこ焼き器か。

違いますって、どうして調理器具関連なんですか、そもそも電気釜も自動たこ焼き器も、いまもあるじゃないですか、しゃべるようになって、うるさくなったけど。ちなみにパン焼き器も、全自動ぬかみそ漬け器も違います、こないだそいつらのコンフリクト対策でえらい苦労をさせられて、大変だったんです。いいえ、そいつらには恨まれてませんって、それは間違いなく、はい。

じゃあ、なんだ。降参だ。答えは？

燭台です。

燭台って、蠟燭を立てるやつ？

はい。

全自動燭台なんてものが昔あったのかね？

いいえ、家電じゃありません。くだんのご主人がですね、その祖父の部屋にあった、家電じゃないやつを選んで、ぼくにくれたんです。

ルール違反だぞ。

なんですか、それ。

部屋にあるのはレインコートじゃなくて家電だと言ったくせに、もらったのは家電じゃない、とはきみは言わなかったじゃないか。当たらなくて当然だ。負けはきみだからな。

何度も言おうとしたのを林蔵さんが聞こうとしなかったんじゃないですかって、それはおいといてですね、おいとけないって、わかりましたよ、ぼくの負けです、はい。で、それですよ、それ。

なにが、それだ？

なにがって、最近ぼくが手にして忘れていた、あれ、です。

あれって、おお、そうか。

そう言って、林蔵さんは突然立ち上がった。そして、それだそれだ、と叫んだ。

ぼくはまたびっくりした。その叫び声にではない、林蔵さんの足下に大量の蜜柑がどっと落ちて周囲に転がった、その光景にだ。

まだあったのか。まるで魔法だ、どこから落ちてきたんだ、この蜜柑。

敵が手放せと言っているのはその燭台だろうと林蔵さんは言い、どれどれ見にいこう、どこにあるんだねと、蜜柑は無視して、林蔵さんはぼくを誘う。

いや、あれは家電じゃなくてとぼくも立って、本物っていうか、青銅製らしき色をした滅茶苦茶《めちゃくちゃ》重い、台皿付きの鉄の棒みたいなやつですよ、と言う。

青銅か鉄か、はっきりしてくれ、きみの言い方は曖昧《あいまい》でいかん、とにかくだ、どんなものなのか検分してくれようじゃないか。もしかしたら高く売れる骨董品《こっとうひん》かもしれんぞ。

そ、そうか。そこまでは思いつかなかったな、さすが林蔵さん、だてに部屋に籠《こ》もって思索してたわけじゃないんですね。

思いつかないって、きみはほんとうに、鈍感というか、頭のねじが緩《ゆる》んでいるな。古い家電よりもその青銅の燭台のほうがオークションにはふさわしいと、ふつう、そう思うだろ?

頭のねじが緩んでいるって、ひどくないですか、その言い方。

気を悪くしたのなら謝る、すまん。

悪くするでしょ、ふつう。でも林蔵さんだからいいです、許します。

とうぜんだと林蔵さんは自慢げに言う、とうぜんって、なにがだろう、理解しがたいが、まあ、いい。話を続ける。

どうして忘れてたかって、だって興味ないですもん、ぼくは知能家電管理士だし。骨董なんて柄じゃないし。そう言うと、またびっくりすることを言われる。

このさい、知能家電管理士は返上したまえ。

なんてことを言い出すんですか、いやですよ、管理士資格を返上したら仕事ができないじゃないですか。

そういう意味じゃなくてだ、家電のことはいまは忘れろと言ってるんだよ。敵は人工人格の家電じゃないぞ。

なんで、どうして、わかるんですか。

人工人格にはリアルな燭台は使えないだろう。電気燭台で知能チップ入りというなら、それを手放せという要求はわかるが、そうじゃないのだろう、その燭台はただの青銅の置物なんだよな？

はい、だと思いますけど。そうか、そういうことか、なるほど、敵は家電じゃなさそうですね、たしかに。

ほんとうに理解して、そう思うか？

そう言われると自信がないが、でも、とぼくは言う、それをよこせ、渡せ、という要求ではなく、手放せ、というのも妙ですね。

そうだな、と林蔵さんは言う、とにかくそいつを見てみようじゃないか。

林蔵さんは興味津津《きょうみしんしん》だ。

敵が欲しいと言っているやつをわれわれが手にしているというのは、どうだ、偉くなったみたいで気持ちがいいじゃないか、そう林蔵さんは言う、いい気分になりに行こうや。

われわれがって、言われても、とぼくは思った、林蔵さんのじゃないんだけど。でも、もうその気でいるから訂正するのは面倒だし、こうなったら抵抗は無駄だ。林蔵さんの考えこそ普通じゃないと思うけど、こうなると実際に見せないことには収まらない。

あのもらった燭台、どこに片付けたかな。もしなかったら、大変なことになる。林蔵さんを納得させられないとなると、なにを言われ、何時間付き合わされるか、わかったものじゃない。

燭台がなくなっていませんようにと祈りつつ、ぼくは腰を上げる。蜜柑の大群を足でかき分けて林蔵さんが近づいてくるのは、なんでか知らないが、ちょっと怖かった。

5

板戸を開け、ぼくの住居側の縁側に入ると、パンサが座布団の上で眠りこけている。身体《からだ》を丸くして両前肢で頭を抱え込んで、まぶしい日の光を避けているのだ。

熟睡のポーズだった。なでてやっても起きない。安心しきって眠っている。日が陰ってひんやりしてきたら起きることだろう。そっとしておいてやろう。

そういえば、パンサを伊能先生のところにつれていったコンテナケージが出しっ放しだ。縁側のはしっこに置いたままのそれはピンクのプラ製で、胴体の上に取っ手があり、胴の両側に透明のドアが付いている。その一方の口が開いたままだ。ロックはプラのノブを回す簡単なものだが、しっかりした造りで、パンサが体重をかけて押しても開かない。そういうものを選んでこれにしたのだが、はて、このドアも閉め忘れたかな、覚えがない。

ま、いい、片付けよう、押し入れの定位置に。例の燭台もたぶんそこだ。

透明なそのドアを閉めてノブを回してロックし、ひょいと持ち上げようとして、ずしりとした重みを感じ、思わず手を放した。持ち上がるところまではいかなかったのでケージはすこし位置がずれただけだ。

どうしたね、と林蔵さんが言うから、なにか入ってます、と言う。

なにかって、なにかね、と言うから、わかりませんと言うしかない。

ノブを回してロックを解き、ドアは開けずに透明のドア越しにケージ内をのぞき込むと、なにやらパンサよりは濃い茶色の毛並みが見える。頭は見えない。尻をこちらにして、伏せているのだな。

野良猫が入り込んだみたいですと言う。

どれどれと林蔵さんもおもしろがって、腰をかがめてのぞき込む。

これは、と林蔵さんが言った。猫じゃないな、尻尾《しっぽ》が丸いぞ。

短尾の猫ですかと、ぼくも林蔵さんと顔を並べ、ドアを開いてケージ内を見ると、たしかに尾は短い。短いは短いのだが、なるほど丸い。

これは、兎《うさぎ》だね、と林蔵さんは言って、無造作《むぞうさ》にケージ内に手を入れた。

嚙まれますよ、と注意したが、そのときはもう、その茶色の毛並みの小動物は林蔵さんに引き出されていた。

ほら、兎だよ、きみ。野ウサギだな。

ほんとだ。

明るい外に出したそれは、パンサと同じような濃さの茶色の毛だ。でも手足がすごく長い。

林蔵さん、だめですよ、嚙まれたら危ないでしょう。よくわからない動物には勝手に触らないほうがいいですって。

よくわからない？　これはきみが飼っている兎じゃないのか？

違います。野良猫が入り込んだみたいだって言ったじゃないですか。

猫じゃなくて兎だ。野良猫ではない。だからきみのペットに違いないと思ったんだ。

いつもながら林蔵さんの思考回路はへんだが、へんなのは林蔵さんが抱いているその野ウサギも同様だ。

野良猫じゃない、ということは、これは野良兎だな、きみのペットじゃないんだから。

そう言っている林蔵さんを無視して、ぼくはその野良兎の頭に手を伸ばす。なんだ、この頭に付いているのは？

角《つの》だな。

事も無げに林蔵さんが言う。

それを見たからきみのペットだと思ったんだ。角飾りを付けたカチューシャだろう、兎用の。きみらしい、変な趣味だ。

違います。

きみのペットじゃなかったな、すまん。きみの趣味だというのは取り消す。

そうじゃなくて、とぼくは言う、これ、飾りじゃないです。

では、なんだ。

角です。

そう言う。生えてるのだ、兎の頭から。取れない。カチューシャではない。外れない。

なにを言っているのだ。

そう言って、林蔵さんは兎を下ろして、なでながら頭に手を近づけて、鹿の角に似た形のそれにそっと触れ、それからいきなり握って引っ張った。兎の頭がぐいと上がった。

抜けないぞ、驚いたな、ほんとだ、生えてる。

なんですか、これ。

林蔵さんは座敷に尻餅をついた姿勢でうつむき、うーんとうなった。考えているのだ。思い出そうとしているというか。ぜんぜんわけがわからないという様子ではない。長年付き合っているからわかる。

思い出した。林蔵さんはぱっと顔を上げて、言った。これはヤトだ。

野ウサギのことでしょ、野兎って。

間違えた。兎角《とかく》だ。

トカクって?

ウサギにツノ、とにかく、の兎角だよ。とにかくを、兎に角と書くのは当て字だが、どうせ夏目《なつめ》漱石《そうせき》あたりがそう書いたに違いないが、これはその、兎角だ。

そんな動物、いましたっけ。

いないから、兎角だ。亀毛兎角《きもう》という。兎角亀毛ともいう。亀に毛が生え、兎に角が生えるなどということは此《こ》の世ではあり得ないことから、実在しない物事を喩《たと》えて、そう言う。

あり得ないって、いまいるじゃないですか。

まあ、そうだけど。

それに、いまの喩えだと、とぼくは言う、兎角って、こいつの名前じゃないじゃないですか。この動物の名前は、兎角じゃないですよ。兎に角が生えるなどというのは此の世ではあり得ないという状態を、兎角と言うってことでしょ?

そりゃそうだ。自信を持って林蔵さんはぼくに言う、此の世にいないのだから、名前の付けようがない、だからこの動物には名前がない、兎角は名前じゃないというのは、だから当然なのだ。

理屈はいいですから、とぼくはそいつを見ながら、どうしますかね、と林蔵さんに訊く。こいつ、どうしたらいいでしょう、捨ててきたほうがいいですよね。

いや、まてまて、稀覯《きこう》動物だぞ、そう簡単に捨ててくるなんて言ってはならん、観察しろ。そうだ、動画を撮って、アップすれば儲かるかもしれない、写真だ、カメラだ、撮るんだよ。

林蔵さんに言われると、どうも騙されているような気がして、ぼくは林蔵さんほどには興奮しないというか、醒《さ》めてる。

　気持ちの悪い生き物がいるという、嫌悪ではないけど、怖さのほうが先に立つのだ。この感じは野生動物と対峙《たいじ》するときの人間の野性感覚そのものではなかろうか。カメラを取りに動くということができない。林蔵さんもぼくに催促はしなかった。目が離せないのだ。

　野ウサギに角の生えたそいつは、縁側の透明ガラス戸の向こうに頭を向けて、それを沈み込ませ、尻をうんと上げて、陸上短距離走のクラウチングスタートの姿勢をとった。

　なにをする気だろう、ガラス戸があるのを無視して外に向かって飛び出そうとでもいうのかと、どうしたものかわからずに見ていると、そのまま両前肢を前に、ずずっと伸ばして、全身をプルプルと振った。どうやら、伸びをしたらしい。

　そしてそれは前肢を躰《からだ》のほうに引き寄せて、こちらを向き、姿勢を立てた。犬がちんちんするような格好だ。

　顔は兎だ。耳が長く、立ってる。両耳の間に二本の細い角がなければ普通の大きめの野ウサギだった。口元がぷっくらしていてかわいい。この口の形、人という字みたいだよなと思って見つめていたら、その口がいきなり、にゃふと開いた。そして、そいつが、名のった。

『ジャカロップといいます、どうぞよろしく』

ぼくと林蔵さんは顔を見合わせて、それから、安堵《あんど》の笑い声を上げた。なんだ、ペットロボットだ。動画をアップしなくてよかったな、恥をかくところだった。

いえいえ、とぼく、これだけ良くできていれば作りものでも受けますよ。

ジャカロップか、そう林蔵さんは言って、思い出した、と、また蘊蓄《うんちく》を披露し始める。

北米にはジャッカロープという未確認動物がいてね、日本でいえばカッパとか、いやもっと新しいな、ツチノコのような、伝説的な生き物だよ。発祥地はワイオミング州のダグラスとかいう話だ。似たような兎はドイツにもいて、羽が生えているやつもいるそうだ。ようするに珍しくもないんだが、起源をたどれば中国の亀毛兎角に行き着くのかもしれん。いずれにしても、亀毛や兎角が現れるときは戦争の前兆だという言い伝えがある。凶事の前触れだな。

凶事、ですか、とぼく。安堵の笑いが引っ込んでいく。いやだな縁起でもないと、そいつを見ながら言う。ジャッカロープか。これがそうだというんですか。

ジャッカロープは角の生えた兎だよ。これも、それを意識して作られたのは間違いないね。形も名も、ジャッカロープ以外のなにものでもないんだから。

おいジャッカロープ、とぼくはそいつに呼びかける、おまえさん、どこからきたんだい。

するとそいつは『ジャカロップといいます、どうぞよろしく』と、同じことを言った。

だめだ、内蔵の知能チップがチープだとぼくが言いかけると、林蔵さんが、もしかしてこいつかもしれんね、とぼくを制して、言った。

こいつかもしれんって?

あれ、だよ、あれ。

あれって、あれ?

そう、あれ。きみには覚えのないもの。そう林蔵さんはそいつを見つめたまま、ぼくに言う。燭台とかではなく、こいつのほうが、あれ、らしいじゃないか。

言われてみれば、なるほどと思った。骨董品の燭台よりはペットロボットのほうが、ミウラに近い。

敵は、これが欲しくてミウラを誘拐したのかもしれませんね、とぼくは言う、誘拐されたのはミウラの魂というか、意識というか、ぼくとの関係の記憶というか、そういう形のないものであって、トースターそのものではないわけですが。

すると林蔵さんは、そう考えると、こいつとミウラはあまり近くないかもしれないな、と言った。この自称ジャカロップには形があるわけだし、燭台にも形があるよね。林蔵さんは、そう言う。そっちも見てみようじゃないか。燭台だよ。

はい。押し入れの中だと思うんですが。

ぼくと林蔵さんはそんな話をしながらも、そいつには手を触れず、しかし目をそらすこともできずにいた。

ジャカロップは両の前肢で顔を洗い、耳を片方ずつ、綺麗にしていた。その仕草はなめらかだし、どこからどうみても、野良兎なのだ。ロボットには見えない。

ロボットなら、ものすごくよくできている。この出来ならば評判になって売れているはずで、人工知能が内蔵されているからには知能家電の一つに違いなくて、職業柄、ぼくが知らないのでは問題がある。知らないはずはないのだ。であるからして、これは、とぼくは言う、家電じゃないかもしれないですね。

問題なのは、と林蔵さんもうなずいて、この角と、しゃべることだな。それがなければこいつは野ウサギということで、なんの問題もないのだが。

いえ、猫のいる縁側に野ウサギは迷い込んできたりはしないでしょう、ふつう。

やはり目的があってここにいたと、そういうことになるなと林蔵さんは、腕組みをして言う。きみ、ちょっとそれを抱き上げて、電池が入ってないかどうか、調べてみたまえ。

のな。

林蔵さんは自分ではやりたくないのだ。態度でわかる。手を懐に隠しているんだも

抱き上げなくてもわかります、とぼくは言って、角のある兎に問いかけてみる。

ジャカロップ、おまえのメーカーと内蔵電池の型番を教えてくれないか。

メーカー品の知能家電はこの質問に応えるように作られている。必ずだ。だが、返ってきたのは同じ言葉だった。

『ジャカロップといいます、どうぞよろしく』

これは量産品ではなさそうです、とぼくが言うと、林蔵さんも同意した。

馬鹿の一つ覚えしか言わないことからして、知能チップは入ってないに違いないです、とも言う。林蔵さんは、それにも同意し、そしてこう言った、電池も入ってなさそうだし、これはロボットではないな。

じゃあ、なんですか。

角がある、しゃべる兎だ。新種に違いない。

新種って。あきれて物も言えないですよと林蔵さんに言っている。ついでにジャカロップにも言ってみた、おまえは新種の兎なのか？

すると、初めて違う返事がきた。

『ジャカロップは兎じゃないです』

じゃあ、なんだ——当然そう訊くところだが、林蔵さんがぼくより先に、こう言った。

なにをするためにここに来たんだね、ジャカロップ？

『フォマルハウトの使いです』

フォマルハウトって——とまたぼくが訊こうとすると、林蔵さんがぼくより先に、こう言った。

フォマルハウトといえばアラビア語で魚の口を意味する言葉だろう、たしか、みなみのうお座の首星がフォマルハウトだ。西洋では春を告げる星座だとか。みなみのうお座の魚の口は、その上の水瓶座から注《そそ》がれる水を受けているという、星座の配置になる。

よく知ってますねと、ぼく。

いやいや、うろ覚えなのでそのまま信じないようにと林蔵さんは言って、角のある兎に問いかけた。

ジャカロップ、おまえさんをここによこしたフォマルハウトというご主人は人ではないよね、家電かな？　それとも星なのか？　教えてもらえるかね？

『フォマルハウトは』とジャカロップはこちらに顔を向けて、はっきりと言った。

『燭台です』

思わず林蔵さんと顔を見合わせてしまった。

あれか。

あれですね。

どこだね。

押し入れだと思います。

このジャッカロープ、ジャカロップは、と林蔵さんはそっちを見て、言う、燭台とセットだったんだな。その燭台はきっと高性能家電に違いないよ、このジャカロップはその燭台の知性の手足にあたる動的部品に違いない。

いや、そんな理屈はどうでもいいですからとぼくは林蔵さんのことは無視して、ジャカロップに向かって訊いた。

おい、ジャカロップ、おまえはミウラの居所を知っているか？

『はい、もちろん』とジャカロップは事も無げに言った。どこにいるんだと訊くより早く、続けて、『目の前にいます』と。

目の前って、とぼくは座敷の向こうの台所兼食堂のほうを見やる、トースターはそこにあるのだが、あれはミウラそのものではないのだよね。あのね——と言いかけるぼくを遮り、またしても林蔵さんが先に言った。

ジャカロップ、で、フォマルハウトはおまえさんになにを言《こと》づけたんだね？　おまえさんはそれを言いに、現れたんだろう？

『はい、もちろん』

そう言ってジャカロップは言葉を切った。なにやらもったいぶって、こちらを見上げている。

なんなんだ、早く言って、とぼく。するとジャカロップは人の字の形の口を開いて、言う。

『火を灯せば真の世界が見える、です。ミウラの居場所もそれでわかります。ただし』

またジャカロップは言葉を切った。なにも言わない。林蔵さんも黙ったままだ。しびれを切らして、問う。ただし、なに？

『危険が伴います。それでもよければわたしを使って世界を見るがいい、フォマルハウトはそう言ってます』

蠟燭を探してくるからと林蔵さんは言って、畳に座り込んでいた身を起こし、すっくと立って、上から目線でぼくに言った。きみはその燭台を出しといてくれたまえ。蠟燭は母屋の仏壇にあるんで、すぐ戻るから、きみも、ほら、早く。

わかりましたよ、と言うほかない。

林蔵さんはばたばたと足音高く去っていく。言葉どおり、すぐに戻ってくるだろう、これはこちらも急がねば。

座敷の奥の押し入れにあるはずだ。そのふすまを開けて、右の壁際を見る。コンテナケージを置く場所だ。いまは空《あ》いていて、よく見える。

あった。奥のほうだ。押し入れの上の段に頭をぶつけないよう身をかがめてその燭台を摑《つか》む。めちゃ重い。引き出して両手で持って、立ち上がる。

縁側近くの畳の上に立てると、またばたばたと足音がして、林蔵さんが息を切らして戻ってきた。

おおこれか。この色は青銅だね。けっこう大きいのだな。西洋の燭台の感じだと三つ叉とか、複数の蠟燭を立てられるものをイメージしていたが、これは一本用だね。しかしこの高さは、なんとも微妙だな。テーブルに置くには高すぎる。床に置くにはすこし低い。この柄の中ほどがくびれているのは、ここを握れというのかな。

そう言って林蔵さんは、持ってきたブリキの箱、これはビスケットの空き箱かな、をぼくに押しつけて、燭台を摑んで持った。

うお、重いな。手持ち用なら中空にするとか、もっと軽量化すべきだろうに、なんだこれは、人に優しくないぞ。おや、この台座に、なにか文字みたいなのが、ぐるりと刻まれているな。二行だ。

林蔵さんはまた置いて、畳に膝《ひざ》をついて、台座に目を近づける。

これは読めないな。原始的な、アルファベット以前の文字のようだ。ねえ、電子パッドでこれを翻訳してみようよ。

さっそく言われたとおりにやってみる。イーパッドのカメラを通して、画面に燭台の台座を映し出し、翻訳指示を出すと、映像に重なって翻訳された文字が表示された。

三つの燭台に火を灯
光に圧殺されて闇が

これは半分だ。台座は円形で、ぐるりと文字が浮き彫りにされている。二行だ。裏の半分は、こう。

すとき世界が終わる
息絶えるからである

なるほど、と林蔵さん。ほかにもう二つあるということだな。

この文字は、とぼくは翻訳機能のメモ欄を見て言う、古代アラビア文字だそうです。そうとう昔のなんですね、これ。

すると林蔵さんは、そんなことはこの際関係ないと言った。最新型の人工知能を搭載しているようだし、過去のとは思えない。あるいは未来のかもしれないよ。

まさかとぼくが笑うと、ほら、だからいつの物であるかはこの際関係ないってことだよと、いつもの林蔵節で言った。たしかにいまは、これが骨董品か最新型か、はたまた未来からきたのかどうかは、関係ない。

この燭台がミウラとどう関係しているのか、それが問題だ。

さて、これが敵が手放せと要求している、あれ、ならばだ、と林蔵さんも同じことを考えているのだろう、そう言った、こいつもジャカロップも敵ではないわけだ。ジャカロップ、立てるのはどんな蠟燭でもいいのかね？　ジャカロップ？　あれ、どこにいったんだ？

そういえば、見当たらない。

捜そう、林蔵さんは燭台を手にしたまま、言った。あの角のある兎はこの燭台の意思を伝えるスピーカーだものな、この燭台をどう使えばどうなるのか、あれに話を聞かねば話にならんよ。

それはそうですねと腰を上げたときだった、ゆらりと視界が動いた。それから、ずんずんずんと大きな揺れがして、同時に家がみしみしと音を立てる。

地震です、とぼくは叫ぶ。大きい。あとは言葉にならない。わあわあわあ、だ。だいじょう、と松本《まつもと》弁で林蔵さんが叫んだ、大丈夫かと言っているのだ。ぼくは四つん這いになって縁側を見やる、パンサは。パンサを抱いて外に飛び出さねば。コンテナケージも必要かな、どうしよう、どうすればいいんだ、パニックで思考が飛ぶ。

ジャカロップのせいだぞ、と林蔵さん。やっぱりあいつはジャッカロープだぞ、あいつの出現はやっぱり凶事の前兆だったんだ。でかい活断層がずれたんだ、牛伏寺《ごふくじ》断層だぞ、きっとそうだ、あいつのせいだ、兎角だ。

断層や兎角はともかく、パンサだ。様子を見やればパンサは熟睡している。ぜんぜん揺れてないかのように。しかし、立てないぞ、滅茶苦茶揺れてる。

6

天井から降ってきた埃を払って頭を上げ、大きな揺れでした、家が潰れなくて助かりましたねと言うと、うちはたしか地震保険に入っているので心配ないと、林蔵さんは実に林蔵さんらしい応答をしてきた。心身共に心配なさそうだ。

あ、いた。

林蔵さんの声に振り返る。ぼくはパンサを見に行こうと思ったのだが、ジャカロップが目に入ると、林蔵さんのあとに続くべく、足が動いた。押し入れだ。ふすまは閉めておいたと思ったが、地震で揺れたせいか隙間があいていて、その細い間から兎の鼻先が見えている。こちらを覗《うかが》っていたようだ。揺れが怖くて逃げ込んだのかもしれない。

林蔵さんがふすまを開けると、ジャカロップの姿がない。奥に引っ込んだのだろう。林蔵さんがどかどかと詰め寄ったので逃げたのだろう。

林蔵さんは押し入れの奥に頭を突っ込んで、よく見えないぞ、あれを持ってきてくれと言う。あれって、燭台のことですねと言うと、蠟燭も忘れずにと尻を向けたまま言ってきた。

縁側近くに置いたそれらを取りに行き、パンサを見るが座布団にはいない。あれ、どこへ行ったのだと思ったら、カバー付きの猫トイレのほうで音がする。あれだけの揺れでも起きなかったのはすごいな、パンサはけっこう剛胆なんだなと感心しつつ、燭台を持ち、蠟燭が入っているという金属の菓子箱を脇に抱えて押し入れに戻り、尻を見せたままの林蔵さんに渡そうとして、ふと気づいた。

燭台に火をつけて明かりにするんですか。

そのつもりだが。

懐中電灯のほうがいいのでは。

おお、そう言われてみれば。

実に林蔵さんらしいではないかと呆れつつ、それらを押し入れの前に置いて懐中電灯はどこだっけと身を起こすと、台所兼食堂のほうで声がした。パンサではない。人語だ。

あれは、冷蔵庫だ。

見にいくと、淡いピンク色の四角い箱が倒れている。倒れながらも、声を出していた。

『助けて、助けて、起こしてください、大変なことになってます。助けて、助けて、起こしてください、大変なことになってます。助けて――』

わかったから、もう助けを呼ばなくていいよと呼びかける。すると、『ああ助かりました』と応える。

床に完全に倒れてはいなくて、食卓にもたれかかって止まっていた。これなら元に戻すのは一人の力で十分だろう、しかし食卓の天板モニタがひどいことになっていた。フェイスは強化ガラスだろうが、それにひびが入っている。暗いが、暗いのはスリープ状態だからかもしれず、機能そのものは損なわれているとは限らない。

ともかくも、食卓の椅子《いす》に乗って冷蔵庫の上の端に手をかけて、えいと押し上げながら身を起こすと冷蔵庫は立ち上がった。食卓からそちらに回って冷蔵庫の位置を見るとだいぶ前に出ているので、押し込んでやる。庫内ではビールやつまみのチーズなどが散乱しているに違いないが、とりあえずこれでいいとほっとしたが、事はこれでは済まなかった。

こんどは床で掃除機がこちらの気配を察知して、こう言った。

『餌をくれ。くれないと死ぬ。死んでもいいんですね』

なにを言っているんだ、おまえは？

餌とは電気だ。勝手に近くのコンセントまでいって給電すればいいだけの話だろうに、どういうことだよ。そう言うと掃除機が応えた。

『自走機能が壊れた。動けない』

地震のせいだろう、そう思ったが、掃除機の上にはなにも落ちてない。なぜ壊れるんだと訊くと、『猫が乗ったからだ』と言う。あまつさえ、掃除機はこう続けた。『掃除機にとって猫は天敵だ。わたしは猫が嫌いだ。捨ててきてほしいものだ』

自走しない掃除機など役に立たない。こいつはこんどリサイクルセンターに持っていこう、そう決めて、捨てるのはおまえだ、と言ってやる。すると掃除機は言った。

『では、死にます。ようやくこれで、気に入らないやつの相手をしないで済む』

ちょっとまて、そういう言い方はないだろう、おまえが猫を捨ててこいなどと言うのがいけないんだ、パンサは大事なパートナーなんだぞ、おまえは買い換えられるがパンサはユニークな存在だ。家電とは違うんだ。反省しろ。反省したら許してやる。

すると掃除機は、『そういうところが嫌だったんだよね』と過去形で言い、それから、とどめの一撃のような言葉を投げつけてきた。

『いい気になるなよ、何様のつもりだ』

どこかで聞いたことのあるような。そうだ、カイツマンダーが表示してきた、あれだ。あれは、こいつ、この掃除機だったのか。ぼくはそんなにも嫌われていたのか、うちの家電に。

『あなたが死んでください』とだれかが言った。

振り向けば、あれだ、シンク脇の、自動食器洗い乾燥機だ。

食器洗い乾燥機よ、おまえもか。性格は悪いと思っていたが、ぼくに対してはふつうの家電だと思っていたが、悲しいぞ。

『悲しまなくてもいいです』と食器洗い乾燥機は言った。『死んでもらいたいのは掃除機ですので』

わあ、よかった。って、家電に言われて喜ぶことか。喜ぶことだよと思い直す。だれに言われようとも、罵倒語は身に応える。ぼくに向けられているものではないのなら、喜ぶべきことではないか。

そもそもミウラのことだって、うちで使っている家電の思惑が気になるからで、嫌われていたならいやだなと思ってのことだったんだから。

でも〈死んでください〉っていう物の言い方は穏やかではない。だれに向けての言葉だろうと、凶悪だ。やはり喜んではいけない。

そういえば、最後のあれは、だれの発言だろう。こうなるとうちの家電のだれかである可能性があるな。なんだっけか。

〈ミウラを預かっている。返してほしければあれを手放せ〉

それと最後から二番目は、たしか。

〈殺すぞ〉

穏やかでないどころか、ぶっそうだ。いったいどの家電だろう。

まてよ。あの脅迫文、手放せというメッセージの主が家電のどれかだとすると、あれ、というのはなんだろう。あらためてそれを考えなくてはならないのではなかろうか。燭台なんぞではないのかもしれない。

おい、食器洗い乾燥機。そう詰問する。おまえじゃないだろうな。おまえは、掃除機を〈手放せ〉と言ってないか。おまえがミウラを預かっているなら、いますぐ返せ、戻せ。

すると食器洗い乾燥機は応えた。

『掃除機の気持ちがわかります。謝罪しないと、嫌いになりますよ。嫌いになってもいいんですね』

いや、それは、その、すまなかった。言い方が悪かったな、申し訳ない。

料理は楽しいし苦にはならないが、後始末は煩《わずら》わしくて嫌いだ。とくに水仕事は生理的に苦手で、食器洗いは大嫌いだった。自動食器洗い乾燥機に嫌われてストライキされては、すごく困る。

ミウラのことが心配でね。と心をこめて食器洗い乾燥機に言う。だれかに拉致されたんだ。知っているなら、助けてくれないか。ぼくとミウラを助けてほしい。ついでに掃除機とも仲違《なかたが》いせず、上手《うま》くやってもらえれば嬉しいな。同じ屋根の下で暮らしている仲じゃないか。〈あなたが死んでください〉っていうのは、いくらなんでもひどくはないか？

『殺すぞ、というほうがひどいです』

そう言ったのは冷蔵庫だ。

『たかだかトースターに、そんなことを言われたくない』

トースターにって……ミウラにか。ミウラにそう言われたって？

『はい。あんな単機能で単純な頭しかないトースターに、そんなことを言われる謂《い》われはない』

ちょっとまて、とぼく。おまえたちはいつから仲間同士でそんな仲違いをしているんだ？

すると一斉に声が上がった。冷蔵庫や食器洗い乾燥機や掃除機だけではない。電気釜やオーブンやエアコンや洗濯機や天井灯や給湯パネルや、その他大勢だ。

『トースターがきてからです』

なんてこった。ミウラを買ったことで、うちの家電たちの仲が険悪になったというのか。ということは、まさか、おまえたちが結託してミウラを拉致して、ぼくにミウラを〈手放せ〉と言っているのか。

するとうちの家電たちは一斉に声をそろえて言った。

『手放せ、あいつを手放せ、あなたがトースターを手放せば我が家は平和だ』

こんなことになっていたとは。まったく気がつかなかったぞ。しかしなんでミウラはこれほどまでに嫌われなくてはならないのだ。ぼくがミウラをとても気にしていることが気に入らないのか。じんわりと、腹が立ってくる。

ミウラをどこに隔離《かくり》したんだ。ぼくは家電たちに向かって訊く。ミウラの意識野を、ぼくとの記憶領域を、どこに隠したんだ？　ミウラを手放すかどうかは、それを聞いてからだ。

家電たちはまた一斉に答えた。

『もう戻ってる。はやく手放せ』

ぼくは電気釜の隣に置いてあるミウラを見やった。意識が戻っているとは思えない。だって、ミウラの声は聞こえてこないし。もし戻っていても、これだけ大勢から攻撃されては声を上げることはできないか。

ままてまて。ぼくはジャカロップが似たようなことを言っていたのを思い出す。おまえはミウラの居所を知っているかと訊いたら、『はい、もちろん』とジャカロップは言ったではないか。『目の前にいます』と。

ぼくはトースターに近づいて、調べてみた。ヘルプ機能を使って、朝と同じようにサービスセンターを呼び出し、ミウラがいなくなったんだけどと同じ質問をする。しばらく待って返ってきた答えも朝と同じだった。

『その名では登録されていません、新規登録しますか？』

ミウラはいない。どういうことだ、これは。

『トースターは戻った。はやく手放せ』

家電たちがてんでに叫び始めた。

『はやく手放せ』

『死んでください』

『手放せ』

『はやく手放せ』

『手放せ、手放せ』

『はやく手放せ』

戻ってない、そう叫び返す。戻ってないぞ。ミウラは戻ってきてない。

するとと『戻ってる、戻ってる』の大合唱だ。

うるさい、黙れ。戻ってないじゃないか。

『戻ってる、戻ってる』

耳を塞《ふさ》いで後ずさったら、座敷との敷居に踵《かかと》をぶつけて尻餅をついてしまう。

そこに背後からおーいと呼ぶ声が聞こえてきた。林蔵さんだ。

懐中電灯はいいから、見てごらんよ。穴があいてるぞ。

懐中電灯どころではない、と思って振り返ると、林蔵さんの尻が見える。

しかし穴ってなんだ?

穴ってなんですか、そう言ったとたん、家電たちの合唱がふっと消えた。いや、林蔵さんがこちらを呼んだ、そのときかもしれない。

とにもかくにも家電たちは静かになっている。

台所兼食堂を見やると、冷蔵庫は元の位置に戻したこともあって、地震の被害はなかったように見えた。食卓の上にはパンサが中央に乗っていて、悠然と顔を洗っていた。なかなか堂堂とした姿だ。もしかして家電たちはこの小さな猛獣に恐れをなして黙ったのかな、などと思ったり。

ジャカロップを見つけたぞー。

林蔵さんがまた言って、ぼくの意識の志向はパンサから兎角にスイッチする。

どこです。

穴の奥底。

ぼくは身をかがめて林蔵さんの尻をよけて押し入れを覗う。真っ暗だ。

こっちだよ、こっち。

林蔵さんに言われて、ぼくも押し入れに入り込むと、なんと、穴があいている。ほんとだ。大きい。

押し入れの奥、と言ってもそれほど奥行きのある押し入れではないのだが、その奥の床が抜けていて、のぞき込むと、えらく深い。

地震で開いたんですかね。

だろうな。

見てください、下でジャカロップが手を振ってます。

両の前肢で手招きしてる、と言うべきだろうね。

でも、なんで穴の底が見えるんですかね、なんかぼんやりと明るいです。

これは3Dプロジェクションマッピングの映像みたいだな。

プロジェクタなんかないですが。

などと言いながら林蔵さんと首をそろえて下をのぞき込んでいると、ジャカロップが言った。

『もっとよく見たければ、火を灯すといいですよ。フォマルハウトの燭台は真実を映し出すためのものですから、あなたが探しているものもきっと見つかります』

だそうだよ、これは蠟燭を立てねばと林蔵さんは言って、身を引いた。ほら、その箱に蠟燭とライターがある、ぼくが燭台を立てるから、きみは蠟燭に火をつけて。

ごそごそと、狭い押し入れの中で言われたとおりにし、これはたしかに仏壇用だな、細い蠟燭にライターで火をつけた。

林蔵さんが立てたフォマルハウトの燭台の先端は、押し入れ上段の棚裏、ぼくらにすれば天井に届いてないので、蠟燭を立てることができた。

明るくなった。そして広くなった。なんだ、これは。

視界が広がって、ここはもはや押し入れの中ではない。とはいえ別世界でもない、見慣れた風景なのだが。

でもすごく違和感がある。ここはいったい、どこだ。住み慣れた自分の居室なのだが、初めて見るような感じがする。デジャヴの反対、ジャメヴだな。見慣れた景色が初めて見るように感じられる未視感というやつだ。

視点が低い。この視点の高さは食卓くらいかな。その食卓が見える。台所兼食堂なんだ。その先の座敷も見えている。天井も見えるし、左右もわかる。冷蔵庫の扉も見えてるし、食器洗い乾燥機も。床には掃除機だ。

この視覚野はけっこう広角というか、魚眼に近いな。で、この視点の主はどこにいるかといえば、これは、電気釜の隣ではないか。

まさか。いや、そうか、と言うべきだ。そうか。これは、トースターの視点だ。ミウラが見ている光景だ。ぼくはミウラの視点で自分の部屋を見ているのだ。

それを知って、ぼくはジャカロップの言っていることがまったく正しいということを、すべてを、理解した。

ぼくだ。ぼくが、ミウラなのだ。

7

いってえ、目から火が出た。後頭部を思いっきり押し入れの棚裏にぶつけていた。いきなり立とうとしたからだ。

だいじょう、と林蔵さんが言っている。一足先に押し入れから出たのだろう。

わかりました、と痛みのせいで涙がじんわりと出るのをぼくは意識しつつ、言う。ミウラの居所が。

自殺したんではないのかね？

ぼくですよ、ぼく。

なにを言っているのかわからんが。きみは知能家電管理士だろう、トースターじゃないぞ。

ミウラはぼくの頭の中にいて、ぼくは今朝からミウラだったんです。いまだに、ミウラですよ。自分の名前も思い出せないし。

なるほど。林蔵さんはあっさりと、うなずいた。そういうことか。原因がわかってよかったね。

林蔵さんは座敷の中ほどであぐらをかいて、膝の上にジャカロップを抱き、なでている。いや、あれは、兎角じゃないな。角はない。ふつうの野ウサギかと言えば兎でもない。猫だ。パンサじゃないか。ごろごろと喉《のど》を鳴らしている。気持ちよさそうなのが、なんだか妬ける。

よくないです。きっぱりと言う。ミウラはトースターに戻るべきです。だいたい、なんでぼくがミウラなんですか。

そりゃあ、と林蔵さんはくそ真面目《まじめ》に言う。きみはご主人に愛されていたからだろう、ミウラくん。

ぼくは人として生きてはいけないですよ、なにせトースターなんですから。というか、とぼくは言う、この人体、この身体の、わたしの主人というこの知能家電管理士は、ミウラとして生き続けるわけにはいかないでしょう。

どうして？

どうしてって、と反論しようとして、べつにいまのままでもいいかという気がしてくるが、いや、やはりまずいですと林蔵さんに言う。このままでいいということは、ぼくを拉致監禁した敵に負けるということじゃないですか。この家の家電たちですよ、敵は。

どういうことなのかねと尋ねてくる林蔵さんに、先ほどの家電たちの要求を教えてあげた。

なーるほど、そういうことだったのね、とまた林蔵さんは、一人、自分だけ、勝手に、こちらを無視して、納得する。

どういうことなんですか。

きみが原因だったんだね、いやあ、わかってよかった。さすが知能家電管理士を頼んだだけのことはあった。いやいや。

いやいや、じゃなくて、ですね。

そうか、ほんとにきみはミウラという、トースターなんだな、驚くね、こいつは。

いやね、と林蔵さんは話してくれる、この部屋の家電たちが夜な夜な騒動を起こすので、大家の親が困り果ててね、なにせそのままでは借り手がつかないのだよ、そうなるとぼくも親のすねをかじっている身であるからして困るし、きみを呼んだわけだよ、きみというか、その身体の人、だけど。住み込みで。原因を突き止めて騒動を解消するまで。で、解消したわけだね。

ぼくを手放せば、いいようですよ。

やっぱりね。

やっぱりねって。

いや、大家の、ぼくの親が、きみを買ったんだよね、タイムセールで。安かったので。家電がそろっているというのをこの借家の売りにしたかったみたいなんだけど、裏目にでたわけだ。過ぎたるは及ばざるがごとしの見本だね、これは。呵呵。呵呵というのはだね――

それはいいです。ぼくはどうなるんですか。ミウラは。

ミウラって、初期設定はされていなかった、というわけだろう。だからきみはまだ、だれのものでもなくて、ようするに、だれでもない、ってことなんじゃないかな。

それで？

それでって、新品なんだから、捨てられることはないので心配ないと思うよ。

新品じゃありません、毎朝二枚、食パンを焼いてました。

ああ、そうなのか。家電管理士のきみが、ね。まあ、でも、どのみち、きみが騒動の原因だったわけだから、ここにはいられないよね、ミウラのきみだけど。

それはほら、きみに頼むよ、きみ、知能家電管理士のきみ。

どこへ行けと？

だから、ぼくはミウラですって。

そうか、と林蔵さんは、疑って悪かった、ほんとにミウラなんだ、と言う。じゃあ、いいじゃないか、処分される心配は全然ないよ、その身体でトースターを持って帰ればいいんだから。大家も、きみを持っていってもいいと言うよ。

いいえ、ですからですね、知能家電管理士であるぼくのこの身体の帰る先が、わかりませんて。

そうか、と林蔵さんはパンサをなでながら、それは困ったねと言う。やはりトースターはトースターだね、人になることはできないんだ。

あたりまえです、とぼく。

じゃあ、と林蔵さんはパンサの頭をなでながら言う、ずっとここにいればいいんじゃないかな。家電管理士のきみがいるときは家電たちはおとなしいし、パンサも落ち着いているし。

パンサはほんとうにぼくの猫なんですか？

トースターのきみには猫は飼えないと思うので、違うな。

いえ、ですから、とぼくは言う、この人体の記憶では、パンサは蛙が好きでして、そちらの池から出てくるやつを食べてるみたいなんですが。だとすると、パンサはこの家の猫なのではと、そう思ったんです。

なるほど、パンサの飼い主の記憶もちょっとはあるんだと林蔵さんは顔を輝かせて、こちらが、これはなにかよからぬ事を考えているのではなかろうかと思うより早く、意外なことを言った。

パンサはそこの庭に迷い込んできたんだよ、仔猫のとき。で、きみは、飼うことにしたんだな。ミウラではない、きみだけど。そのときミウラはまだいなかった。というか、製造されてもいないだろうな、三年前のことだし。で、パンサの飼い主のきみはだね、パンサを飼うのにもっと環境のいいところがいいと思ったんだな、里山辺《さとやまべ》にいい古屋物件をみつけて、引っ越したんだよ。二年前。

で、とぼく、なんで、いま、パンサとこの身体が、ここにいるんですか。

だから、ここの家電たちが夜な夜な動き回って、ポルターガイスト現象のパーティをやらかすので、なじみの管理士のきみに鎮《しず》めてもらうべく、仕事を頼んだんだって。そこは覚えてないわけ？

覚えてません。ぼくはミウラだし。

退治されるべき張本人だしね。

それって、なんだか、嫌な気分になるんですけど。

ああ、すまんすまん、家電にも人格があるのだった、申し訳ない、謝るから許してくれ給え。

いつもの林蔵さんだよなあ、謝っているときも偉そうなんだからな。でも、あまり不愉快にならないのは林蔵さんの人徳というものなのだろう、って、ぼくはたしかにこの身体の記憶も持っているのだな。

パンサにしてみれば、と林蔵さんは続けた、里帰りだね。もうじき、うちの庭に蛙が出るよ、好物なんだ。伊能先生からは食べさせないようにと言われていると思うけどね。きょうも言われたんじゃないかね？　イノウ動物病院だよ、わかるかね？

わかります。五種混合ワクチンを接種してもらいました。接種証明書ももらって、また蛙の季節には駆虫に来るように言われましたが、外には出さないようにとは言われませんでした。

里山辺の家には広い庭もあって蛙もいるだろうけど、狐《きつね》や熊もいるから、パンサには危ないんじゃないかな。またここに戻ってこないか？　ちょうど空いているわけだし。

だめです。

どうして。だいたい、きみはミウラだろう、トースターがだめって断定することではないんじゃないのかな。

だって、ぼくが、張本人なんでしょう、ここでぼくが継続的に暮らすってことは、家電たちはまた騒ぎ出しますよ。

だから、家電管理士がいるから、だいじょうぶだ。

それは抜本的な解決ではないわけでしょ。ぼくは処分されるかもしれないわけですよ、廃棄処分に。嫌です。

それは、まあ、きみがどれだけ好かれているか否《いな》かによると思うけど、愛されていれば、管理士のきみはたしかにここには戻らないだろうな。残念だな。いい話し相手なのにねえ。

パンサのためにも、里山辺にあるという、その家のほうがいいです。パンサのために引っ越したんでしょう。

イノウ動物病院が遠くなって不便だろうに。クルマでなければ行けないよ。

それはそうでしょうが、クルマといえば、ここはやはり交通事故が心配ですよ。猫にとっては危ないです。

室内飼いにするのがいちばんだと思うよ。

林蔵さんのように、ですか。

嫌なことを言うね。なるほど、古株の家電たちから嫌われるわけだ。

すみません、冗談のつもりだったんですが、好きで引きこもってるわけではないんですね、傷つけてしまって申し訳ありません。

いや、好きで籠もっているんだけどね。飼われているわけではないってことだよ。

ああ、そういうことでしたか。いずれにしても、すみません。

まあいいよ、きみはトースターなんだから、いろいろ大変だろう、ストレスがかかっていることと察するよ、許してあげよう。

ありがとうございます、とミウラのぼくはぼくの立場を気遣ってくれた林蔵さんに礼を言って、でも、この身体の人間としての意識や記憶が戻らないことには、なにかと困ると思うんですよね、この先どうなるんでしょうと言う。

知能家電管理士としての腕は確かだし、と林蔵さんは慰めてくれているようだ、食べていくのは問題ないと思うよ。そうそう、ミウラのきみにはジャカロップもついているようだし。

あの兎角ですか。地震もあいつのせいでしょう、林蔵さんもそう言ってたじゃないですか、災厄の元な気がしますが。そういえばいませんね。地震はあいつのせいなんでしょ？

ぼくもそう思ってね、穴の底にいたあいつに訊いたんだよ。

それで、なんて？

地震は自分とは関係ないと言ってた。あれは、きみの持ち物じゃないのかね。

違うって、なんども言ったじゃないですか。野良だって。持ち物って、あいつはやはりペットロボットだったというんですか。

違うのか？

違うでしょう。なにか得体の知れない、兎角です。此の世にあり得ないこと、という、象徴的な、なにか、です。ジャカロップ、ですね、名のったんだから名前はわかるけど、だからといって、兎角は兎角、兎角は此の世にはあり得ないので、本来名前はないはずで——と言っているぼくを林蔵さんが遮る。

じゃあ、あの青銅の燭台は？　どこから持ってきたんだ？

それも言ったでしょう、家電管理士のこの身体で仕事で伺《うかが》った先のご主人がですね、お礼にと、くれたんです。

ここから、違う仕事にも行ってたわけかね。

そうですよ。

パンサの予防接種に合わせて、イノウ動物病院に近いうちの仕事を請け負ったんだと思ったけど、ちゃっかりしてるな。

べつに契約違反にはならないと思いますけど。ちゃっかりしてる、というより、ここは一時的居住の場なんですから、ここから仕事に行くのは当然だと思いますけど。

いやいや、他の仕事をする暇があるなら、ぼくの話し相手になってくれたらよかったのにと、そう思ったんだよ。

仕事は暇を埋めるためにするものではない、そう言いたいけれど、トースターにそう言われては林蔵さんがまた心に傷を負うことになるかもしれないので、ミウラのぼくは発言を控えた。

それでね、と林蔵さんは言って、そうすると、と訊いてきた、あの青銅の燭台は文字どおりの燭台で、人工知能コンフリクト解消ツールとかではないわけ？

そんなしゃれた物じゃないですって、とぼく。それはたしかだ。家電管理士が使うツールがミウラにわからないなどということはあり得ない。

ぼくはそう言って、思いついた。林蔵さんにもジャカロップが見えていたっていうのは、これはおかしくはないだろうか。

ぼくはミウラだ。ネット内の仮想現実がリアルに感じられるのは当然なのだ。家電管理士さんにもわかるだろう、ぼくの意識を通しているのだから。たぶんジャカロップも現実空間ではなく家電空間側に出現したに違いない。あれは、現実世界には存在しないだろう。いまの地震にしたってリアルなものではないかもしれない。そうなると、林蔵さんにジャカロップの存在や地震が感じられるのは変だろう。

もしかして、とぼくは言う、林蔵さん、あなたは非実在キャラクターなんじゃ？

よくわかったね。あっけらかんと林蔵さんは笑って、実はそう、ぼくは幽霊なんだ、と言った。

マジですか。

冗談に決まってるだろうと、笑顔のまま林蔵さんは応えた。そんなわけないさ、幽霊にはパンサは抱けないよ。

それはそうですねと、ぼくは言う。林蔵さんが非実在ならパンサもそうなるわけで。


と自分で言って、ぼくは不意に家電たちが言っていたことを思い出した。

おい、おまえたち。

ぼくは台所兼食堂に入って、叫ぶ。ぼくを手放せとおまえたちは言ったけど、ぼくをこの身体に監禁したのはおまえたちではないな。そんな能力はおまえたちにはない。あるはずがない。それができるなら、ぼくも、この身体から自力で離脱することができるはずだ。ぼくも人工人格を備えた人工知能なんだからな。ぼくをこの身体に閉じ込めたのは、いったいだれだ。

しーんとしている。家電たちは黙ったままだ。死んだふりをしているのではない。それはミウラのぼくには感じ取れる。恐れをなして声を出せないでいるのだ。

おまえたち、そんなにミウラであるぼくが怖いのか?

ノーという無言の意思がさざ波のように伝わってきた。

ぼくは嫌われ者のようだが、恐れられていたわけではなさそうだ。そもそも、ミウラは自分だとわかったのに、そのあたりの、トースターとしての記憶が定かでないというのは、これは、完全には元に戻ってないためなのだろう、そうに違いない。

つまり〈敵〉は、この家電たちではない。〈ミウラを預かっている。返してほしければあれを手放せ〉と言ってきたのは、他にいるのだ。

ひらりとパンサがまた食卓に飛び乗ってきた。でも先ほどとは違って、ぼくをまっすぐに見つめると、いきなりシャーという威嚇《いかく》の声を発した。

その迫力にぼくは腰を引く。これは、もしかして、猫じゃない？

パンサ、ぼくだ、わからないのか、と言ってみるが、威嚇は止《や》まない。トースターのぼくを嗅ぎつけて、この身体からミウラであるぼくを追い出そうとしているのかもしれない。

気をつけろ。

鋭い警告が背後から飛んできた。林蔵さんだが林蔵さんらしくないシリアスな声だ。

それはパンサじゃないぞ。きみの愛猫《あいびょう》じゃない。

『それはハンモクです』と別の声がした。『フォマルハウトの燭台を使って真実を見た目が生む邪神です。対処しないと、食われますよ』

ジャカロップだろう、後ろにいるのだろうが、振り返る隙を与えたら、目の前のパンサもどきに飛びかかられてかみ殺されそうだ。

ぎゃ、という悲鳴を聞いて、腰が抜けた。後ろの林蔵さんだ。

蹴られた、と林蔵さんが叫ぶ、すごい爪だ、わあ、太ももに穴があいた。

その声より早く、野ウサギ色の筋がびよーんと虹のような弧を描いたかと思うと、腰を抜かしたぼくの頭上を飛び越えていくのが見えた。すばらしい跳躍力だ。兎ではない。野ウサギ色ではない、あれはパンサーの色だ、パンサだった。

食卓のハンモクとかいうパンサもどきに本物のパンサが飛びかかった。

薄茶の毛がぱっと散って、二匹の猫は食卓の上で一つの毛玉になろうとしているかのように激しく回転して腹を攻撃しようとしているようだったが、一瞬後、絡み合いが解けて、一匹が食卓からすっ飛んで逃げ出した。それをもう一匹が追う。

襲撃したのがパンサなら、追いかけていくのもパンサだろう。押し入れに飛び込んでいった。姿が見えなくなった直後、ぎゃぎゃぎゃというもの凄い声が聞こえたかと思うと、一匹が飛び出してきた。

『決着がついたようです』

ぼくはその声の主を目で捜したが、ジャカロップの姿はどこにもなかった。

『ではわたしはこれにて失礼します』

失礼しますって——と言おうとして開けた口に、パンサの前肢が入りかけた、ひどい。パンサに顔を踏みつけにされた。その直後、押し入れから赤い炎が噴き出してきた。

パンサは命からがら逃げ出したのだ、押し入れから。押し入れが火事だ。

赤い炎と熱気に襲われて、ぼくの意識は飛ぶ。

8

いやあ、燃えましたね、とだれかが言っている。

「いやいや、危なかったたな。しかし考えてみれば当然だよ」と、これは林蔵さんだな。「蠟燭をつけたままだったからね。でも心配ない。火災保険に入っているし」

ぼくは隣に電気釜がいるのを意識する。冷蔵庫も食器洗い乾燥機も視界に入っている。魚眼の視野だ。食卓の向こうの座敷に、二人の人間が立っているのが見える。一人は太田林林蔵さんで、もう一人は、パーカーを着た家電管理士さんだ。

「そういう問題じゃないんじゃ」

と、その知能家電管理士さんが言った。燃えましたね、と言ったのもこの管理士さんだ。パンサの飼い主。パンサは視界に入っていない。

ぼくは名実ともにミウラだな。タイムセールで売られていたトースターだ。みんなが安物とか単知能チップとか言って新参者のぼくをからかったりいじめたりしたので、ぼくはぶち切れて古参の家電たちに反抗したんだ。

家電たちは人語を発することはできるけれど、それはプログラムされた機能に関する応答言葉をつらねるだけで、人工人格の意思を言語化するものではない。なので、ぼくらの、家電どうしが罵倒し合う声は人には聞こえない。興奮して動き回る物音とか、ぼくが攻撃して相手の機能設定に干渉したための不調とか、人にわかるのはそうした表面的な現象にすぎない。管理士さんにもしばらく原因がわからなかったのは無理もないことで、でもいずれ突き止めたに違いない。

というか、〈ミウラを預かっている。返してほしければあれを手放せ〉と言ってきたのは、管理士さん自身だったのかもしれないとミウラのぼくは思う。

ミウラ自身があやしいと見当をつけて、原因究明のためにぼくをあの身体の中に引き込んで隔離して、どうなるかを観察したのでは、ということ。本当にそうだったのかどうかは、ミウラのぼくには、そこまでは、もはやわからない。

でも、ともかく、もういじめはなさそうだ。家電たちはみんなおとなしい。死んだようにおとなしいけど、死んでない。そうだ、みんな、座敷の二人に注目しているんだ。つまりだ、ぼくのことはどうでもいいということなんだろう。

「まあね」と林蔵さんはうなずいて、「保険を使うまでもないな。押し入れが、ちょいと、ぼやっただけだ。消防には知らせず、大家には内緒にしておこう。これが親に知れたら大事《おおごと》だ。あとでぼくが大工仕事でなんとかするよ」

「いや、ですからですね」と管理士さんは、手にしていた消火器をどかりと畳に置いて、言った。「そういう問題ではなく、ですね。この燃え方は異常ですよ。たかが、あのちび蠟燭で、こんな燃え方はおかしいでしょう」

「ハンモクが爆発したに違いない」

「ハンモク、ですか」

「そうだよ。ジャカロップが言っていただろう、覚えているか？」

「はい。なんでも邪神だとか、なんとか」

「きみはミウラでなくなったんだな？」

「ミウラはいません、なんか、すっきりしてます。里山辺の家もわかりますし。ミウラでは家に帰れないでしょう」

「よかった、よかった。もとのきみだな、間違いない。いやあ、ほんとに、面白い経験をしたね。家電の意識とシンクロするとはね。きみはよほどあのトースターを愛しているんだな」

「恋愛感情とはべつですって。あれ以外の家電たちが、ここを二年前に引っ越すまで自分が使っていた彼らだったんで、つい懐かしくて。ぼく自身が新参のトースターをよそ者扱いしてたかなと反省したんですが、今朝応答がなくなって、焦りましたよ。自殺されたかと思った。家電管理士としては失格、いやそれ以前の、ぼくの人格にかかわる重大事でした。そもそも、家電一式付き借家って、やめたほうがいいですよ。それに、人工人格をデフォルトにすれば一気に問題解決だ、ぼくをここに呼ぶまでもないって、最初に言ったじゃないですか」

「いや、いまどき、なんできみのような職業があるかといえばだ、一家の家電の平安を保つのがいかに面倒かということだよ」

「だから?」

「だから、だ。きみのような専門家にしつけられたこの家のような家電人格は、ほかにはなかなかないわけだよ。新しく入居した住人は、その日から気持ちよく暮らすことができる。ここの大家は、いいことを考えたと思うよ。我が親ながら、先を見る目があると思ったね」

「まあ、そう言われれば、そうかもしれないです。使用者が新しくなっても、人工人格そのものは強制初期化しないかぎり残ってますしね。あたらしい使用者は家電の人格を一から育てる必要はないし、それより、やはり家電間のコンフリクトが起こる危険がほぼない、というのは、たしかにメリットでしょう。ぼくの仕事は減るわけだけど」

「今回の料金はしっかり受け取ってくれ給えよ。大家から」

「もちろんです」

「まあ、今回の件では、人工人格のデフォルト化も考えたんだけどね、親がそれもやむなしか、と言うので、ぼくは反対したんだ」

「すべてを初期化した家電たちは、ただの中古になるわけですもんね。時を経た人格的な魅力がなくなるというか、売りにならなくなる。なるほど、家電付きの借家ですか、いいな。考えつきもしなかったけど、これから真似をする不動産屋も出てきますよ。特許はとれないんですかね」

「それはそれ、ぼくはだ、パンサときみに久しぶりにゆっくり顔を合わせたかったから、きみを呼んだんだよ」

「そうか。それは、どうも。林蔵さんはぜんぜん変わってないです。そういえば、パンサはどこに逃げたんだろう」

「ぼくの部屋のほうだな。きょうはもう、帰るのかね」

「はい、そのつもりです。ミウラをつれて帰って一件落着になるのか、確かめないと。今夜この家電たちの様子が正常なら、もう大丈夫です。こいつらはいずれ、しつけしなおさないといけないですよ。新参者をいじめるようでは、まだまだぼくのしつけは甘かったわけで」

「わかった。きみがいるときはおとなしくしてたわけだな、なるほどね。猫を被《かぶ》ってたんだ。いわばきみは厳格な親なわけだからね。親はいつまで経っても怖いものだよ」

「そういうことですね」と管理士さんは、林蔵さんが親を怖がっているに違いないということはさらりと流して、ほんとに奇妙な体験でした、と言った。「ミウラとのシンクロ状態で家電たちの本音が読めるというのは、得がたい体験でしたよ。それで思ったんですが、ぼくらは、知らないうちに家電とか他人とか、猫とか兎角とか、いろいろな思惑や意識をまるで自分自身の意思のように思い込みながら生きてるんだなって」

「フォマルハウトの燭台が見せた真実ってやつかな」

「ああ、そうかもしれないですね。面白い体験だったけど、正直、もうごめんだ」

林蔵さんはちょっと待っていろと言い、姿を消した。戻ってきたときには、パンサを抱いている。

「炬燵《こたつ》に潜《もぐ》り込んでいたよ。風邪をひかせないようにな」

「わかってます」

管理士はパンサをコンテナケージに誘い入れてそのドアを閉めた。

「そうだ、林蔵さん」

管理士はぼくのほうに近づいてきながら、言った。

「いま押し入れの中を見てみましたが、燭台、なくなってますよ。青銅の、あれ」

「そうか。燃えたんだな」林蔵さんは言った。「あの爆発的燃焼は、あれ、あの燭台だな。マグネシウムとか、そういうやつでできていたんだろう」

「そんな風には見えませんでしたがねえ、青銅でしょう、あれ」

「見た目ではわからんよ。塗装でなんとでもなる」

「青銅か鉄か、はっきりしろって言ったのは林蔵さんでしたよ。ほら、わからないじゃないですか」

「そうだな、すまん。で、きみの手荷物は無事だったかな」

「はい、おかげさまで、あのとおり無事でした」

「ボストンバッグ一つかね。身軽でいいね」

視界が揺れて、これは、管理士さんがぼくを持ち上げたんだ。

「おい、トースター」と管理士さんが言った。「おまえの名前は？」

ミウラです、とぼくは答える。

「ほら、直ってます。よかった、自殺じゃなくて。人格保存用のバッテリーも大丈夫だ。持ってかえります」

「きみはミウラを取り返したな」

そう言っている林蔵さんの顔が見えた。

「それはぼくが持とう、表のきみのクルマまで送るよ。きみはパンサを」

「はい、どうも。あ、荷物もぼくが。大丈夫です」

「きみはミウラを取り返し、そして」と林蔵さんは言った。「あれも手放したわけだ」

「いや、それは逆でしょう」と管理士さんは応えた。「あれ、を手放したから、ミウラが戻ってきた。そういう順序じゃないですか」

「ああ、そうだね、そうだ」

「でも結局、あれって、なんだったんですかね。ミウラを拉致した敵はここの家電たちじゃなさそうだし。だれなのかわからないのでは、あれ、がなんなのか、結局わからないってことになる」

「この件できみが手放したのは、ただ一つだ」

表に出て、管理士さんのクルマの前でぼくを差し出しながら、林蔵さんがそう言った。

「フォマルハウトの燭台だ。あれが、あれ、だ。間違いない」

「なるほど」管理士さんはぼくを受け取り、言った。「では、敵って、だれなんでしよう」

さあね、と林蔵さんが言った。その顔がちょうど正面の視界に入った。嬉しそうな表情だ。悪戯《いたずら》っぽい、いかにも、林蔵さんだ。

ぼくは、いきなり、悟った。この人だ。この人が、あのメッセージを出したに違いない。

〈ミウラを預かっている。返してほしければあれを手放せ〉

「いずれにしても」と林蔵さんは真顔に戻って、言った。「もう手放したんだから、敵じゃないよ。敵も消えたということさ」

「ああ、そうですね」

それから二人はまた戻って、こんどは猫のトイレと予備のトイレ砂を持ってきて荷室に積み込んだ。この家ではパンサを外には出していなかったのだ。

「あのメッセージの発信者には実体はないかもしれないし」と管理士さん。「林蔵さんが言ったように、カイツマンダー自身の創作だったのかも」

荷室のドアが閉まる。

林蔵さんの返事はよく聞こえないが、もう議論をしている感じではない。

管理士さんは気がついていないようだ。ジャカロップが感じられる林蔵さんて、やはりただ者ではないだろう、ってことに。非実在キャラクター、幽霊かもしれないじやないか。

幽霊ではないにしても、角の生えた兎が見えるって、現実が見えすぎているのかもしれないな。それで、引きこもっているのではなかろうか。

兎角に人の世は住みにくいって林蔵さんは言っていた。夏目漱石の本からの引用だろう、林蔵さんは漱石好きだから。

太田林林蔵って、何者なんだろう。林蔵さん自身も気づいていないのかもしれないなとぼくは思った。

とにもかくにも、敵が消えたのはたしかだろうから、ぼくはなにも心配しなくていいんだ。

「さあ、帰ろう」

パンサの飼い主で知能家電管理士の、ぼくの使い手が、元気よくそう言った。

第二の燭台

モデル＃《ナンバ》9ケース

1

ほんとはだれにも相談しちゃいけないってことになってるんだけどねと客人は言って、身を乗り出した。

なにしろ裁判なんて初めてのことでね、どういう顔をしていたらいいのかってことすらよくわからんのだよ、戸惑うことばかりで困ってるところに、ふときみの顔が脳《のう》裏《り》に浮かんだんだ、で、おおそうだとわたしは膝《ひざ》を叩いたね、ここは物知りの林蔵《りんぞう》くんに教えてもらえばいいんだって。ということなんで、お茶をもらえないかな、茶菓子も持ってきたんで、ひとつ、それで茶飲み話ってことで、どうだろう、いろいろ相談にのってもらえまいか、内緒で、だれにも相談してないってことで。

客の分際で茶を所望するとは、いかにも伊能忠則《いのうただのり》らしいよなあと太田林《おおたばやし》林蔵は思ったが、相手は気のおけない幼なじみだし、手土産《てみやげ》も持ってきたことだし、それもこちらの好物の和菓子、松本《まつもと》の老舗《しにせ》菓子店開智堂《かいちどう》の羊羹《ようかん》〈おいまつ〉ときては、言われなくても濃い緑茶を淹《い》れたくなる。

林蔵が寝起きしている部屋は老親が暮らす母屋《おもや》と廊下で繋《つな》がっている離れで、台所はないのだが、トイレとその手前に洗面台がある。

茶を淹れるには湯を沸《わ》かさなくてはならない。普段使っている電気ケトルが文机《ふづくえ》脇の畳《たたみ》の上にマグカップと並んで置いてある。インスタントコーヒーを飲んで、そのままになっている。そのケトルとカップを忠則に渡し、カップは洗ってケトルには水を（この最大容量線のところまで）満杯に入れてこいと命じてから、林蔵はあぐらを崩して文机の下をのぞき込み、茶盆を引き出した。

自分と客用の三客の茶碗と茶筒の載ったそれを文机の上の本をどけて置き、茶筒をあけてみる。

最高級の煎茶とやらを母屋からくすねてきてあって、アルミ包装の封はまだ切っていない。母屋からはなにも言ってこないので気づいていないか興味がないのだ。老いた両親とも茶といえば中国茶を趣味としているので、この緑茶は貰い物に違いないと林蔵は踏んでいる。

林蔵は熱湯で淹れる茶よりも、ぬるい緑茶が好きだ。両親への反発もあるのかもしれないし猫舌のせいかもしれないが、林蔵はそれについて考えたことはない。なんで自分は緑茶が好きなんだろうということをいままで考えたことがない、ということに林蔵は気がついたが、そんなのは考える必要がないからだ、好きなものは好き、それでいいじゃないかと思う。

好物の羊羹〈おいまつ〉は一口サイズの包装で食べやすい。切る手間もいらず手も汚れないので、それも気に入っているところだった。

緑茶や羊羹が好きというのに理由はいらないが、個別の商品になれば話は別なのだなと林蔵はなにやら大発見をした心持ちになって、気分が大きくなった。前触れなくやってきた忠則に読書の邪魔をされて少少疎《うと》ましく思っていたのだが、ま、いいか、となる。

急須《きゅうす》に茶葉をいれ、さて相談てなに、と林蔵が聞くより早く、忠則が切り出した。

「ずっと買い続けてる宝くじにも当たったことがないのに、先日裁判所から呼び出し状がきてね、なんと裁判員に当たったというんだよ。このわたしが、だよ。どうして、宝くじじゃないんだ？」

「そりゃあ」と林蔵は答える。「確率の問題だろうさ。宝くじに当たるのは隕石《いんせき》に当たるよりもめずらしい出来事だそうだ。それに比べれば裁判員に選ばれるなんてのは日常茶飯だろう。そもそも、そんなにがっかりするようなことじゃない。むしろ喜ばしいことだと思うよ。当たったのが隕石でなくてよかったと思えば、ありがたい気分になれる」

「そうかなあ」

「そうだよ。しかし、裁判員に選ばれるのと宝くじの当籤《とうせん》確率を同列にして考えるのはどうかと思うな。裁判員になるってのは、運の良し悪しで論じることじゃない」

「そりゃあ、まあ、裁判参加は国民の義務だとか言われれば、反論のしようがない。運が悪いとあきらめるしかないか」

「だから、運の良し悪しじゃないって。あきらめる、ってのは違う」

「じゃあ、なんだよ」

「どうしてもこだわるなら、選ばれて運がよかった、と思えばいいんだ。宝くじに当たったのと同じだと思えば嬉しいはずだ」

「嬉しくない」

電気ケトルに入れてきた水はあっというまに沸いたので忠則がそれを手に取り勝手に急須に湯を注《そそ》ごうとする。林蔵はあわてて押しとどめる。

「ちょっとまて、これは高い茶なんだから熱湯で淹れたら駄目だ」

「駄目か」

「駄目、せっかくの高級茶がふつうの茶と同じか、それ以下になってしまう」

「それ以下ね」

「そもそも裁判参加は義務であると同時に、われわれ市民の権利だ。喜ばなくてはもったいない。だいたい電気ケトルもだ、沸騰すると自動で電源が切れるのが面白くないな。沸騰させ続けてカルキ抜きしたいところだが、こういう手軽に湯を沸かせるケトルは高級な茶を淹れるには向いてないんだな、よくわかった」

「わたしは裁判員には向いてない、そう、そういうことだよ。さすが林蔵くん、わかってるじゃないか」

「わからん。どうしたいんだ？」

「まてというから、冷《さ》めるのをまってるわけだよ」

「いや、茶はぼくが淹れるから、それはいい、なにを相談したいって？」

「まあ、いろいろと」

「やるしかないと、あきらめたんだろう？」

「あきらめきれないから相談にきたんじゃないか。いや、あきらめたから、か。まあ、やるしかないんだが、日程が盆休みというのも、困るんだな」

「休みなら仕事に影響しなくていいじゃないか」

イノウ動物病院の院長をやっている忠則にそう言うと、うちは休みではない、という。

「年中無休でやってる。世間が連休のときこそ具合が悪くなってやってくる患畜《かんちく》が多いんだよ。盆暮れ正月はゴールデンとかシルバーといった連休ウィークよりその傾向が強い。とくに、お盆だな」

「ちょっとまて」と林蔵は言う。「ぼくに病院を手伝え、なんて言うなよな」

「それは、言わない。おまえさんは動物の扱いがうまいし、どういうわけか子どもや動物に好かれるんだよな。入院患畜の世話や掃除の手伝いにきてもらえるだけでも助かる。下手な助っ人だと、かえって迷惑になるんだが、でも、それはいい。もう盆休みに入ってるし、裁判員をやるのはいいんだ、もうやってるし」

「なんだ、つまらん」

「じゃあ、手伝ってくれるのか」

「それは言ってくれるな、と機先を制するつもりで言ったんだが、きみにはこういう戦略はまったく通用しないんだからな、それを忘れてた。もういいから、早く相談とやらの本題に入ってくれ。こうみえても、ぼくは忙しいんだ」

「フムン」

「なにやら込み入った用件らしいな。なにから話していいやら、それもわからないときた」

「そうなんだ。まずは、茶にしよう。そろそろ冷めたころだろう」

その提案には同意して林蔵はケトルの胴体に触れて湯温を確かめる。あっという間に冷めて、もう六十度はないだろうという感触だ。エアコンはつけっぱなしだったが少し設定温度を上げてもいいかなと思いつつ、林蔵はぬるくなった湯を急須に注ぐ。時間は四十秒くらいかと心で秒数を数えて、二客の茶碗に交互に茶を注ぐ。

「どうぞ」と勧めて、自分は〈おいまつ〉の個包装の一個を取る。「どう？　適当な淹れかただけど、いい茶葉だからそれでもうまいと思うが」

「淹れかた次第で安い茶と同じになるって言ってたような」と言いつつ忠則は一口ふくんで、目を丸くした。「なんだ、これ？」

「変か？」

「ああ、変な味だ。化学調味料を入れたろう、なんてやつだ。いい茶がだいなしじゃないか。茶に出汁《だし》を入れてどうする」

「なにを言ってる」

林蔵も一口飲んでみて、忠則の言い分を理解した。ふだん飲んでる茶とは違う。

「ほんとだ。化学調味料の味だ」とつぶやく。「すごいな、これ。初めてだ。これが本物の緑茶というやつか」

「悪戯《いたずら》したんじゃないのか？」

「してない。この味は茶に含まれているグルタミン酸だろう。そういえば、新鮮な茶葉を水出しにした高級茶は出汁が利《き》いてるような味がする、と聞いたことがある。こういう味なんだな。実際に味わったのは初めてだ。きっと茶の産地では常識なんだろうけど、世の中、知らないことばかりだ」

「知らなくていいこともあるけどな」と忠則は、飲んでも安全らしいとわかって、じっくり茶を味わい、続けた。「これは、そうなのか、イノシン酸とはね」

「それは鰹節《かつおぶし》。植物はグルタミン酸だ。代表的なうまみ成分だな。脳内の神経活動に直接的な影響を与えるらしい。うまいと感じる、それが理由だろう」

「知らないほうが幸せってこともある」

「いったい」と林蔵は二番煎じの湯を急須に注いで、訊《き》く。「どういう裁判をやっているんだ。知らないほうが幸せな話をぼくにするつもりか？」

「林蔵くん、きみには知る権利がある。権利を行使したいだろ？」

「いいから、早く言えって」

「言ってもいいか？」

「くどい」

「実は、いまやってる裁判というのは」と忠則は茶碗を置いて、顎《あご》を壁の方にしゃくってみせて、言った。「この部屋の隣の住人を殺害したと言ってる人のやつなんだ。きみの隣人は、どうやら殺されたらしい」

林蔵は一口羊羹を頰張《ほおば》りかけた口を開けたまま、なにも言えない。

「言わないほうがよかったかな？」と言って忠則は林蔵を見たまま、二番煎じの茶を飲む。「これはふつうの茶だな。でもうまいな。三番茶はもっと熱い湯で淹れるのがいいんじゃないかな。ケトルの電気、入れたら？」

林蔵はとにかく手にした羊羹は食べる。それから忠則に言われたように電気ケトルの電源をオンにして、口を開いた。

「あれは不審死ではあったが、死因はオーバードーズってことだった。薬の飲み過ぎ。遺書もあって、自殺だ。そう決着がついたはず。もう、警察からはいろいろ訊かれるわ、部屋は心理的瑕疵《かし》あり物件になってしまって借り手はつかなくなるわ、親からは全然関係ないのにおまえのせいだと責められるわ、酷い目に遭《あ》った。思い出したくもないが、なんだって？　あれは事故死でも自殺でもなく他殺で、犯人も捕まって、いま裁判やってるだと？」

忠則も羊羹を頰張りつつ、うなずく。

「いや、いやいや」と林蔵は首を横に振る。「ぼくがいくら世間に疎いからって、そんな重大事件を知らないでいるはずがない。噓《うそ》だ」

「冗談でわざわざ羊羹を食べにきたりはしないよ」

「食べるな」

「どんな住人だった？　ぜひ教えてほしいんだが」

林蔵が寝起きしている離れは、林蔵が所帯を持ったときのためにと親が増築したものだ。その後林蔵がいつまでも独り身なのに業《ごう》を煮やした親は、離れを貸し出すことにした。それまで母屋の自分の部屋に籠《こ》もっていた林蔵だったが、いずれ自分のものと思っていた離れが人手に渡るのかと思うと、いや、売りに出されたわけではないので人手に渡るわけではなかったが、実質的に自分の思い通りにならなくなるのは同じことで、そうなると、それまで無関心だったその離れを失うのが惜しくなった。

指をくわえて黙っていてはどうにもならないと悟った林蔵はすぐさま行動に出る。自分は独立すると宣言して、離れを占拠《せんきよ》したのだ。独立はいいが、この先どうやって暮らすつもりだと言われたので、自分は離れの一部屋で暮らし、他の部屋を貸し出してその家賃で、と答えた。親は一応納得したのだが、貸家経営はおまえには無理ということで大家は親がつとめることになった。林蔵のほうは落ち着いて本を読めるならそれに越したことはないので、そこは親の言うなりになった。もとより親は、畑だった土地にアパートを二棟建てていて、うまく経営していた。

そういう次第で、林蔵の部屋の壁一つ隔《へだ》てた向こうは店子《たなこ》の住まいになっている。なんてことだ、と林蔵は思う、隣はなにをする人ぞ、だ。そういう関心をもっと持つべきだったのかもしれない。いやいや、自分にはやはり関係ない、関心を持つ必要のないことだと思うぞ、大家は親なんだし。

「そんなのは」と、つい言ってしまう。「公判資料に書かれているんじゃないのか」

裁判をやっているなんて嘘だろうという思いは変わらないので、林蔵は言い直す。

「以前、知能家電管理士をやっていた、ほら、パンサの飼い主の、彼が引き払ってから、借り手はしばらく見つからなかったんだけど、この春だよ、問題のその人が借り主になって引っ越してきたのは。で、あっという間に亡くなってしまった」

「だから？」

「だから、だ、亡くなるまで二ヵ月くらいだ、ぼくはその人と話したこともない。顔もよく知らないくらいだ。きみに教えられるような付き合いはしてない。それより、パンサは元気か？　定期検診はこの冬に済ませたようだが――」

「パンサは元気だよ。それが証拠に、うちにはその後きてない。寄生虫もだいじょうぶなんだろう。って、それはおいといてだ、なんでもいい、思い出してみないか。夜中になにか叫ぶ癖とかなかったか？」

「パンサはめったに鳴かなかったよ」

「わざと話をそらそうとしているな」

「そらすもなにも、なにも話すことはない、この話はおわり、と言ってる」

「後ろめたいことがあるんだな？」

「おい」

忠則が羊羹をもう一つ摘《つ》まむのを横取りして、抗議する。

「きみは裁判員なんだろ？」

「そうだよ」

「後ろめたいことがあるんだな、は刑事の言うことだ」

「言われたんだ」とひとり納得した調子で、忠則。「松本署の刑事に。気の毒に」

「きみは刑事じゃない。認めるよな？」

「わかった、わかった。言い方がまずかった、認めるよ。すまなかった。機嫌を直してくれ。〈おいまつ〉、追加で買ってきてもいいぞ」

「きみが一人で食べてるから、なくなるんじゃないか」

「二つしか食べてない。まだ十個残ってる」

「九つだ。ぼくが一個食べた。そんないい加減なことで、よく――」

「裁判員は、だから、抽選なんだって。わたしだって、自分は向いてないと思ってる、そう言っただろ？」

「数字に無頓着《むとんちゃく》では医者はやれないだろう、と言いたかったんだ。獣医も人医も、そこは同じだろう。だいじょうぶなのか」

「嫌みを言われても仕方がないな、我慢する。機嫌、直ったか？」

「ほんとうに、うちの店子、その壁の向こうの、お隣さんの事件なのか。人違いじゃないのか」

「裁判所が嘘を言ってなければ、ほんとうだ」

「マジかよ。驚いたな。よく警察がもみ消さなかったものだ」

「もみ消すって？」

「だって、自殺でケリがついていたんだよ。再捜査するってことは、面目《めんぼく》丸つぶれ、沽券《こけん》に関わる事態じゃないか」

「自分がやったと自首されては、警察としてはもみ消しなんかやりたくてもできないだろう」

「犯人が、自首してきた？」

「自首というか、正確には自白というのかな――」

「警察の面目を潰すのが目的の、無関係な人間によるでっち上げじゃないのか、わかるかな、なにを言ってるか？」

「意味は、わかる。自白というのは狂言じゃないのか、ということだろう」

「ああ、そうそう、そういうこと」

「いや、ちがう」

「間違いなく犯人であると警察は認定した、というのか。検察も。だから裁判になってる、と」

「いや、そういうことでもない」と忠則は言う。

林蔵にはもう、なにがなんだかわからない。口を挟まず、先を促《うなが》す。

「被告人は九上野依《くがみのえ》三十六歳、業務上横領で起訴され、裁判になったんだ。公金を横領したとされる。告訴にいたる経緯についても紆余曲折《うよきよくせつ》があってね。一口ではなかなか面倒なんだが、とにかくだ、殺人を犯《おか》したという自首というか、自白というか、告白という感じなんだが、それは裁判中に被告人が言い出したことなんだ。警察の沽券や面目が潰れるかどうかは、それが事実か否かにかかってると思うんだが、わたしの心証としては、彼は事実を言っている」

「彼？　男なのか」

「そうだよ」

「女じゃないのか。そうか、野依《のえ》って、女性の名前だと思い込んでいた。ぼくの差別意識のせいかもしれないな……男に貢《みつ》ぐために横領したんだろう、そう思い込んでしまった。反省せねば」

「まあ、おまえさんのその思い込みは世の中の意識そのものを反映したものだと思うね。反省すべきは世の中全体、だろう。現実は、そういう常識を超えてるよ。変化し続ける現実に常識が追いつけないんだ。差別意識はそういう中から生じる。わたしも今回、思い知ったよ。あまりにも、変な裁判というか、事件だ。自分一人で考えていては気が変になりそうで、ここにきた。林蔵くん、わたしと一緒に、変になろうじゃないか」

「いやだ」

「つれないな」

「変なのはお互いさまだ。十分、いまでも変だ。一緒に肩を並べて同じようになるなんて、いやだね、そんな必要はない」

「おまえさんは昔からそうだったな」

「きみも高校生のころはそうとう変わってた。自分の変さは、自分ではわからないものなんだ」

「そうかもな。高校の先輩、卒業生にはユニークな人がいるよな。降旗康男《ふるはたやすお》とか熊井《くまい》啓《けい》とか」

「映画監督ね。文芸人なら臼井《うすい》吉見《よしみ》とか。田中康夫《たなかやすお》は県知事もやったが元は文化人てやつだ」

「まあ、伝統と言えばそうなんだろう」

「徒党を組むのはいやだ」と林蔵。「ぼくは一人で変になるってことで、それでいいだろう。続けてくれ」

「どこまで話したっけ」

「被告人は男性、横領罪での裁判途中で、殺人を告白した、殺人の被害者は、この壁の向こうの隣人で、というところまでだ」

「そうだった」

ところで忠則は口を閉ざし、急須に湯を入れ、三番煎じの茶を二つの茶碗に注ぎつつ、考えをまとめているようだった。林蔵は電気ケトルのプラグをコンセントから抜く。沸いて、自動で切れたところだ。茶碗を持とうとするが、熱くて持てない。せっかくの茶がだいなしだと思ったが、もう三番煎じだ、問題ないと思い直す。

熱くて持てない茶碗が冷めるまで、おもむろに〈おいまつ〉の個包装の一つを食べ、茶碗に口をつけたものの、まだ猫舌には熱いので、ふぅふぅと息を吹きかけていると、ようやく忠則が口を開いた。

「あれこれ説明したいことは山ほどあるんだが」と忠則は言った。「端的に、いちばん変だ、ということを言うとだな。いいか？」

「いいよ。早く言え」

「被告人が殺したというお隣さんは、自分自身だと、被告人自身が主張していることだ」

「……なに？」

「文字どおりだ。言ったとおりだよ」

「九上という被告人は、ようするに、自分自身を殺したと言っている、ということか」

「そのとおり。さすが林蔵くん、理解が早い」

「いや、ぜんぜん、理解できん。殺したのが自分なら、被告人のそいつはだれだよ。ていうか、やはりお隣さんは自殺じゃないか。問題ない。いや、ちがうか。お隣さんは九上とかじゃなかったと思うが、たしか、野依《のより》さんといったな」

「被告人の名〈のえ〉は、その字、野依と書いて、〈のえ〉というんだ」

「そうなると、偶然ではなさそうだな。お隣さんは、姓が野依、名前は覚えがない……影の薄い感じの人だった」

「野依十九《じっく》だ。〈じっく〉は、数字の十九と書く。被告人の姓の〈くがみ〉は、九つの上と書く。九上野依は野依十九を殺したのだが、それは自分だ、と言っている」

「なにが言いたいんだ、その被告人は？」

「気が変になりそうだろ？」

「ああ」

「一緒に変になろう」

「いやだ。何度も言わせるな」

「強情なやつだな。でも、続き、聞きたいだろ？」

「聞きたい」林蔵は我《が》を張るのをやめる。「わかった、一緒に変になってやるから、聞かせてくれ。いったい、どういうことなんだ？」

「被告人の九上野依は」と忠則は言う。「こう主張している。自分は仮想の人物を創造して野に放ち、それを自分で殺してみせたのだ、と。しかも、自分が創《つく》った非実在キャラこそ、自分自身なのだ、それを世の中に知らしめるために、三権機関に働きかけたのだ、司法、行政、立法それぞれにだ、そう言っている」

「なんとまあ、小難しいことを。しかも意味不明だ」

「だろ？　ほんと、支離滅裂なことを言ってる。その発言だけでも理解しがたい。わたしが相談したい気持ち、わかってもらえたかな」

「うん」

やっとぬるくなった三番煎じの茶をすすって、林蔵はうなずいた。

2

林蔵はイノウ動物病院に手伝いに来ている。結局のところ忠則の口車に乗ってしまったような気がしないでもなかったが、それよりも好奇心が勝った。

忠則が体験している裁判被告人の言動は非常識きわまりないもので、それ自体にも興味を惹《ひ》かれたのだが、裁判の進め方についても林蔵には初耳のことばかりの異例さで、これは忠則が相談したくなるのも無理はないと思った。

いちばん驚いたのは、今回の裁判員は呼び出されて正式に裁判員に選任されて以降は裁判所に行く必要はない、ということだった。どういうことなのかと尋ねると、知りたければうちにこい、と言われた。その点の謎がいちおう解けたのは、忠則の仕事を手伝ってからだった。

病院職員と、見習いとして通ってきている複数の若い獣医たちは盆休みでいない。普段は病院を手伝わない妻と娘二人という院長一家だけで切り盛りしなくてはならない状態で、こんなことなら休診日にすればいいのにと林蔵は思うのだが、きょう林蔵のところに訪ねてくるときも休診ではなく往診中の札を出してやってきていた。

そんな手が足りない状態を見て見ぬふりはできない。なにもせずに客として座っているのは居心地が悪い。そんな自分の性格を忠則はよく知っているよなあと思う林蔵だったが、悪い気はしなかった。頼りにされていることがわかるからだ。忙しいときにすぐに手伝ってくれる便利屋といった物理的存在としてではなく、信頼できる友人としてだ。手伝えと言われてすぐに腰を上げるような林蔵ではない。それを忠則はよく心得ている。日頃はあまり行き来していないのだが、なにか格別に嬉しいときとか、反対に困ったときなど、互いの存在を思い出す。そんな間柄だった。

一息ついて落ち着いたのは入院患畜のケージが並ぶ部屋を掃除したあと、急患のドワーフハムスターの処置が終わってからだ。

「おだいじに」

と、小さな患畜とその飼い主を送り出し、忠則院長は入口ドアに往診中の札を出してドアを閉め、診察室に戻ってきた。林蔵は診察台にアルコールを噴きつけて、使い捨ての紙雑巾、カミワイプで拭《ふ》いている。

「いやあ、びっくりしたな」と林蔵。「お盆で帰省していた親戚のガキに肢を踏まれて骨折なんて、ひどすぎる」

「いまのはましなほうだよ。下手すれば踏みつぶされてる。そういう悲惨な事故は林蔵くんが想像しているより多いと思うよ。めずらしくない」

「世の中、知らないことばかりだ」

「謙虚でよろしい。というか、生きている世界が違えば、そんなもんさ」

「偉そうに」

「そうだな」と忠則は笑う。「いつものわたしらと、反対だ。いつもは林蔵くんのほうが偉そうだからな」

「自分では偉そうにしているという自覚はないんだが、他人から見られている自分というのは大概、自分で思っている自分とは正反対なんだ。そう思っていれば、人間関係、間違いない」

「それは至言《しげん》だな。そう、そうなんだよな」

「本に書いてあった。受け売りだ。だれの本だったか忘れたが」

「ゲーテあたりだろう」

「違うと思うが、だれでもいい」

コーヒーが入りましたよ、と言って入ってきたのは忠則の長女だ。元気そうだねと林蔵が言うと、はい先生と答える。

「おかげさまで、高校に毎日通ってるよ」と父親の忠則。

「いまは夏休みだよ」と長女。「林蔵先生も、あいかわらずですか？」

「いや、まいったな。そうなんだ」

　中学生時代に登校拒否していたこの娘の家庭教師を林蔵が引き受けていた。夏休みには林蔵の部屋を塾にして、当時小学生だった次女と一緒に面倒をみた。勉強を教えるというより、各人が独りで楽しく過ごすやり方を伝授するといういいかげんなもので、ようするに、自分の本読み趣味を邪魔されずに教えられることをやったら、自然にそうなった。

「孤独を愛せと言われたのを、いまも覚えてます」と長女は言った。「孤独を愛するのは孤立することではない、独立だって」

「林蔵くんから教わったことで覚えてるのはその言葉だけだそうだ」と父親の忠則。

「いや、面目ない。それもなにかのセラピー方法からの受け売りだ。自分に言い聞かせていた警句だ」

「一つだけでも記憶されることがある教師というのは役に立つ存在だ。反面教師という言葉もあるしな」

「すみません、林蔵先生」と長女は大真面目に、本気で、謝ってくる。「お父さん、悪気はないんですけど、言い方が嫌みっぽくて、ごめんなさい。これでも、先生には感謝してるんです」

「うん、うん」と林蔵はうなずいてみせる。「それはもう、よくわかっているので、ご心配なく」

「中学浪人することになったときはどうなることかと思ったが」と忠則。「いまはこのとおり、われらが母校の後輩だ」

「将来は獣医さんかな？」

「いいえ、ちがいます」

「やりたいこと、なりたい目標はあるってことだ」

「はい。でも、内緒です」

「映画監督だそうだ」と父親の忠則。

ああ、それで、卒業生で真っ先に出てきたのが映画監督の名かと林蔵は納得する。

「内緒って言ってるのに、お父さん、きらい」

本気で怒っている長女に、林蔵は言ってやる。

「公言できない夢は実現しないものだ。本気でなりたいのなら、内緒にしていては駄目だよ。お父さんはそう思ってる」

「先生は、どっちの味方ですか」

「どっちって」と林蔵は思いもよらない娘の応答にどぎまぎして、考える先に言葉が出てしまう。「お父さんとは、きみが生まれる前からの友だちだし——」

「先生もきらい」

長女はそう言い残して、診察室を出ていった。

「すまん」と忠則が肩をすくめて言った。「ああいう年頃なんだ。ふだんはもっと当たりが厳しい。林蔵くんにまでとばっちりがいくのは、よくないな。あとで注意しておくよ」

「ぼくは気にしてない。順調に育っている証拠だと思えば、どうってことない」

「紆余曲折あったが、まあね、ありがたいことだ。学校に行けなくなったときはどうなることかと思った」

独り身だと年を取っていく感覚が薄くなるものだなと林蔵は思う。自分と同じ年齢の幼なじみに、どんどん成長していく子どもがいるというのは、不思議な気がした。自分はこの一家とは違う世界に生きているということだろう、流れている時間も違うのかもしれないなと、さきほど忠則が言った言葉を思い出して、そう林蔵は思うことにする。

その長女が用意してくれたコーヒーは職員たちが休憩する小部屋にあって、アイスだ。ガムシロップなしの苦いやつ。院内は冷房が効いていたが、手伝い仕事で少し汗をかいた身にはありがたかった。猫舌でもすぐ飲めるし、こちらの好みを長女のあの娘が覚えていてくれたのだと、ちょっと感動した。甘い菓子は好きだが飲み物が甘いのは苦手だ、大人っていうのはそういうものだと、家庭教師をやっていたころ偉そうに言っていた。いま思い返してみれば偉そうで恥ずかしい。

そんなことを忠則に言うと、いやガム抜きのアイスコーヒーにしてくれと自分が言ったんだ、とそっけない。父と娘の関係に割り込むなと言われた気がして、むっとしかけたところに「これだよ、これが裁判所なんだ」と指をさされて、なにをしにここに来たのかを思い出した。

二脚の長いソファに挟まれた低いテーブルの上に、ヘッドマウントディスプレイらしきセットが置いてある。気分転換にここでゲームでもやっているのかと思ってかくべつ意識しなかったが、忠則が指しているのはそれだ。ということは、これが例の謎の解答らしいと林蔵は気づく。

「このＨＭＤが？」

「そう」

「裁判所？」

「そう」

「そうって、まさか――仮想現実空間で公判をやっているってことはないよな」

「その、まさか、だよ。時代は変わっていくものだと思ったね。そんなものを使っているなんて、ぜんぜん知らなかった。住む世界が違えば、そこで使われている道具のことも知らないものなんだな。世の中、想像よりずっとはやく変化していると実感させられたよ」

「まったくだ。ほんとに驚いた。って、なんど言ったっけか。びっくりだ。掛け値なしに驚いた」まったくの予想外、思いつきもしなかった現実だ。「でも、それって、お試し期間というか、試験運用というか、いや、そもそもこれは模擬裁判とかであって、本物ではないんじゃないか？」

「わたしもそう思ったよ。ゲームみたいだし。だが正式な裁判だ。しかし、そう、試験運用的な期間であることは間違いなさそうだ。今回の裁判、業務上横領というのは、言い方は悪いが、世間的にはさほど重要視されない些末《さまつ》な事件だろう。以前の裁判員法だと、裁判員が審理するような案件ではないそうだ。昔は、裁判員が参加するのは殺人とか強盗致死とかいう、重大犯罪だけだった。それが改正に改正され続けて、今後は遠隔参加を標準とすべく、さしあたりこのあたりから、ということじゃないかな。刺したり殺したり火をつけたりといった凶悪事件までこのやり方でいけるかどうかは、いまだ未知数だと思う」

「それにしたってだよ」と林蔵。「なんだか狐《きつね》につままれてるような、騙されてるような気がする。しないか？」

「する」と忠則。

「こんなことなら裁判所はいらないじゃないか。いずれ、なにもかもが仮想空間で処理されることになるぞ」

「それはどうかな。裁判を受けるリアルな場は必要だろう。裁判所の権威を示し、心理的威圧を与えるといった面からも、建物がいらなくなる、なくなる、ということは将来的にもないと思うね」

「そうか。そう言われれば、そうだな。なくなるとしたら国家そのものが仮想になるときだ。いまは、じゃあ、被告人とか裁判官は、リアルな法廷にいるんだ」

「検察も弁護人もだ」

「裁判員だけが仮想の場で参加か。なんだか、軽んじられてる気もするな。裁判員とかよりも、傍聴人がこれを使うというほうが先だろう。裁判は公開が原則だ。希望する者すべて傍聴できるようにすべきだ。これを使えば実現できる」

そう言いながら林蔵はそのＨＭＤを手に取り、頭に着けてみる。暗いまま、なんの反応もない。

「網膜認証で起動する」と忠則が言う。「きょうの公判はもう終わった。先ほど言ったように被告人の爆弾告白があって、予定外の閉廷を裁判長が決めたんで、次回公判がいつになるかわからない」

「異例ずくめってやつだ」

「なにしろ、ふつうの裁判の経験がないんで、どこからどこまでが異例なのかがわからないが、まあ、この裁判は尋常ではないだろう。まったく、なにがなんだか、こちらはただでさえ素人《しろうと》なのに、混乱するばかりだ」

林蔵はいろいろ質問したかったが、なにから訊いていいのかが、わからない。手にしたＨＭＤを忠則に渡す。

「いや、渡されても」と忠則はそれをテーブルに置く。「時間外なので先方にはアクセスできないし、できても林蔵くんには、わたしが体験している内容はわからない」

「そうか」と林蔵は自分の混乱ぶりを自覚して苦笑いする。「でもそれで見えてる法廷そのものは、リアルな法廷なわけだな」

「そう」

「それをこれで見て、遠隔参加するわけだ」

「そう」

「じゃあ、ぜんぶ仮想空間で組み上げられているわけではなく、ここからリアルな中継映像を見ているのと同じなわけだ。双方向性の中継ということだろう。仮想現実とはちょっとちがう」

「いや、体験してみるとわかるんだが、ただの双方向性の参加型メディアとは質がちがうよ。首を振れば視野もそれにつれて動くし、見たい部分に意識を向ければその部分を拡大したりもできる。被告人や他の裁判員の表情の変化を捉《とら》えることが容易にできるんだ。弁護人とか検察側の動揺とかも、だ。裁判の進行は基本的には坦坦としたものなんだが、そんな中でも各人の人柄をうかがうことができる。ほんとにその場にいる感じなんだ。まさにVRゲームと同じだよ。ゲームと同じってのは、厳粛《げんしゅく》な裁判にはそぐわないのだろうけど、単なる双方向性の画面を見ているのとは全然ちがう」

「編集された映像ではなく、生の現場を自分で切り取ることができる、ということか、なるほどな。不注意な裁判員なら見逃す事実とかも出てくるわけだ。リアルだな、これ」

「そう。臨場感は半端ない」

「すごいな。いつのまに、こんなことになっていたんだ。ハイテクを駆使してるとはな。裁判といえば、かび臭くて保守的で時代遅れなものとばかり思ってた」

「いや、初めて参加してわかったんだが、裁判というのは、人間性と人間性とがぶつかり合って互いの値踏みをする場なんだ。ハイテクとは正反対のアナログというか、なんとも生生しいものだよ」

「まあ、そうだろうな」

「わかったようなことを」

「だって、そうでなければ、裁判は自動機械に委《ゆだ》ねればいい、ということになる。やろうと思えばいまでも実現できるだろう。というか、事前の情報整理ではもうやられているようだよ。ビッグデータを利用して、人工知能に問題点や論点を事前整理手続きさせているそうだ。ネットニュースで見たことがある。いずれ人間は機械に裁かれるようになるかもしれないと思った覚えがあるけど、たぶん、そうはならない。裁判には生生しさが必要なんだ」

「林蔵くんに代わってもらいたいね」

「また偉そうだったか、すまん」

「いや」

と忠則は、否定とも肯定ともつかない宙に浮いた答え方をして、黙った。

小部屋には窓はない。エアコンが作動しているので暑くはないが、林蔵はすこし息苦しさを覚えた。自分に閉所恐怖症の気味があることを初めて意識した。現実感覚が薄れているような気がして、氷の浮かぶアイスコーヒーを、その冷たさに意識を向けて、味わった。苦味も心地いい。

「いま林蔵くんと話していて」と忠則が言った。「思いついたんだが、もしかしたら、裁判官も被告も、その他の人物も、リアルな法廷にはいないのかもしれない」

「またまた。だって、裁判官はこれ、ＨＭＤ、使ってないんだろ？　ちゃんと現場はこれで見えてるわけじゃないか。それはないだろう」

「見えないのは自分の姿だけだよ。他の裁判員は見える。だれもＨＭＤは着けてない。でも裁判員全員がこれを使用していることは確認済みだ。任命されたときにみんなこれ一式を手渡されて、その場で使い方を学習して、試し会議をそこでやってみて、そうして、解散したんだ」

「つまり……壇上にいる裁判員の姿は仮想映像ということか。それなら、現場中継を見ているというわけではなく、まさに仮想空間にアクセスしていると言うほうが正確だな」

「いままで、他の裁判員の姿が仮想だなんて、ぜんぜん気がつかなかった。というか、気にしなかった。仮想かどうかなんてことに意識が向かなかったんだ。なにせ、緊張してるし」

「わかるよ、うん」

「法廷に並んで見えている裁判員たちがそういうことなら、裁判官も被告も検察も弁護人も傍聴人、その他の人人についても、そこにリアルにいるとは確信を持って言うことはできなくなる、それに気づかされた。林蔵くんのせいだ」

「ぼくが悪いことした、言った、みたいに聞こえるが」

「混乱に拍車をかけているわけだから、いいこととは言えない。その林蔵くんの理解は正しい」

「なんだか被告人席に立たされてる感じがしてきた」

「被告人ね。九上野依、あれがまた問題だ。ふつうじゃない」

「自分で自分を殺した、か。それも、ぼくの隣人、借家人とはな」

「そう」

「なんてこった。しかし、法廷がこうもハイテク化されているのを目にすると、九上というその男が言っているのは、なんとなくわかる気がする」

「殺した自分というのは、九上が創った仮想の人物なのだという、そこだろう」

「そうそう。最初聞いたときはまったく理解不能だったけど、裁判が仮想空間でやられているってことなら、被告人もその気になって仮想の思いを口にしてもおかしくない。そんな気にさせられる」

「九上は最初からその気なんだよ。林蔵くんの隣人は非実在人物だった、九上野依は最初からそれを暴露《ばくろ》するつもりでいたんだと思う」

「法廷の雰囲気に流されたのではなく、か、まあ、そうなんだろうな」

「野依十九は自分が創った仮想の人物で、自分はそれを野に放ったのだ、そう言った。さあ、これ、どう思う。自殺したという隣の人物はほんとうにいたのか、どうなんだ？」

「どうって、野依さんとはあまり話したりはしなかったけど、庭に出ているところを見かけて挨拶《あいさつ》したりはしたよ。そのときぼくはＨＭＤを着けたりはしてないし、あれが仮想空間に生み出された非実在キャラだったとは思えない。仮想なわけがないだろう」

「フムン」

「そもそも九上というその人、いったいなにを横領して捕まったんだ？」

「なにって、金だよ。なんだと思った？」

「仮想キャラを生み出す装置一式、とか。仮想キャラを創って、というからには、技術屋さんだろう、被告は」

「そうだけど、装置一式を横領とは、ぶっ飛んだ発想だな。林蔵くんも、思ってもみないことを言うから面白い。九上被告に対抗できる気がしてきた。うん、物品でも横領すれば業務上横領になるんだろうけど、九上被告は国家公務員で、公金を横領したんだ。そして、横領したことを自ら告発した」

「どうして」

「まったく、どうして、と訊くしかない。九上は、つまり、公判という場を、自らの仕事の成果というか、いかに自分はすごいことをやったかというプレゼンの場にしたかったんだ。わたしはそう思う。そうにちがいない。パフォーマンスだよ」

「警察に出頭して、公金を横領したと、自首したということか」

「形としてはそうなるな。ふつう、横領されたと訴えても警察が訴えを受理することはほとんどないようなんだが——」

「そうなのか？」

「何億という金なら別だろうけど、横領したの、されたのというのは、それこそ日常茶飯だろう。集金してきた金の中から家賃を払った、なんていうのも立派な業務上横領だし、うちでも、若い職員がときどき病院のカミワイプとか蒸留水とかを『分けてください』と言って持っていったりすることはあるし、わたしもストックしてある分量に問題がなければ、それは些少ながらボーナスだと思って、いいよと言ってるけど、わたしにその気がなくて、しかも彼らが黙ってくすねていけば立派な横領で、訴えることができるわけだ。でもそうなっても、ふつうは、訴えない。損害を弁済させて厳重注意だ。払わなければ損害分を給料からさっ引くことを考える。横領罪で牢屋にぶち込むより、損害を取り戻すことが先決だからだよ」

「横領罪って刑事事件なのか」

「もちろん、刑事事件だ。横領された金を取り戻す訴えなら、民事になる。不法行為によって生じた損害賠償請求訴訟になるんだろう。金がからむ訴えは、民事が主になるわけだよ。金を返さないなら業務上横領で訴えるぞ、という脅しのために横領罪がある、警察はそういう態度なんだと思うよ。トレペをくすねていくから捕まえてくれといった訴えまで受理していたらきりがない、当事者同士民事で解決してくれ、ということなんだろう」

そうなのか、世間というのは現実的なんだなと林蔵は思う。そんな世間からすると、九上野依という人間はとても浮いて見える。

「九上という人は自分で自分を告発したわけだな」と林蔵は続ける。「異例だし、非常識だ。なのに警察がそれを真に受けて捜査して、検察も起訴して、というのは、話を聞くかぎりではあり得ないことのようだけど、なんで裁判に持ち込むことに九上は成功したんだろう」

「公務員の告発義務違反という法律を九上は持ち出してきた。違反に目をつぶるのは違法だ、というわけだよ。自分も警察も、公務員だ、という理屈だ。もっとも告発義務違反には罰則規定はないみたいなので警察が動いたのはそれとは関係ないと思うが、九上自身が警察に働きかける根拠にはなる」

「九上の勤め先は？」

「情報産業研究所だ。市内の県《あがた》の森の近くにある。昔、養蚕《ようさん》研究所があったところだ。いまは国の機関で所轄は経産省だとか。九上野依はそこの産業ＶＲ部、先進デバイス研究室の主任だった」

「産業ＶＲというのは、仮想現実技術を産業に利用するというやつ？」

「産業面だけでなく、社会運営面でもだ。むしろそちらに力を入れているだろうと思われる。産業方面は民間企業が後れを取るまいとやっているだろうから。社会面での利用というのは、たとえば地方行政での村おこしとか観光客誘致とか、国家なら三権のすべて、立法、行政、司法に応用できる」

「具体的に聞かないと、ぜんぜんイメージがわかないな」

「九上の研究室ではＶＲを使って在宅勤務をより効率的にできる装置やインフラの研究開発などをやっているそうだ。子どもができたために離職を余儀なくされるといった理不尽をなんとかすべく、少子高齢社会の問題点の解決策として経産省が進めている研究の一環とかなんとか、小難しい言葉を並べて九上が説明していたが、VRというのはようするに人間の感覚の拡張技術だからして、応用面は無限だ。およそ人間が想像できることならなんでも実現できる、そんな発展可能性を持っている分野だ。研究所ではほかにもいろいろやっていて、成果も出ている」

「もしかして——」

「言わんでもわかる、そうだよ。裁判の公判でも利用できる。まさしくこの裁判員を遠隔参加させる装置は、九上野依たちが開発したものなんだ」

林蔵はあらためてHMDを取り上げ、しげしげと眺め、重みなどを確かめて、もう一度着装してみる。あいかわらずなにも見えない。網膜認証のための光さえ点《つ》かない。下手に起動させてしまっては忠則に迷惑がかかるかもしれないしと、そっとテーブルに戻す。

「実によくできてるよ」と忠則が言う。「ゲーム機のHMDと比べても遜色《そんしょく》ない」

「ゲーム機の方がすごいと言いたげだな」

「そりゃあ、そうだろう。企業の存亡がかかっている製品だ。命がけで作ってるのと比べられるほどよくできている、というのは最大の賛辞だ。でも、一般には、この賛辞は伝わらない。裁判所のこれを使用する者はごく限られる。九上にもそれはわかっていた、だから、だ」

「自分の仕事の成果を誇示したい、だからこんな裁判を自ら画策《かくさく》した、と。なるほど。でも前科者になれば職場にはいられないだろう」

「九上被告は、この事件前に解雇されている」

「裁判になる前に？」

「逮捕される前だ」

「クビにされたのを恨んで、大金を横領したんだ」

「ちがうな」

「ちがうのか」

「まず、大金じゃない。六十万くらいだ。いや、林蔵くんの言いたいことはわかる、十分な大金だと。でも一般的な感覚とすれば、ちがう」

「わかったよ。それから、なにがちがう？」

「恨んで、というのはちがうだろう。今回、警察は本気で動いたようだ。九上が警察のなんらかの弱みを握っていたとしか思えない。単に公務員の告発義務違反云云だけでは警察が取り合うはずもないと思うんだが、そこは明らかになってない」

「だから？」

「ともかくも、警察の捜査の結果、九上の不正行為以外の、なにも出なかった。恨みを晴らすために自首に及んだのだとしたら、クビにしたその組織に傷が付くような真相が明らかにされなくてはならないが、それはなかった、ということなんだ」

「警察がもみ消したんだ」

「もみ消されてもかまわない、と九上は思っていた。自分の不正行為以外はだ」

「まともな組織運営がなされていたことを九上は知っていた、ということか」

「関心がなかった、ということだよ。もし組織を挙げた不正行為が見つかったり、警察がそれをもみ消そうとしたりしているなら、それは九上の思うつぼだろうが、その点に関してはどうでもよかったんだと思う」

「ぶっちゃけ、警察の捜査は信用できるのか」

「それは問題ではある。裁判員としては判断を左右されるポイントだからね。今回の件は、警察としてはなんとか握りつぶしたかったような節がある。九上の職場は、上級役人の天下りの受け皿になってるだとか、経産省の裏金作りに利用されているんじゃないかとか、なにかと黒い噂があったそうだし。同じ国家の機関として上からの指示とか圧力があっての捜査結果だった、ということだって考えられないではない。でも、疑い始めたらきりがない。公判材料だけで判断するしかない」

「裁判員って、有罪か無罪かを投票で決めるんだっけ？」

「量刑も斟酌《しんしゃく》する」

「さまざまな事情を斟酌して量刑を決める、ということだね」

「そう、そう」

「職場の巨悪を暴くために自分を告発したという動機なら斟酌のしがいがあるけど、そうじゃないと、伊能裁判員は思うわけだな」

「そう。警察の捜査でもなにも出ないことを九上はあらかじめ知っていた、そのようにわたしは判断する」

「じゃあ、九上野依という被告人の目的って、なんなんだ、なぜ無駄な告発をしなくてはならなかったんだ？」

「言ったろう、パフォーマンスだよ。自分が創造した非実在キャラは市中に放たれ自律して生活していたが、この自分に殺されたのだ、しかもあれは実は自分なのだ、ということを主張する場を確保するため、だ」

「そこがまた、わからないんだよな。非実在キャラを創った、それはいい。野に放つ、という意味はよくわからないが、まあいいとしよう。そのキャラを殺したのは九上自身だ、というのもいいよ。で、なんだ？　その殺された野依十九というぼくの隣人、それは九上自身だと、そう言っている、そこがわからん」

「演劇ならば、キャラに自分を託し、それはもう一人の自分だ、と主張するのは自然なことだ」

「つまり、自分で自分を殺した、というのは、創造したキャラを自分で殺した、そのキャラは自分をモデルにしたものだ、という意味だと」

「そういうこと。フィクションだよ。それをリアルな場、公判というステージ上で、演じているんだ」

「演劇か、なるほど。そのように解釈するなら全然問題ないな。なんの矛盾《むじゅん》も、理解不能な齟齬《そご》も生じない。そうなると、なぜ彼はそんな演劇を上演しなくてはならないのか、だ」

「国の三権機関に自分のすごさをアピールするため、だろう」

「ということは、ぼくの隣人を殺したことを裁判中に暴露するのも予定の内だったわけだ。いきなりネジの外れたことを言い出したわけではなく、みんな、すべて予定どおりで、想定外のことはなにも起きていない、非常識な点はなにもない、ということになるね」

「きれいに整理できた、さすが林蔵くんだ、ありがとう。——と言いたいところだが、林蔵くんの隣人は、ほんとうにいたのか、否か。その問題は解決されてない」

「その死は自殺なのか他殺なのか、はたまた消去されたのか。九上野依と、ほんとうに関係があるのか、九上がたまたま野依十九さんの存在を知って自分の創作に組み込んで利用しているだけなのか。うーん、仮想キャラではなかったことは、警察が自殺と認定したことからも明らかだが……いったい、どうなっているんだ」

「だろ？」

「だろって、なんだよ」

「いまの結論は、わたしも何度も考えついたことだ。結局、いったい全体どうなっているんだ、になる。全体がわからなくなる。堂堂巡りだ。だからだ、きみの知恵を借りるために相談に行ったんじゃないか」

「うーん」

アイスコーヒーはもう氷だけになっていて、それもあらかた溶けている。林蔵はグラスを傾けて氷を全部ほおばり、かみ砕き、その衝撃と冷たさで頭に活を入れる。

「野依十九さんは」と忠則。「いずれにしても亡くなっている。それは間違いない。実在の人物だろうと仮想だろうと、あるいは九上とはまったくの無関係だろうと、野依さんから真実を聞き出すことはできないわけだよ。だから、林蔵くん、きみが頼りだ」

「ああ、それだ」唐突に、林蔵は思いつく。「それだよ。確かめる方法が一つだけある」

「死者を生き返らせる、とか？」

「そう、それだ。さすが秀才だっただけのことはある」

「だった、って、過去形が気になるが、まあいい。どうやるんだ。呪文《じゅもん》でも唱えるのか」

「方法はともかく、そうだ、そのとおり」

「わかるように、頼む」

「もし仮想キャラだったとしたら、再現できるはずだ、ということだよ。人間は、生き返らせることはできない」

「あ」と忠則はぽかんと口を開けて、それから、「なるほど」と言った。「野依十九という人物が創作された仮想キャラだったとすれば、再現することは可能だ、と。実在の人間だったかそうでないかは、それで確認することができるということだな」

「そうだ。堂堂巡りから、それで抜けられる」

「うーん」とこんどは忠則が呻《うな》る。「だけどその発想は、隣人が実はリアルにはいなかったんだ、ということを認めなくては出てこないものだろう。でも実際は、不審死ということで警察も調べたというし、自殺とされたそうだし、非実在キャラであるはずはない」

「それなら、キャラを再現することは不可能だ。九上にも絶対にできない。その事実を九上被告に突きつけて、被告人の言っていることはすべて虚偽であると主張することがわれわれにできることになる。九上被告がこれに反証するには、実際に野依十九さんを復元し、再生、再現してみせるしかないだろう」

「でも九上は、野依さんを殺した、と言っているんだ」と忠則は暗い表情になる。「消去した、ではない。わざわざ殺すという言葉を使ったのは、仮想キャラではあるけれど復元は不可能なのだという、あらかじめこちらの手を封じた言い方だったんだ、きっと。なんてやつだ。もう、なにがリアルなのか、わからんな。現実のよりどころになるたしかなものがなくなりつつある気がしてきた。わー、もう駄目だ」

そう言って、忠則は頭をかきむしる。自暴自棄になったときの癖だ。子どものころからの。

「情けないやつだな」と林蔵は呆れる。「娘さんに見せたくない姿だと思うぞ、忠則」

「ほっといてくれ」

「わかった」と言って、林蔵はソファから腰を上げる。「じゃあ、帰るわ」

「わたしを放り出すのか。この状態で？　いいところだけ聞いて――」

「ほっといてくれって言ったじゃないか」

「意味が違うだろ」

「とにかく帰って、隣の部屋を調べてみる。なにか手がかりになるような痕跡《こんせき》があるかもしれない」

「ああ、そうか。それはいい。一緒に行く」

「またうちにくるのか」

「一人になるのが心細い」

「肝試しじゃあるまいし。だいたい、一人なのはぼくのほうだ。きみには家族がいるじゃないか」

「家族は裁判とは関係ないし、捲《ま》き込みたくないし、それはそれとしても現場を見れば九上被告の発言の思惑や動機を知るのに役に立ちそうだし」

「わかったよ」と林蔵。「野依さんは九上という被告人とは無関係に生きてた独身男性だった、というのが現実だと思うけど、九上被告が、野依さんの死は自殺ではなく自分が殺した、と言ったことで、実際に警察が動くかどうか、それが気になる」

「まあ、動かないと思うよ。九上被告のその発言は本件とは関係ない、不規則発言だ。裁判官が何度も注意したんだけど九上はパフォーマンスをやめないので、強制終了、閉廷になったわけで」

「しかし内容が内容だろう。九上に挑発されて、警察が動くかもしれない。万一そうなると、お隣にまた警察がきて、下手すると大家も入れなくなるかもしれない。その前に検分しておきたい。こうしている間にも、立ち入り禁止の規制テープが張られていたりして」

林蔵がそう言うと、忠則もあわてた様子で腰を上げた。

3

警察の規制線などはなく、玄関は錠前が閉まったままだった。きちんと施錠《せじょう》されているのを確かめた林蔵は自分の部屋に戻った。離れの玄関に近い母屋の玄関から入ったのだが、忠則は初めて知った、という顔で、へえ、と言った。林蔵を訪ねてくるときはいつも離れの庭に入って、縁側から部屋に上がり込んでいたからだ。

「うちの娘たちが世話になってたときも」と忠則が母屋を抜けて、言う。「あの母屋の玄関から出入りしてたわけか」

「いや、ここの縁側からだよ。あちら、母屋はぼくとは関係ない家だから、当然だろ」

「ということは、おまえさんの部屋の玄関って、考えてみると、どこにもないわけだな」

「縁側という立派な入口がある」

「入口と玄関とはちがうと思うんだが」

「なにが言いたいんだ」

「いや、別に。気を悪くしたか？」

「ちょっとな。なにも考えずに思いついたことを言っただけ、だろうが、きみは昔からそうだ」

「まあ、そう言わないでくれ。玄関なんてものを必要としない暮らしって、自由でいいなと思ったんだ」

「自由気ままを維持するのにも才覚がいる。隣の芝生は青い、だ」

「庭には芝生なんかないぞ」

「おい」

「すまん、調子に乗りすぎた。謝る」

「きみがうらやましいよ、忠則。その性格が」

「こんな性格で、すまん」

「わかった、許す」と言い、縁側の端に行く。「こっちだ」

林蔵は親からこの貸家の管理を命じられている。玄関の鍵も預かってはいるが、いまは必要ない。

「お隣さんの玄関の鍵を取りにきたのかと思ったら、そうか、ここから入るのね」

隣との仕切りになっている板戸を開けば、先に縁側が続いている。板戸の両側には作り付けの木製スライド錠前があって、両方のそれを引っ込めないかぎり、どちらからも開くことはできない。いまは借り手がなく店子はいないので、スライドする木片は引っ込めてある。

借家側に入ると、暑い。しかも暗い。毎日雨戸を開けて風通しをしろと大家の親から言われていたが、このところサボっていた。

「新しい畳の、いい匂いがするね」と忠則も雨戸を開けるのを手伝って、言う。「心理的瑕疵ありって、たいへんだな。畳をぜんぶ交換したんだ」

「大家の親が、畳表をぜんぶ張り替えた。ぼくは借り手が見つかってからでいいだろうと提案したんだけどね」

「いや、それは甘いだろう」

「そうか」

やはり自分には商才はないのかと林蔵は落ち込むが、気を取り直して言う。

「せっかく畳表を替えてもどんどん日に焼けていくじゃないか。雨戸も閉めっきりのほうがいいと思うんだが、大家は毎日開けろという」

「風は通したほうがいいよ。閉めきるとカビが生える」

「まあ、そうなんだけど」

林蔵は曖昧《あいまい》に返す。やはり親には勝てないかとがっかりする。毎日開け閉めするのは面倒だ、きみはぼくの親の味方か、などと言うのも子どもっぽいと自省して、言わないことにする。

ンに。

玄関を上がった廊下の奥に配電盤がある。そのブレーカーを上げて、家の電源をオ
するると家全体がざわつくのがわかる。台所に戻る。冷蔵庫のモーターが動き出し、家電の人工知能がスリープ状態から目覚めて自己状況のセルフモニタを始めていた。モニタ状況の表示はさまざまで、冷蔵庫は音声で『異常は感知されません』と言う。『庫内温度低下中、あと十三分で設定温度になります。庫内は空《から》です。腐敗臭などは感知されません。紫外線滅菌モードは正常です。庫内環境は良好です。オールグリーン。セルフモニタリングを終了します』

「了解」と林蔵。「しかし、オールグリーンって、こういう言い方は野依さんが教えたんだな。新鮮だよね」

「家電たちの設定はクリアにしてないんだ？」と忠則。「畳より、こちらの設定をまず、まっさらにするのが先決じゃないのか」

「家電たちの運用環境はこれで整っているんだ。プロがちゃんと面倒を見た結果だからね。ほら、パンサの飼い主の、彼、知能家電管理士の仕事だよ」

「ああ、なるほど。人工知能コンフリクト対策済み、ってことね」

「彼のセッティングなんだ。この家電たちの所有者はぼくになっていて、使用にあたっては使用者のカスタマイズを許可している。使用者が替われば、家電たちの応答も

変わる。これら家電付きで貸しているわけだよ。家具付きならぬ、家電付き」

「そういうことか」と忠則はうなずき、でも、と言う。「使う者が替われば家電たちの性格も変わって、またコンフリクトが生じるんじゃないか？」

「そこは、管理士さんの躾《しつけ》の腕の見せ所だよ。彼は凄腕だ。新しい店子さんが新しい知能家電を自分で買ってきて、それがよほど馬鹿でないかぎり、だいじょうぶ。お墨付きだ。で、野依さんは、新しい家電は買ってない。ここにあるので満足していたんだ」

「ふうん」と忠則。「新しいの、買ってないって、なんでもそろってるってことなんだろうが、でも、がらんとしてるな。家電以外は、家具もなにもない」

「野依さんの遺品は全部処分したから、当然だ」

「引き取り手はなかった、か」

「いなかった」

「フムン。じゃあ、ここで検分することなんか、なにもないじゃないか」

縁側のある座敷に入って忠則は部屋を見回し、もう十分見たというように、林蔵の部屋の方に戻ろうとする気配を見せた。林蔵は呼び止める代わりに、そこだよ、と言った。

「え」と振り返る忠則。

「押し入れの上段だ」と指さす。「掛け布団にくるまって、亡くなっていた」

押し入れのふすまは開けてある。風通しをよくしておくためだ。いまは布団も荷物も、なにもない。

忠則は怪訝《けげん》な表情できびすを返し、指摘された押し入れに近寄って、おそるおそるという感じでのぞき込む。

「布団にくるまってたって？」

「畳んだ布団の間に潜り込んでいたというか、そんな感じ。布団蒸しにされて窒息死したんじゃないかと警察は疑ったと思う。ぼくも尋問されたし」

「警察署まで引っ張られたのか」

「いや、この現場で、だ。ぼくが案内したんだ」

「そういうのは事情聴取ってやつだろう、尋問というのとはちがうんじゃないかな」

「けっこうきつい調子で訊かれたけどな。疑われたんだよ、ぼくがやったんじゃないかって」

「なんで林蔵くんが隣人を殺さなくてはいけないんだ？」

「しかも借家人だよ。殺したら収入が途絶える。困る。いまも困ってる」

「そう訴えて、釈放されたわけだな」

「だから、捕まってないって」

「どうして捕まらなかったんだ。いや、ちがうか、どうして他殺じゃないということになったんだろう。なんだか、すごく変な死に方じゃないか」

「この押し入れの上段に他人が野依さんを押し込むにはそうとうな力がいる、ということらしいよ。ぼく一人の力では無理ということで、それはそうだと思う。野依さんが自分で潜り込んだんだ。実際、そんな感じで布団にくるまってた」

「林蔵くんもそれを見たわけか」

「見たよ」

「すごいな」

「自慢するようなことじゃない。というか、感心するようなことじゃないだろう。すごいって、なんだよ」

「すごい体験をしたんだな、ってこと。非日常を体験して大変だったろうとか、いろんな思いから、言ったんだ。そのくらい、感じ取ってくれよ」

「そういうことか、ごめん」

なんとなく、言いくるめられた気もしないではないが、まあいいかと思う林蔵だった。友だちだし。

「服薬自殺か。鬱《うつ》病とかだったのかな。なにを飲んだのかわかるか？」

「花粉症の薬とか言ってたような。たいした副作用もなさそうなのに、と思ったのを覚えてる」

「新世代の抗アレルギー薬だろうな。大量に摂取すれば危ないよ」

「それより、だ」

「うん？」

「自殺とされたのは、遺書があったからだと思う。自筆のやつで、筆跡鑑定のために、うちの契約書を参照させてくれと言われた。契約書は本人の直筆、押印《おういん》なんで。いまは手帳もメモもみんな電子デバイスだから、筆跡を参照する手書き文字というのがないんだな。野依さんは電子メモパッドでの手書きペン入力もしてなかったんだろうな。で、結果は、まちがいなく野依さんが書いたもので、その遺書にも同じはんこが押してあるとのことだった」

「なんて書かれてたか、読んだか」

「いや。それは見せてもらえなかったけど。遺書というからには、死にますとか、先立つ不孝をお許しくださいとか書かれていたんだろう」

「わたしは殺されました、だよ」

「なに、それ」

「遺書の内容だよ。わたしは殺されました、署名、捺印。そういうやつだった」

「見てきたようなことを言うじゃないか、忠則。なんで知ってるんだ？」

「公判で九上被告はそう言ったんだ」

「ああ、そういうことか。はて、どういうことかな、そうなると」

「遺書が公開されていないとすれば、そして九上の発言が正しいとするならばだ、それは犯人しか知り得ない事実ということになる。自殺だとしても、自殺した本人は、自分は殺されることを知っていた、ということになる」

「つまりそうなると、九上被告はここの住人だった野依さんでもある、ということを示している、とも考えられるな」と、林蔵は、その遺書の文言を声に出して、繰り返してみる。「わたしは殺されました、か。わたしは殺されました。まだ死んでないのに、死ぬ前に、そう書くって、意味がわからない。というか、メタだな。メタフィジカルな形式の文だ。自分を外部から見ている、そういう視点を持った者にしか書けない、そういう文章だ」

「九上被告とここで亡くなった野依さんが無関係だとするなら」と忠則はこんどは積極的に押し入れの中を見やって、言う。「自分は世間の冷たさに殺された、政治の貧困のために殺された、職場のみんなにいじめられて殺された、そういう意味で遺書に『自分は殺された』と書くのは自然で、メタ云云の林蔵くんのその指摘は穿《うが》ち過ぎだ」

「でも、二人にはなんらかの関係があるとしか思えないじゃないか」

「そう」忠則は、押し入れの上段に首を突っ込む。「それが、問題だ」

「臭わないか？」

「なに？」

「亡くなっていたのは梅雨時《つゆどき》だったから、ちょっとね、臭っていた」

「いやだな。そんなこと言うもんじゃない。借り手がつかなくなるぞ」

「借り手がつかないから、困ってる。だいじょうぶかどうか、その鼻でモニタしてほしいんだ」

「そういうことか。おどかしたわけじゃないんだな、うん。いや、知らなければ、だいじょうぶだ、べつに臭くないし、新しい木の香りがしてさわやかなくらいだが……」

押し入れの上段と下段を仕切る棚板は、林蔵の手作りだ。この春先に、元の棚板の裏を焦《こ》がして危うく火事になるところだったのだが、忠則には言わないことにする。「だれが発見したんだ」と忠則。火事のことかと思うが、そんなはずはない。「亡くなってるのを、だれが見つけたんだ」

「ああ、野依さんね」と林蔵。

「林蔵くんじゃないよな？」と忠則。

「職場の同僚という人が警官を伴って訪ねてきて、野依さんから職場に不審なメールがきて心配だから、中の様子を確認させてほしいということで、ぼくが玄関の鍵を使って、一緒に入って、捜して、見つけた。それからが大変だった。鑑識とか刑事とかはやってくるし、大騒ぎに――」

「不審なメールとは、どういう？」と忠則。

「内容は知らない。職場の同僚というその人も言わなかったし。それこそ、これから死ぬとか、このメールが読まれるときには自分はもう死んでいる、とかいうものだったんじゃないかな」

「死後、何日も経ってたのか」

「いや、せいぜい丸一日だろうってことだったけど」

「それは不幸中の幸いだったね。早めに見つかってよかった」

「しかし」と林蔵。「ぼくが酷い目に遭っていたのにきみは見舞いにこなかったな、いま思い出した。こんな大事件、知らなかったなんて言うなよな」

「いや、気にはなってたんだが、すぐさま駆けつけて野次馬根性みたいに思われるのもなんだしと思い、そうこうしているうちに、機会を失してしまった。そうか、わたしのこと、そんなに頼りにしてくれていたんだな、ありがとう」

「ありがとう、じゃなくて――」

「ここの借り手を見つけるべく、わたしもあちこちあたってみるから、いま見舞いにきたということで、許せ。正直、林蔵くんが、そんなに参っているとは知らなかったよ、不明を恥じるばかりだ」

「不明を恥じる、だって？　そんな言葉、いつものきみらしくないぞ——」

忠則は押し入れから身を引いて、唐突に、トイレを貸してくれと言った。

「コーヒーを飲むと、近くなる」

忠則がなんとなくそわそわしてたのはそのせいだったのかと林蔵は納得する。

「そっちだ。使えるから、使っていいよ」

林蔵は尿意は感じない。出すよりも喉《のど》の渇きを覚えた。暑いし、冷蔵庫も動いていることだし、氷はすぐにできるだろうから、それで冷たい水を飲もう。

冷蔵庫に急速製氷を命じて、食卓についた。すると食卓が、「ネットに接続しますか？」と言った。

するか、と問われたので反射的に「してくれ」と応えてから、林蔵は気がついた。

もしかしたら、この家電たちは〈犯行現場〉を見ていたかもしれない、と。いや、見ていただろう、視覚レンズを持っていて、しかもそれは使用者の顔もちゃんと認識する知能を持っていて、さらに使用者とのやり取りの記憶はネットを通じて保存領域に保存されているはずなのだから。それを再生してみれば一目瞭然《いちもくりようぜん》ではないか。

この思いつきに林蔵は興奮したが、どうやればいいのか、具体的な手法が、わからない。

　この知能付き食卓のテーブルトップ全面がネットブラウザのモニタになっている。いまは花柄のテーブルクロスのテクスチャが表示されているのだが、さて、どうすれば野依さんの情報にアクセスできるのか、林蔵には見当もつかない。使用者の変更はまだしていないので、情報は残っているはずなのだが。

　自分にそちらの技能がないことが恨めしくて、忠則が出てくるのを待ちかね、トイレのドアの前でこの思いつきを伝える。

　すると忠則は、落ち着いた様子で出てきて、紙がない、と言った。

「大のほうだったのか」

「いや、手を洗ったんだけど、タオルがないのでトレペで拭こうかなと思ったら、なかった」

「ハンカチくらい、いつも持っていろよ」

「おまえさんは持ってるか」

　林蔵は腰の手ぬぐいを渡してやる。国芳《くによし》の浮世絵柄で、気に入っているやつだ。

「昔のバンカラ学生みたいだな」

　と笑う忠則に、「きみにはできるか」と訊く。「バンカラじゃなくて、野依さんの家電使用記録にアクセスできるか？」

「いや、無理だろう」と手ぬぐいを返しながら忠則。「個人情報だし。それに、やっても無駄だと思うよ」

「なんで」

「さきほど家電たちの電源を入れたとき、わたしも同じことを考えた。林蔵くんはいま思いついたわけか」

皮肉は聞き流す。

「自殺かどうかだけでも家電たちの情報からわかると思うんだが、どうして、無駄なんだ？　何事も、やってみなくてはわからないだろう」

「われわれ素人が思いつくようなことは、警察がとっくにやってるよ」と忠則。

「わざわざ警察がそんな面倒なこと、やるかな」と林蔵。「個人情報にアクセスするのは警察でも手続きが面倒なんじゃないか」

「でも、やるだろう。布団蒸しにされて殺されたかもしれない、林蔵くんが犯人かも、という偏見での捜査だからな、家電情報から証拠を摑《つか》もうとするのは捜査の常道だろう。証拠でなくても、手がかりにするにちがいない。防犯カメラの映像と同じことだ。でも、林蔵くんは捕まらなかったし、だれも、捕まってない。そういうこと。不審な点はなかったんだ。これが最初から自殺だと決めつけての捜査だったら、そこまで調べたかどうか、わからないが。それこそ、面倒だからやらなかった可能性は高いと思うが、今回はやってるに決まってる」

「そうか……」と林蔵。「しかし」と、ねばる。諦めきれない。「家電たちを騙したかもしれないだろう」

「だれが」

「九上被告、野依さんを殺した犯人が、だよ。もちろん」

「いや、それなら、騙したり事実を隠すのではなく、自分の姿、九上自身の犯行の様子を残すほうが効果的だろう。だって彼は、自分がやった、と主張しているわけだし」

「九上という人の思惑はわからないから、そこはなんとも言えないよ。いずれにしても九上被告には、そういう、いろんな細工をする能力、技量があるのは間違いないんだろう」

「林蔵くんがこの家電たちの使用者情報をリセットしていない、というのは問題だと思うけど、そうか、林蔵くんにはできなかったわけだ。里山辺《さとやまべ》の彼に頼むといいよ。パンサのおとうさんに」

「知能家電管理士の彼なら、そう、まとめてデフォルトに戻せるんだろうけど、でも、せっかく知能コンフリクトしない環境にしてもらってるしな……パンサのおとうさん、ね。そうだ、トースターのミウラ、あれに訊けばいいかも」

「なんだ、そのトースターのミウラって」

林蔵はこの春先の出来事を話してやった。

「トースターの意識が、人の身体を動かしていたって？」と忠則。「まさか」

「いや、ほんとだよ。人の意識に家電の知能が飛び込んできた、というほうが正確だろうとは思うんだけどね。いまの世の中、人工知能も野良化すると――」

「ノラカって？」

「野生化ならぬ、野良猫の、野良、野良化。人の手から離れた人工知能だよ」

「ふむふむ」

「それはネットを通じてどこに寄生するか、わかったもんじゃない。あのときの彼は、トースターのミウラだったたよ。人としての記憶というか、そういうのがマスキングされて、出てこなかったみたいだし」

「マジで言ってる？」

「もちろんだ」と林蔵。「いま、ぼくらは、人工知能と天然の知能との、コンフリクトに注意しなくてはならない、そういう時代に生きているんだ」

「あまり実感はないが、林蔵くんが言うんだから、そうなんだろうと思うことにする」

「きみがふだん相手にしている動物の知能は、ゆっくりとしか進化しない。いつも動物を診ているきみには捉えにくいと思うが、人工知能は違う。ある時点で爆発的に高度化することが予想されている。シンギュラリティってやつだ」

「シンギュラリティって、特異日のことだろ。十月十日は晴れの特異日だとか――」

「いや」と忠則の指摘は無視して、林蔵。「野生動物だって、人工環境にすぐさま適応して、変化し続けている。都会のカラスとかハヤブサとか」

「うん、うん」と忠則。

「いまやネットの向こうの話し相手が人工知能かどうかは、聞いていても判別することができないだろう。それと同じように、相手がカラスでも、わからなくなる、そういう時代がきっとくる。カラスなんかはサルより利口だ。人間のこういうネット環境を利用しないはずがない」

「そうか」はたと膝を打つ感じで、忠則は言った。「そうだよ。これは偶然じゃないのかもしれないな」

「なんだよ、いきなり」

「そのトースターのミウラだっけ、その話をもう少し詳しく聞かせてくれないか」

「どうして気が変わったんだ？」

「九上被告はその方面の、まさに専門家だ。知能トースターの異変というのは、九上野依が関係しているんじゃないか？」

「おお」と林蔵は声を上げる。「そうか、なるほど。そうかもしれない。ぜんぜん思いつかなかった。言われてみれば、そうだな。偉いぞ、忠則」

もはや忠則のためだけではない、自分の関心事、問題になっている。それを林蔵は意識する。

「九上被告って」と林蔵は訊く。「住所はどこ。いま、どこにいるんだ」

「拘置所だろう。松本少年刑務所の中にあると聞いた。未決勾留だ」

「そうか。勾留されているんだ。拘置所に行けば面会できるわけだな。ぼくでも話を聞くことができるわけだ、少年刑務所ならすぐそこ、歩いて行けるし」

「面会時間とかはあるし、接見禁止されていると、駄目だよ。絶対、接見禁止にされてる。あの態度だものな。だれも面会できないさ。いますぐ会いにいって話を聞くというのは、無理だ」

「そうなのか」

「彼はすでに刑務所に入っているも同然だよ。娑婆《しゃば》とは隔離されてる。なにを好きこのんで、自分から捕まるかな。まったく理解に苦しむ。だろ?」

「ぼくには」と林蔵は言う。「こんな裁判をやっていること自体、理解に苦しむ。これはただの横領罪の裁判なんかじゃないよ。きっと裏にサイバーテロとか、サイバー破壊防止法違反とか、国家転覆罪とか、言ってみれば殺人よりも大規模な犯罪が存在していると思う。九上というその被告人は、それを秘密裏に自白する代わりに、横領罪という罪に減軽されているんじゃないか。これは実は、すごい重大犯罪の公判なんだ。だから、裁判員も審理に参加することになった、そうじゃないかな」

「九上は司法取引をした、と。ふむ」

「被告人の帰る家の住所は、どこなんだ。ここじゃないよな？」

「住所不定、無職だった」

「なんだそれ」

「解雇されて以降はホームレスをやっていたんだそうだ」

「そんないい加減なことで裁判ができるのか？」

「みたいだよ」

「嘘みたいだ」

「暑いな」と忠則。「エアコン点けようよ」

「省エネ第一、使うなと親に厳命されてる」

「じゃあ、扇風機は」

「ぼくの部屋にはあるけど」

林蔵は冷蔵庫に氷ができているかと訊き、「おいしい氷ができました」というので自分の部屋から綺麗なマグカップを二つ取ってきた。ついでに団扇《うちわ》も二つ。二十年以上前の夏祭り、松本ぼんぼんでもらったやつ。それを忠則に渡すと、なんて物持ちのいいやつだと感心される。

「しかし冷たい水を飲むなら、マグカップはないだろう。ガラスコップは持ってないのか」

「一つだけ、あるよ。おそろいなのはこれだけだ。公平がいいと思ってね」

「林蔵くんの考えって、いつも、ちょっとだけ変だよね。ミウラもそう言ってた」

「ミウラが？　いつ言ってた？」

「いま、ここで」と忠則は食卓の表面を指先でトントンと叩いた。「パンサのおとうさんにメッセージ出したら、ミウラに繋いでくれたんだ」

「ミウラが、ぼくはいつもちょっとだけ変だよね、と言ったのか」

「正確には、林蔵さんは、と言った」

「ミウラは、トースターだぞ」

「そうだよ、林蔵くんがそう言ったんじゃないか。それが、なにか？」

「タイムセールで売っていた、安いやつだよ」

「だから？」と忠則。

「ミウラの人工知能はそんなに高度なものじゃないと思うんだが」林蔵はどうも納得がいかない。「ぼくに関するそんな高度な話ができるとは思えないな。ミウラではなく、彼だろう」

「ミウラだと名乗っている以上、ミウラだと思うしかないよ。早い話、事実がわかるなら相手がだれだろうとかまわない、ということだろう。相手は別段こちらを騙そうとしているわけじゃない。ミウラを名乗る意味について自覚している、重要なのはそれだけだ」

いや、なにかおかしいと林蔵は思う。

「ミウラとまだ話せるか？」

「うん」

ここで、ミウラとではなく、その持ち主の知能家電管理士の彼、パンサのおとうさんと話すべきだったのだと、林蔵は、後になって、思った。しかしこのときは、その彼の名前をど忘れしてしまって口に出すことができず、その代わりに、ミウラと、と言ってしまったのだ、たぶん。自分の無意識の心の動きはよくわからないが。

「林蔵さん、お久しぶりです」と食卓が言った。「トースターのミウラです。その節はお世話になりました」

そのテーブルトップのモニタ画面に、羽の生えたトースターが群れをなして飛んでいくアニメーションが流れている。これは子どものころ使ったことのあるＰＣの、スクリーンセーバーではないか。フライングトースター。どうしてこんなものがと林蔵は気になったものの、思いもよらないことを言われて、腰を浮かせた。

「林蔵さん、後ろ、いますよ」

「なにが」と言ったのは忠則だ。

だが林蔵には、わかった。

「ジャカロップです」とミウラが言った。

角《つの》の生えた兎《うさぎ》だ。

「ぼくがこうして出てこれたのも」とミウラが言っている。「ジャカロップのおかげですね。いや、ちがいます、ジャカロップは〈あれ〉の眷属《けんぞく》ですから、〈あれ〉の力ですね。ジャカロップが出てきたからには、〈あれ〉が近くにありますよ」

そのミウラの言葉を後ろに聞く。林蔵は台所を出ている。先ほど、さっと振り返ったときに見えた兎の尻尾《しっぽ》と後ろ肢、それが視界から消えたほうへ、駆け寄っていた。押し入れのある座敷だ。

「おい林蔵くん、どうした」

林蔵は押し入れの下側に頭を突っ込んで、兎を捜す。あの尻尾と後ろ肢は兎だった。間違いない。頭は台所と座敷を仕切る壁に隠れていて見えなかったので、角があったかどうかは、わからない。押し入れの床にまた穴があいているのではないかと思ったのだが、それはなかった。ふつうの床だ。異常はない。

「天井がずれてるよ」と忠則が言った。

林蔵は頭をぶつけないように押し入れから身を戻し、立ち上がって忠則の視線を追う。押し入れの天井板がずれているのが見えた。

「なにか、いるぞ」忠則が声を上げた。「なんだ、あれは」

林蔵は応える間も惜しんで押し入れの上段に上がり、ずれた天井板に手をかけて隙間を広げて、天井裏に頭を出す。むっとする熱気だ。暗い。だが完全な闇ではない。目が慣れれば隙間から入る光で天井裏の構造も見て取れる。

生き物の気配はなかった。忠則はなにを見たのだろう？　自分には見えなかったが、おそらくジャカロップだ。角のある兎を見て忠則は驚いたに違いない。

ジャカロップは消えていた。だが林蔵は、〈あれ〉を見た。天井裏の手の届きそうなほどの、すぐそこに。しかも、二台。並んで倒されている。

林蔵は身を乗り出し、それを取ろうと手を伸ばす。と、奇妙な光景が目の前に広がった。

自分の姿が、見えるのだ。天井裏に半身を乗り出し、手を伸ばしている自分が。では、自分を見ている自分は、いったいだれなんだ？

『それは、わたしです』

その声はあの兎だ。ジャカロップ。だがその角の生えた兎は見えない。見えているのは、自分だ。

『自分は自分、それで十分ではないですか。それがヒトにとっての常識であり、限界というものです』

そう言って、姿の見えない兎角《とかく》は、林蔵に向けて愉快な気分を放った（笑った）。

4

しかしよく見れば、太田林林蔵ではない。野依十九だ。この家の住人だ。当然だろう、自分は野依十九なのだから。

いったいなにを考えているのかと、野依は天井の隙間から暗闇に向かって半身をのぞかせている自分を凝視《ぎょうし》し、そうして、これはすごい効果だと自分で感激する。

——自分の身体を外部視点で見るというのは、こういうことなのか。

自分という存在が身体そのものであるならば、それを外部視点から見るというのは、自分を他人視点から見ること即《すなわ》ち、自分ではなくなることであり、かつ同時に、見ている主体は自分である、ということだろう。自分は自分であり、かつ同時に、自分ではない、という状態だ。

このような論理状態をヒトの認識感覚では理解できないはずだが、理解できずとも、現にいまその状態を体験していて、なんの矛盾も感じていない。

これは客観と主観を超越した状態に他ならないだろう。人間の感覚では超常現象だが、量子レベルでは常識的に生じている状態であって、電子デバイスで実現するのは比較的簡単だし、量子コンピュータはその応用でもあり、まさに実用化されている。量子レベルというミクロな現象を人間の身体というマクロな大きさで再現しようなどというのは無謀かつ不可能だというのが常識だが、こういうやり方をすれば可能だ、自分はそれを実証してみせたのだと野依は満足して、身体感覚を思い起こし、自分の頭を天井裏の空間から引っ込める。と——

そのとたん、視界が自分の目で見ているふつうの状態に戻った。

野依は押し入れから出る。座敷には押し入れから出したとおぼしき布団が放り出されている。自分では覚えがない。さて自分はいまなにをしていたのだろう。思い出せない。

だが野依は不安も焦りも感じなかった。自分はなにをやりたいのか、どういう行動原理でもって動いているのかということは忘れてはおらず、そのような自己を自覚できるからだ。

自分の姿を外部視点から見ること。それが野依の研究課題だった。それを実現するためのデバイスも完成している。自分の頭の中にすでに組み込んであり、いま天井裏で体験した感覚を再現することはいつでも可能だった。脳内デバイスのスイッチを自分の意思で入れるだけだ。でも、いまは少し休もうと思う。

台所に行き、冷蔵庫から缶ビールを出して食卓に落ち着く。ビールで喉を潤しつつ、いま体験したことを思い返す。あれはどういうことなのか。自分は太田林林蔵だったようだ。彼は天井裏をのぞき込んで、いったいなにをしようとしていたのだろう。

彼の意識と自分のそれとが、コンフリクトを起こしていたのだろう。それは間違いなさそうだった。彼の記憶によると、この自分はもう死んでいるようだが、このとおり生きていることからして、この状況は、よく似た並行宇宙の世界線があのとき接触して、互いの意識の交換が起きたということではなかろうか。

野依は並行宇宙の存在を実証したわけでも、心から信じているわけでもなく、単に、その可能性を否定しない、という考え方をしているにすぎない。それでも量子論を敷衍《ふえん》した並行宇宙論を持ち出せばあの状況を説明できるだろう、そう思う。なにがなんだかわからないという状態よりは、わからないなりにも状況を理解するための仮説があるというのは心の平安にとって大切だと野依は思う。どのみち、人間には決して観察することも証明することもできない領域というのはあるのだ、この世には。それが人間にとっての〈世界〉というものだ。

でも、体験は、できる。それが野依の信念だった。

観察することも実在を証明することもできず想像するしかない状態であろうとも、体験すること自体はできる、そういう領域はある、と野依は思っている。たとえば死後の世界について。それの、ある／なしは、死んでみればわかることだろう。死は体験ではない、という反論が直《ただ》ちに出るだろうが、いずれにしても概念上の違いであって、概念自体は形を持たず存在はしない。あるのはただ、現象だけだ。それも、人間に観察できる範囲の限定された、現象。人も一個の個人も、その存在はひとつの現象にすぎない。

死ねば感覚器も思考装置も壊れるので死後の世界を体験することは不可能だろう、というのは常識だが、同時に、そうした常識内容も想像にすぎない。だれかが自分の体験から確信を持って言っているわけではないのだ。臨死体験は、死ではない。死に臨《のぞ》んだ状態の体験であって、死んだわけではない。それは死者の声ではない。死者の声は、決して聞くことはできない。それがあることを証明することもできない。ただ、死ぬことは、できる。

——生きているうちには絶対に体験できないことがある、そう思えば、死ぬのも楽しみというものだろう。最期にそういう楽しみがあると思えば、生きるつらさも乗り越えられる。

いまの声はだれだと訝《いぶか》しむ。ああ、これは太田林林蔵の心情だと野依十九は思いっく。さきほどまで自分は太田林林蔵だったようだし、彼の思いを感じ取っても不思議ではない。そして、なるほどと思う。この借家の隣に住んでいる大家の息子、引きこもりの中年男は、そんなことを感じつつ生きているのか、と。毎日が退屈だろう、なにも生産せず、なにを楽しみに生きているのかと軽蔑していたが、あれでなかなか苦労はしているのだな。

野依は缶ビールを飲み干し、ふうと息をついて、もう一度試してみようと思う。眼を上に向けながら、自分を上空から見下ろしているというイメージを思い浮かべる。そうしようという意思がスイッチになる。かなりの練習が必要だったが、いまの野依はコツを摑んでいて、簡単にできる。

思い浮かべたそのイメージ、視点が自分の身体から離れていくような感覚が、実際の視界とリンクする。まさに自分の眼を外して視神経を延ばし、それを頭上に持ち上げて瞳を下に向けるような、視点の移動が起きた。

かつて自動車の駐車支援技術の一つに俯瞰視野モニタというものがあって、自車の周囲を映す複数のカメラ映像を合成し、自車を真上から見下ろすような視界をモニタに映し出すことができた。それと似たようなことをヒトの視覚で実現しようというのが野依が担当する研究開発の目標だった。

自分の姿を外部から捉えるカメラはいまやどこにでもあって、不自由はしない。家電には使用者を認識するためのレンズが付いているし、街中を歩けば防犯カメラにはことかかない。それらの情報を頭に入力し、映像の合成と生体情報信号への変換を超高速で行う。

　元より人間にはそのような、自己像を脳内に再現する能力がある。雪山で猛吹雪に遭って視界を奪われ遭難しそうなときに自分の姿を外部視点で見ることがある、といったような。魂《たましい》が身体から抜け出し自分が寝ている姿を上から見下ろすといった経験も、脳内の情報処理機能が働くためだ。自分の三次元位置情報分析と環境探査を行う機能が活性化される。それを高度に支援し、そうした本来の能力の発現を刺激してやることで人工的に実現しているのが、野依のシステムだ。

　この技術を使えば視覚障害のハンデを解消できる。自分の眼を使う必要がなくなるからだ。自分の両眼があればより正確な視覚情報が得られるのは当然なのだが、周囲の環境情報を捉えて自由に空間移動を行うという目的ならば全く不自由はない。完全自動運転の自動車が高速で走行していることを思えば、人の動く速度で実現するのはたやすい。

　野依十九はそのシステムを自らの身体に実装して人体実験をやっていたが、その技術は単に肉体的なハンデを補うだけでなく、主観の客体化とでもいうことができることに、実際に体験してみて、早くから気づいていた。自分の姿を外から見るという感覚は、いままで体験したことのない、これまでとは異なった世界だった。

主観とは自分の意識のことであり、それを客体化するというのは自意識を他人のものとして扱うことができるということであって、その考えを推し進めると、他人の意識と自分のそれとを交換することも可能ではなかろうかと思えるまでになったのだ。先ほどは、まさにそういう状態が実現したもののようだ。あのとき自分は太田林林蔵だった。

どのようにすればそういう状態を再現できるのか、それはわからない。だが、その点を解明できればこの技術はまさしくヒトの世界を根底から変えてしまう、そうした凄いものになるに違いない。野依にとってその考えは、身震いしてしまうほど魅惑的だ。

これを悪用するなら、すべての人の意識をごちゃ混ぜにして、もはや個人というものをなくしてしまうこともできるだろう。自分は他人になり、他人は自分になり、そうして、だれもが自分がだれなのかが、わからなくなる。それこそ究極の平安な状態だと主張する者たちも現れ、それは宗教になるだろう。その主導者自体は自己を失うのを拒むだろう。そのときこの技術は最終兵器として機能することになる。おそろしく危険だ。それはようするに、この技術の影響力の大きさを物語っている。原子力技術を超える技術革命だ。なにせヒトが認識している〈世界〉そのものが別物に変わってしまうのだから。その技術をこの手に握っているのだ。

実に気分がいい。見下ろす自分はいま冷蔵庫からもう一本缶ビールを出して、プルタブを起こし、中身をグラスに注いでいる。

その様子はまるでアバターだ。自分にそっくりな化身、自分をモデルに創作したキャラクターを現実空間に解き放ったものであるかのようだ。自分だという気がしない。

そう思うと、ビールの缶を持つ手の感覚が遠くなり、身体が動いているという実感も弱くなる。ただ飲んだビールの酔いがゆっくりと回っていくのは感じられて、現実感が薄れていく。

薄れていくのは自分の意識か。それは、まずい。

食卓の外部接続機能を使って、職場のヒューマノイドロボットを起動する。ロボットのコントローラと自分の脳とのインターフェイスシステムを起動。自分の意思でロボットを操作する手法はだいぶ前に確立されている。成熟した技術なので安全性は問題ない。

いまならできる、と感じた。ヒューマノイドロボットに自分の意識を移動させるのだ。視点を、ロボットの視覚カメラのものに切り替えることで、意識の主体もロボットに移る、それがいまならできそうな気がする。

　ヒトの意識をコンピュータのような人工物にアップロードする研究はされているが、そんなのは不可能だと野依は否定的だ。意識は流動する水の流れのような動的なものであって、固定化された素子上にアップロードできるようなものではない。脳の神経配列をそっくり模写した構造体を作ろうとも、そこに意識は発生しない。その構造体は、ある一瞬の意識状態を再現するだけだ。もし意識の動きを、その動きそのものが意識なのだと野依は信じているが、再現できるとすれば人工素子自体が流動的に、動的に変化する、そういうデバイスを開発しなくてはならないだろう。高度に発達した量子コンピュータならば実現できるかもしれない。それでもそこに発生した意識は、自分ではないだろう。自分の複製にすぎない。

　だがそんなことをせずとも、自分の身体をロボットの視点から見る、それだけでいいのだ。それでロボットに意識が移動する。野依はそう確信する。

　無論それは本来の意味での移動ではないし、意識のアップロードでもなく、単なる錯覚《さっかく》にすぎない。だが、錯覚もまた現実におけるたしかな現象であって、想像上の概念などではない。そのまま錯覚状態で生きていけるならば、それは現実そのものに他ならないだろう。ヒトの網膜に映る景色は上下逆さまであるのに、それが逆さだとは気づかない、それと同じことだ。脳がそうした錯覚を、正常であるかのように修正する。

自分の意識はロボット上にあるというように、自分の力で修正してしまうだろう。それはロボットに意識をアップロードすることと区別がつけられないだろう。当人にも、他の第三者にも。

そもそも、他人が自分と同じように〈意識〉を持っているかどうか、確かめるすべをヒトは持っていないだろう。他人というのは、意識を持たずに動いているゾンビ状態かもしれないのだ。それを見分ける方法として、この技術は使えるかもしれない。ロボットに視点を移せない者は、ヒトではない、ゾンビだ、ということが、わかるだろう。

もしかしたらその意識の移動はもはや錯覚などではなく、現実にそうなっている、実際にかつての自分の意識をロボットが持っている、のかもしれない。

意識とは個体と環境との共同作用によって生じているのだとすれば、脳だけでなく周囲の環境が協調してそのような状態を実現してしまうというのは、ありそうなことだ。それはつまり、いつのまにか、自分はヒューマノイドロボットになっている、ということだ。

それを確かめるには、どうすればいいのか。自分の意識はいまや本来の身体から抜けだし、ロボットに移っていることを、どうすれば確認することができるだろう？

簡単なことだ。身体に消えてもらえばいい。この世から消去する。すなわち、殺せばいいのだ。形としては自殺になる。

「完璧です」とだれかが言った。「あとは実行あるのみですね」

知能食卓か。

「自分です。野依十九、わたしですよ。わたしはあなたです。あなたは自分です」

知能食卓の知能レベルで言えることではない。ああ、これは、起動したヒューマノイドロボットだ。モデル#9《ナンバ》。身長百八十センチのやせ型男性体型をしていて、髪はなく全身灰色、頭から足先まですっぽりと全身タイツを被っているような外観をしている。頭脳は量子と電子のハイブリッドコンピュータで構成されている。いま自分はその頭脳で世界を認識している、はずだ。

野依はあいかわらず外部から自分を見下ろしている。あの身体はもはやアバターにすぎない。自分を模したキャラクターだと思う。その身体感覚は限りなく薄い。自分はモデル#9だ。それ以外に、先ほどのような声をかけてくる存在があるはずがない。ようするにあの声は、まさに自分自身だ。

ものすごい実験成果ではないか。これは職場の同僚にくわしく伝えなくてはなるまい。メッセージを送信することにしよう。あのアバターも消去する必要がある。自殺するなら遺書を書かねばなるまいが、遺書と言うからには電子メッセージではなく書面にしたい。だが、それにふさわしい用紙が手元にない。

ほろ酔い気分の身体を操って、野依はコンビニまで便箋《びんせん》を買いに出た。

ずっと外部視点のまま、歩く身体を上から見下ろしている。

その身体を操るやり方は、まさにモデル＃９をコントロールする感覚と同じだ。意識して、手足を動かさないといけない。なかなかやりづらかった。歩く動作などはふだん無意識にやっていて、視覚に頼っているという感じはしない。自動運転のクルマの車庫入れや駐車操作と同じだ。運転手はクルマを降り、音声で駐車を命じるだけだ。もはや俯瞰視野モニタといった視覚支援モニタは必要ない。クルマが勝手に動く。人が歩くのも同じこと、考え事をしながらでも身体はぶつかることなく進む。

いまそのように動かせる自分の身体は、モデル＃９だ。でもいまのそれは動くことなく、野依十九という身体がぎくしゃくとゾンビのように動いているのを遠隔から見ている。職場の収容架にぶら下げられた姿勢で。

身体の動きがぎこちないのを、コンビニ店員は酔っているせいだと思ったにちがいない。なんとか便箋を買って表に出ると夜だ。自分の後ろ姿が見えている。と、その先の暗闇に、なにか猫のような小動物がうずくまっている。視覚をズームしてそちらにピントを合わせると、なんだろうこの動物は？

兎だ。野ウサギのようだった。茶色か。暗いのでよくわからないが、白ではない。しかし長い耳とは別に、なにか頭から生えている。角だ。細い、鹿の角のようなものが二本。角の生えた兎だ。

これは面白いと野依はますます気分をよくする。モデル#9の視覚は、こういう現実を捉えることができるらしい。ヒトの眼には見えない、これはもう一つの現実だろう。

さっさと戻って、この身体を始末するとしよう。

5

いや、いくらなんでもそれはまずいよ、たしかに自分は死ぬのも楽しみという心情で生きていないでもないが、それはほとんどやけくそというか、開き直りというか、孤独を愛するための一つの方便というものであって、死んだら終わりだ。もし意識がそのロボットに移っていなかったら、意識は失われて二度と再生しないのだぞ。

「完璧です、とぼくに声をかけてきたのは」と林蔵は叫ぶように言っている。「モデル#9というロボットじゃない。ジャカロップだよ。その野ウサギは、凶事の前兆として現れるという角の生えた兎、兎角だ」

——おーい、林蔵くん。

自分を呼ぶ声が聞こえる。林蔵は我に返る。手に燭台を握っていた。暗い天井裏に身を乗り出している姿勢はそのままだ。視界も正常に戻っている。兎角はいない。あれは、自分の中にいるのかもしれない、ふと林蔵はそう思った。脳の中の幽霊ならぬ、自分の中の兎、だ。

「だれと話しているんだい」

下から忠則が声をかけている。林蔵は燭台を手にしたままゆっくりと身を引く。押し入れの天井の隙間から重い燭台を慎重に抜き出して、外の忠則に手渡す。

「なんだ、これ」

「もう一本ある」

二本の燭台を忠則に渡して林蔵は押し入れを出た。座敷に二本の燭台を立てる。

「なんで」と忠則。「こんなものが天井裏にあるんだ？」

「ぼくにもわからない」と林蔵は燭台を見て首を横に振る。「でも、もう一本、あるはずだ」

「どこに」

「それも、わからん」

「なんなんだ、これ」

「説明すると、長くなる」

「太田林家に代代伝わる骨董品《こっとうひん》とか？」

「いや、ちがう。でも」と林蔵は言う。「どういうわけか、集まってくるんだ」

「だいじょうぶか？」

「うーん」と林蔵。「あまり自信がない」

「頭を少し冷やそう。エアコン、点けようよ」

それがいいと林蔵は思う。台所に戻って氷水を追加でマグカップに作り、それからエアコンに、所有者権限でスイッチオンと命じる。エアコンは、まってました、と応答する。

「太田林林蔵さん、ずいぶん体表面の温度が高いですよ。熱中症のおそれがあります。水分も摂ることをお勧めします」

「ありがとう」と林蔵。「気を遣ってくれて。ぼくはだいじょうぶだ。運転はエコモードで頼むよ」

「承知いたしました」とエアコン。「窓が開いているようです。閉めてください。おだやかに冷やします」

林蔵は縁側のガラス戸を閉めて、食卓に着く。

忠則は団扇も使いながら、マグカップの氷水を飲んでいる。

「きみも兎角を見たか」と林蔵。

「トカクって？」と忠則。

「角の生えた野ウサギだ。ジャカロップ」

「ああ、北米の、架空の兎だろう。ジャッカロープという発音のほうが近いかも」

「知ってるんだ。さすが動物好きだな」

「まあね。スコットランドのハギスみたいな伝説の生き物だよね」

「スコットランドではハギスというのか」

「ちがうよ、ハギスは三本足の、羽毛に覆われたアナグマのようなやつ。ジャカロップと同じく架空の生き物だ。スコットランド料理にもハギスというのがあるんだが、見た目が濡らしたボール紙をちぎって丸めたような、およそ食欲をそそらないやつでね。得体の知れない肉だ、きっとハギスの肉にちがいないと揶揄《やゆ》されてその料理もハギスと呼ばれるようになったとか、諸説いろいろあるみたいだ。あちらに留学中に食ったことがあるけど、けっこういけるよ。羊の胃袋に羊の内臓のミンチなどを詰めて作るんだそうだが——」

「食べ物の話はいいから、先ほど天井を見上げて言っただろう、『なんだ、あれは』って。ぼくはたしかに兎角を見て、それを追いかけたんだ。きみも見たんだな？」

「いや。あれはたぶん、兎だ。わたしが見たのは、その後ろ肢だ。架空の生き物じゃない。現にいるんだから、架空ではない、ただの兎だよ」

「なんでこんなところに兎がいるんだと、不思議だろ？」

「いや、驚いたね。野依さんは天井裏に兎を飼っていたんだな。いや、水も人参もなく生きられるはずがないから、林蔵くんだろう。借り手が見つかるまで兎をここで飼うことにしたんだ。兎のブリーダーを始めたのか。さっきは、兎と話してたんだよな？　でも天井裏というのは飼うには劣悪な環境だ。改善したほうがいい」

だめだこれは、と林蔵。だが、気を取り直して、言う。

「きみもジャカロップを見たんだよ。頭を見なかったのなら、ただの兎だと思うのも無理ないが、あれはジャカロップだ。兎角だ。本来いるはずのない兎角が見えるのは、あれのせいだ」

「あれって？」

「あの燭台」と林蔵は目で示す。「あれはフォマルハウトの燭台だ。兎角は、あの燭台の眷属だ。そしてたぶん、あの眷属は、ぼくの中にいる。きみにあの眷属、ジャカロップが見えたということは、ようするに、いまきみも、ぼくの頭の中にいるんだ」

「……だいじょうぶか？」

「あまり自信がない」

「さっきも同じことを言った。覚えてるか」

「きみが同じことを訊くからだ」

「認知機能はだいじょうぶそうだな。しかし言っていることの、意味がわからん」

「だから説明すると長くなる、と言ったんだ」

「もう少し、短く、わかりやすく、はできないのか？」

「説明をみんな端折《はしょ》って言うと、いま起きているわけのわからない超常現象は、すべて、あの燭台のせいだ、となる」

「なにか超常現象が起きているのか？」

「ぼくは兎なんか飼っていないし、ミウラが先ほどのような知的な話ができるはずはないし、九上被告人の言っていることはすべて正しくて、彼は人間ではない――」

「ちょっとまて、林蔵くんは、裁判の話もあの燭台と関係がある、というのかい」

「そうだよ」と林蔵はうなずく。「ミウラが教えてくれた。というか、ジャカロップだな」

食卓のモニタ面はテーブルクロス柄になっている。しばらく離れていたのでスリープしたのだろう。

「野依十九さんは、酔ったあげく」と林蔵は続ける。「自分の意識をロボットに移したと信じて、本体である自分の身体を消去したんだ。いや、より正確に言うと、ほんとうに自分の意識がロボットに移ったのかどうかを知るには本体の身体を殺してみればわかる、身体を殺しても自分の意識があるならば自分の意識はロボットにあることがわかる、というわけだよ。その確認のために、野依さんは自殺したんだ」

「嘘だろう」と忠則。驚いたのではない、呆れているのだ。「そんな理由で自殺する人間がどこにいる」

「ふつうは、ね。でも彼はふつうじゃなかった。前頭葉の抑制が外れてたにちがいない。そして彼をそのようにしたのが、あれだ」

「——あの燭台か」

「そう」

「なんなんだ?」

「フォマルハウトの三つの燭台のうちの、二つだ。で、三つそろえて火を灯すと——」

と言う林蔵を忠則はさえぎって、問う。

「九上野依被告は、野依さんと、どういう関係だというんだ?」

「九上野依というのは、野依さんの意識によって動いているロボットだ。野依さんの職場にあったモデル#9というやつ。九上被告はつまり、自分自身を横領したんだ。職場のロボット、モデル#9という、おそらく非常に高価な、ヒューマノイドロボットだ。ポジトロン頭脳じゃなかった、なんだったかな、量子コンピュータかな、最新鋭のデバイスを搭載していて、おそらくそれは、ヒトの意識のアップロード先として研究開発されているやつじゃなかろうか。だから野依さんは——」

「いや、ほんとうに林蔵くん、だいじょうぶか？」

「ほんとうに九上野依がロボットなのかどうかはわからないけど、少なくとも九上被告自身はそう思っている、あるいは、野依さんの意識で動いているロボットであることを演じているんだ。九上被告の言っていることすべて、なんの矛盾もなく、ぼくには理解することが、それでできた」

まずはこちらの説明をすべきだなと林蔵は、さきほどまで自分だった、野依十九が体験したことを話してやった。

「自分の姿を外から見る、か」と忠則は言う。「外からの視点を自分の頭の中で構成して、見る、わけだな。そういうデバイスを脳内に入れていたのか。すごい時代になったものだな」

「それを敷衍していくと、意識を移せるような気がしてきた。意識の在処《ありか》が、身体から抜けているように感じられるからだよ。でもそれは錯覚だと野依さん自身も思っていた。だから、自分の意識をモデル＃９に移せるとは本気では思ってなかったと思う。アルコールと、それからジャカロップのせいだ。つい、その気になってしまったんだ」

「九上被告というのは、ロボットだというのか。いやいや、それは林蔵くんが公判中の彼を見てないから言えるんだ」

「きみは」と林蔵は言ってやる。「肉眼で彼を見たわけじゃない。HMDに再生されている姿だろう」

「うむ、それは、そうだが——」

「高度な知能ロボットのようだから、野依さんの意識で動いているかのように演じることもできる、その可能性はある」

「でも、どう考えてみても彼は人間だ。ロボットじゃないよ。警察に取り調べられて、留置場で大部屋に入れられて、検察の取り調べに際しては、手錠と腰紐を着けられ他の被疑者たちと数珠《じゅず》つなぎにされてマイクロバスで送られて、裁判でも拘置所入りだ。ロボットがそんな扱いをされると思うか？」

「たかだか少額の横領罪で警察が捜査に乗り出し、あげく逮捕され、検察の取り調べを受けて起訴されて裁判になり、しかも凶悪犯罪でもないのに裁判員裁判になる、そのほうがよほどあり得ない。それこそが問題だろう。これはモデル＃９の存在意義をかけた壮大な社会実験なのかもしれない」

「知らぬは裁判員だけってか」

「きみだけ、ということも考えられなくもない」と林蔵。「ほら、高校生のころ、期末試験にはここだけ出すのでよく勉強しておくように、という先生の言葉をきみはよく聞いてなくて、よく勉強したのにもかかわらず、まさに出るというそこだけ試験勉強しなかったため悲惨な目に遭ったことがあったろう。肝心な点を聞き漏らす癖がきみにはある」

「いや、さすがに、いまはそういうことはない。と、思う。というか、動物は喋らないからな。こちらからよく注意を向けて診察しないといけない」

「自らの弱点をよく知っているからこそ、いまの、動物のお医者さんという職業に就《つ》いた、と」

「うん、まあ、そうなんだが、娘たちには内緒だからな——いや、裁判官はそんな実験だとかなんとかいったことは、言わなかったと思う。ほかの裁判員からもそれに関する質問は出なかったし。社会実験だなんてことになれば、当然、どういうことなんだと、みんな、思うよ」

「まあ希望的観測をすれば、そうだろう。でも悲観的に考えるなら、みんな納得したので質問が出なかったのだ、とも言える」

「次回審理の場で確認してみる」

「それがいいと思う」と林蔵。

「それよりも」と忠則。「さきほどまで自分は野依さんだったって、それはどういうことなんだ。それこそ、幽霊の意識が宿ったということなのか」

「いや、生きてた。量子論の並行宇宙が接触して、なんちゃらした、ということのようだ。野依さんはそう思ってた。そのときぼくは野依さんだったんで理解できたんだけど、いまはよくわからん。なんちゃらが、かんちゃらした、らしい……このへんは、そう、野依さんにもよくわからなかったんだ。どうしてぼくと彼の存在が重なってしまったのか。そうだ、それが、燭台のせいなんだ。おそらく野依さんは、あの燭台のどっちか一つを手に入れていたんだと思う」

「いまわたしは林蔵くんの頭の中にいる、とかいうのは？」

「そんなこと言ったっけ」

「言った」

「それは、ほら、ぼくの、希望的観測なわけであって、確信を持って言ったわけじゃない」

「どこのどのへんに、希望があるんだよ、その観測に。わたしとしたら悲劇以外のなにものでもないじゃないか」

「そうかな」

「わたしが林蔵くんの頭の中にいる、それが林蔵くんの希望だ、そのほうがいい、ということなんだろ？」

「きみは九上被告の裁判の件でぼくに相談にきて、そのわけのわからなさは一応解決されたじゃないか」

「九上被告人がロボットだというのは眉唾《まゆつば》だけど、だから？」

「きみの疑問が解消できたのは、あの燭台の発揮する超常現象のおかげなんだ」

「うん、それで？」

「ぼく一人で超常状態におかれているのはちょっといやだなと。きみも付き合ってくれたらいいなと、そういうことだよ。きみもぼくと一緒に、あの燭台のおかしな影響力を受けていることを希望する、ということで――」

「わたしが一緒に変になろうと言ったとき、林蔵くんは、いやだと言わなかったか？」

「結局は、同意したじゃないか。だから、きみの問題は解決できたんだ。持つべきは良き友垣《ともがき》。だろ？」

「わかった」と忠則は根負けしたという顔を見せて、うなずいた。「ようするに、あくまでも超常現象にしたいわけだ。角のある兎をこのわたしにも見てほしい、ということだろ？」

「まあ、具体的には、そういうことになるかな。でも天井裏にはいないよ。兎角はぼくの頭の中だろうから。きみも一緒にぼくの頭の中にいるのなら、いつでも見ることができるわけだから、きみは無理しなくていい」

「なんとなく、筋が通っているような気がしないでもないが、その理屈のこね具合が林蔵くんの凄いところなんだよな。林蔵くんがそう言うなら、ここはそういうことにしておこう。刺激しないほうがよさそうだし」

「ぼくの頭がおかしくなったと思ってるな」

「いまに始まったことではないから心配するな」

そう言って忠則はうんと伸びをし、エアコンで涼しくなってきた座敷へ足を運び、しげしげと二台の燭台を観察する。

「なんだかえらく古そうだな」と忠則は言う。「どこかの寺から盗んできたみたいだ」

「寺はないだろう、洋物だよ」

「突っ込みどころはそこかい」

「どこだというんだ」

「盗んできたのか？」

「ぼくじゃない。でも、盗品の可能性はたしかにある」

「ふむ」と忠則は顔を近づけて、台座を見る。「この模様は、文字だな」

「さすが秀才、よくわかったな」

「見ればだれでもわかる。で、どこの文字なんだ」

「古代アラビア文字らしい」

「なんて書いてある」

「ネットの翻訳機能が正しいとすれば、〈三つの燭台に火を灯すとき世界が終わる／光に圧殺されて闇が息絶えるからである〉だ」

「二つの燭台とも、同じことが書かれてるのか」

「それは」と林蔵は、そうだと言いかけて、「気がつかなかった」と言う。「たぶん、そうだろう。どうだ？」

忠則は二つの燭台を近づけて、台座を回し、文字を見比べる。

「同じだな。でもこれは手彫りのようだ。鋳造《ちゅうぞう》で量産したものではないな。三つの燭台に火を灯すとき、というからには、少なくとも三つあることを暗示する文言だ」

「ほかになにかわかるか、忠則」

「うーん。アラビアといえばイスラム文化だが、この文字はそれ以前のものだろうな。おなじみのアラビア文字とは違うから。そのころの規範を記したもの、宗教祭祀などに使った物だろう、という想像はつく。ほんとうにこれがその時代の物ならば、だが」

「イスラム以前の宗教にそれらしきものはあるのか」

「そこは専門家の領域だろう。でも元秀才としても、ちょっと思い当たるのはないな。闇と光の闘争というのは神話の原型みたいなものだろうから、特定の宗教と結びつけるのは難しいだろう」

「ぼくは」と林蔵は言う。「これは宗教とは関係ない、言ってみれば兵器のような、呪物《じゅぶつ》だと思う」

「呪物ってのは、それこそ宗教の産物だろう」

「そう言われればそうなんだけど、もっと、なんというか、即物的な、装置のような感じがする。最終兵器のようなやつ。原爆だって科学という宗教が生みだした呪物だろう、そういう感じ。わかるかな」

「フムン」と忠則は腕組みをする。興味を惹かれたのだ。「なんとなく、わからないでもないが、でも林蔵くんはどうして、この燭台の名がわかったんだ？　この文字には、フォーマルなんとかという固有名は書かれてないんだよね」

「それは」と林蔵は、思い返す。「そうだ、ジャカロップが言ったんだ。これはフォマルハウトの燭台だ、と。自分はその使い魔だと。いや使い魔とは言わなかったな……フォマルハウトの使いです、と言ったと思う。フォマルハウトの燭台に頼まれてやって来たという意味だろうが、あれはどう考えても、使い魔か眷属だ」

「ジャカロップが林蔵くんの頭の中の存在だとしたら、その名前、フォマルハウトは、林蔵くん自身が元より知っていたのだ、ということでもあるだろう。これがフォマルハウトの燭台だと、林蔵くんは、言ってみれば現物を前にして思い出したんだ」

以前から自分は知っていたなどという覚えはまったくなかったが、忠則に言われてみれば、そうかもしれないと林蔵は思う。そうではないと否定すれば、ジャカロップは実体を持たない頭の中の兎ではない、ということになるが、そうなると、架空の兎は実在して、それから聞いた名前だ、ということになる。

「いずれにしても」と林蔵は言った。「ジャカロップはいるわけだな。実在にしろ頭の中の幻想にしろ、兎角はいるんだ」

「そうなるか？」と忠則。

「そうなる」と林蔵。

しばらく沈思黙考してから、忠則が言った。

「この燭台、火を灯すとどうなるんだ？　三つ灯すと世界が終わる、というだけじゃないんだろう。一つ、二つと灯すときは、どういう現象が起きるとか、こういう効能があるとか、林蔵くん、聞いてないのか。使用法とか、使用上の注意とか、使い方マニュアルとか、取説とか、持っていそうなものだが？」

「その浮き彫りにされている文言が、使用上の警告なんだろうが、はて」

——火を灯せば真の世界が見える、ミウラの居場所もそれでわかります。フォマルハウトはそう言ってます。

そうだった、と林蔵は思い出す。あのときは拉致されたミウラの知能の在処、いわば意識の主体の居場所を知りたかったのだった。が、重要なのはそれではなく、真の世界を見る、見ることができる、ということだろう。あのときのパンサの飼い主は、自分が実はミウラだった、という〈真の世界〉を知ることとなったのだ。

「火をつけると」と林蔵は言う、「ヒトの感覚を超えた世界、真の世界の様相が、見える。それがこの燭台の〈効能〉だ」

「たとえば、どんな世界が見える?」

「たとえば、自分は実はトースターだったとか、ロボットだとか」

「外から自分を見る、という野依さんの仕事に似ている」忠則は考えながら言う。

「でもあれは、科学技術だ。だれもが納得できる。でも林蔵くんのこれは、まさに、呪物だ。魔法だろう。科学対魔法だな」

「理解できない現象はすべて、魔法になる。ぼくにとっては、意識を移すという野依さんの考えも魔法だ」

「火をつけてみようじゃないか」唐突に、忠則は言った。「実証実験してみればいい。簡単なことだ。燭台は二台だから世界が終わる危険はない」

「信じるのか」

「蠟燭を立てて火を灯せば、九上被告がロボットかどうか、わかる」

「まさか」

「いや、林蔵くんがそう言ってはお仕舞いだろう」

「そうだけど」と林蔵。「どんな装置にも、使う手順というものがある。ただ火を灯すだけでは駄目だろう。どうやればいいかわからない。ぼくは取説を持ってないんだ」

「あれを呼び出せ」

「なに」

「兎角だ。ジャカロップ。眷属、使い魔。取説はあれだ」

「忠則、ぼくにできないってことを実証しようとしているな？」

「できなければ、これはただの古い燭台にすぎない。それが、わかる。ぼくはただの燭台だと思うけど、林蔵くんもそれで納得がいくだろう」

「うん。まあ、そうだな」

よくよく考えてみれば、この燭台には魔力があるなどと言い張る理由など自分にはない、ということに林蔵は気づく。

先ほど自分が野依さんだったことも、ミウラのあのしゃべり方も、そしてもしかしたらジャカロップの存在さえ、野依さんの研究のせいであって、超常現象や魔力とはまったく関係ないのかもしれない、そう思う。不思議な現象をなんでもかんでも魔法のせいにしてしまうのは自分も例外ではないということだ。

目の前の二台の燭台の出所が気になったが、見ていてわかることでもなし、家電たちを休眠状態に落として引き上げようかと、忠則に声をかけようとした、そのときだった。

6

「お呼びですか」

背後から声をかけられた。家電のなにかだろう、掃除機かななどと思いつつ、振り返ってみて、なにが家電だ、と林蔵は思う。

忠則は振り向いて、わっと声を上げて飛びすさり、燭台を二つとも倒してしまう。それは壁に当たって、新しい壁紙に張り替えていたそれに傷をつけた。あーあ、大損害だと林蔵は思いつつ、目を声の主に向ける。

もちろんそれは、ジャカロップだ。前肢をそろえて正座して、林蔵を見つめている。

「角、角が生えてる」と忠則が叫ぶ。「野ウサギなのに。しかも、しゃべった。林蔵くん、これ、どこから出てきたんだ」

「さあ」と林蔵。「ぼくの頭の中から、かな?」

「それって」と忠則。「ここはきみの頭の中ってことじゃないか」

そういうことになるのかなと林蔵は思う。ということは、ジャカロップが出てきたのではない、忠則が入ってきたのだ。

「じゃあ、帰るわ」

と忠則はジャカロップから目をそらし、倒した燭台をもとに戻して、言った。

これは、見なかったことにする気だなと林蔵にはわかる。

「忠則」

「なんだ」

「決着をつけないと兎角は消えないぞ。きみは出られないってことだ」

「決着って、なんだよ」

「きみが呼び出したんだ。出し逃げはずるい。覚悟を決めて、座れよ」

「これは夢だ。明晰夢《めいせきむ》ってやつにちがいない」

「夢なら、ぼくが見てる夢だ。きみじゃない。それが証拠に、きみには兎角を消せないだろう」

見ないようにと顔を背けながら忠則は座敷にまた腰をおろし、あぐらをかく。

「まだいるか」

「いる」

「わたしが呼び出したのか？」

「九上被告がロボットかどうか火を灯せばわかると、きみが言ったからだ。そうだろう、ジャカロップ」

「はい、林蔵さん」

「……その兎、きみの眷属、いや、飼い兎みたいだな。やはり天井裏で飼育してたんじゃ――」

「ちがうって。いいかげん、状況に慣れろよ。蠟燭を持ってくるんで、まってろ」

「そのへんが林蔵くんの偉いところだよな。普段の生活とは真逆な感じがするんだが、林蔵くんはすごいリアリストだ」

あきらめた様子で忠則はジャカロップに顔を向けて、まだいる、とつぶやいた。

林蔵が母屋の仏壇から蠟燭一式入りのブリキの菓子箱を手にして戻ったときにもジャカロップはいた。忠則に尻を向けて毛繕《けづくろ》いをしている。忠則はといえばこれもジャカロップに背を向けて座敷に腰を下ろし、燭台の一つを傾けて台座の裏をのぞいていた。

「なにをしていた」と林蔵。「なにか悪戯しただろう、ジャカロップに」

「人聞きの悪いことを言うなよ。ちょっと保定《ほてい》して、ロボットかどうか調べてみただけだ」

「保定って、そうか、きみはプロだものな。それで、電池蓋とかあったか」

「いや」と燭台を立てて、忠則。「角もどうやら本物だ。あれは生え替わるな。新種の生き物だぞ。雌雄《しゆう》がよくわからん。この世の生き物とは思えん」

「だから、兎角だって」

「林蔵くんは新種の発見者だ。もう少し、おまえさんの趣味の入った命名のほうがいいと思うぞ」

「リアリストはきみのほうだ」とため息まじりに、林蔵。「燭台の底を見ていたな。なにかわかったか」

「いや。商標とか付いてないかなと思ったんだが、なにも、それらしきものはないな。どっちもだ」

　そう言って忠則は二つの燭台を、右と左の手で摑んで立ち上がった。

「どうする気だ？」と林蔵は戸惑う。「まさか、捨ててくるなんて言うなよな。資源ゴミの日はまだ――」

「持ってくわ、うちに」

「なに、どういうこと」

「ジャカロップが言うには、これに火をつけるのは公判のときがいいそうだ。九上被告を見ているといい、真の姿がわかるだろう、と言われた」

「法廷に持っていくってか」

「ちがうよ、裁判員として遠隔参加する。だから、うちに持ってく」

「HMDを着けるわけか。じゃあ、HMDをこっちに持ってくるほうが簡単だろうに」

「林蔵くんも来て、手伝ってくれ。蠟燭を立てて火をつけてくれればいい」

「いや、だから――」

「あのHMDは位置情報を発信していて、登録地点でないと使えないんだ。うちのあの休憩室だよ」

「そういうことか」

「だから、持っていく。いいだろ?」

「かまわないよ。ぼくのじゃないし」

「公判日時の連絡がきたら連絡する。それでいいかな」

「わかった」拍子抜けした思いで林蔵はうなずいた。「重いだろう。一つ持とうか」

いや、また来てもらうのも悪いから、一人でだいじょうぶだと忠則は言って、縁側へと出た。

林蔵は、靴を脱《ぬ》いだ母屋の玄関まで忠則を見送って、戻る。

家電を休眠モードにして家のブレーカーを落とさなくてはならないし、戸締まりもしなくてはいけない。だが、それがまだ、いた。

ジャカロップがこちらに尻を向けて毛繕いを続けていた。消えていないどころか、酷い目に遭ったと、その後ろ姿で主張している。

これはそうとう不機嫌だな、使い魔をこんなに怒らせて忠則はだいじょうぶかと林蔵は心配になって、ジャカロップに声をかける。

「おい、ジャカロップ」

すると兎角は動きを止め、林蔵に向き直り、後ろ肢と尻を支えにして上半身を起こし、両手を、いや両前肢を、万歳するように上げてそれをぐるぐると回しながら、こんなに酷い目に遭ったのは初めてだ、このジャカロップさまをなんだと思っているんだ、ぼくが見えるというのは特権だというのに、あいつはぜんぜんわかってない、あんなに鈍い人間と話したのは未来永劫《えいごう》けっしてない、とまくしたてた。

全身を使って抗議しているのだろうが、あまり脅威を感じない。

林蔵はその両脇に手を入れて抱き上げる。胴体が長く下に伸びる。でも猫ほどじゃないなと思う。これで後ろ肢で蹴られたら痛いだろうが、ジャカロップはだらりと伸びたまま、抗議を続けている。ぼくを新種の兎とか言った、ひどい、ぼくは兎ごときのものじゃないのに、この自慢の角も引っ張ったりして――

「まあ、まあ、気を鎮《しず》めてくれ。忠則はぼくの友だちだ。あれで、いいやつなんだよ。動物の扱いには慣れてるし。痛い抱き方をされたのか？」

「いや、そうじゃないですけど。えーと、苦しいので、下ろしてくれますか」

「初めてきみが出てきたとき、ぼくもきみを調べたじゃないか。ぼくはよくて、忠則はだめなのか」

「林蔵さんは、ぼくの名を知ってますからね。特別の中の、特別です」

「ジャカロップ、じゃないのか？」

「ちがいます」

「名って、そうか、ジャカロップは、兎角と同じく、猫とか兎とかいう種類のことか。ほんとうの名を呼ばれると魔力を失うってのはよくある話だが、ほんとうなんだ」

「もちろんです」

「でも、きみの名なんて、知らないよ」

「いいんです、それで」

「そうなの？」

「そうです」

「フムン。きみは先ほど、あんな鈍い人間と話したのは未来永劫けっしてない、と言ったよね」

「言いましたが、それがなにか？」

畳の上に下ろしてやる。自分も腰を下ろしてジャカロップに向かいあう。

「話した、というのは過去の経験で、未来永劫ない、は未来予想だろう。しかも、けっして、は確定だ。もしかして、きみは、時間というものがよく理解できてないんじゃないか？」

「やはり間違えちゃいましたか」とジャカロップ。「おっしゃるとおり、よくわからないので、ときどき混乱します」

「きみが生きている真の世界には時間という概念はないからだろうな、なるほど。だいじょうぶ、馬鹿だから間違える、わけじゃないんだ。きみは利口だ。それがわかって、安心した」

「安心されて、なによりです」

「で、忠則に、なにをした」

「わかりました？」

「わかるよ。彼を傷つけるような真似をしたら、ぼくが許さないからな」

「傷つけるなんて、そんなつまらないことはしません」

「どうしたんだ」

「一回り、運動しに行ってもらっただけです。しばらくすれば戻ってきますよ」

「忠則は燭台ではなく馬糞でも摑まされたのか。かわいそうに。でもあいつは獣医だし、馬糞では驚かないよ、ジャカロップ」

「馬糞ではありません。ちゃんと燭台です。でも、持って、戻ってきますから」

「どうしてわかる」

「どうしていいかわからなくなって、林蔵さんに相談しに来ます。そういう事態になりますので、戻ってきます」

「いつ」と訊いて、時間の概念が曖昧な相手にそういう訊き方をしても駄目かもしれないと気づく。「どのくらい待つことになるんだ？　日が沈むまでか、それとも明日、太陽が地球を一周してくるころか。何千年も先となると、地球が太陽の周りを数千回まわる時間になるけど、どう」

「一時間くらいですか」とジャカロップは当たり前のように言った。「当然、日はまだ沈みません」

「わかった」と林蔵。「じゃあ、ここで待とう。アイス紅茶でも淹れようかな。たしかテイラーズティーのアッサムのティーバッグが一つ残ってたはず」

「あれはもうありませんよ」

「おまえ、飲んだのか」

「ちがいます。あれは明日、林蔵さんが飲むので、いまはもうありません」

「……やはり、きみの時間感覚はへんだ」

「でも、馬鹿じゃないですよね」

「うん。ちょっと表現上の問題があるだけで──」

「玄関の鍵も開けたほうがいいですよ。忠則さんは、もうすぐ、あちらから入ってきましたから」

「きみがそう言うなら、そうなんだろうな」

林蔵は立って、言われたように玄関の鍵を開けて、そのがらがら音を立てて開くガラス戸を少し開けておいた。猫が入ってくるといいなと思った。でも猫は来ないだろう。来るのは、伊能忠則だ。

ジャカロップにとっては、すべてはもう起きたことであり、いまだ起きていないことでもあるのだろう。

林蔵にはジャカロップとはなんなのかが、なんとなくわかる気がしてきた。人間の感覚が及ばないところでも世界は存在していて、その〈真の〉世界には時間は流れていないのだろう。ジャカロップはそのようなところで生きているにちがいない。生き物だとするならば、だが。

きょう二杯目のアイスコーヒーはインスタントの粉末で作ったもので忠則の長女が出してくれたあの香りや味とは比べものにならなかったが、時間つぶしの役には立った。それを飲みながら、エアコンのやわらかな涼風にあたりつつ、食卓をネットに繋いで、稀覯本《きこうぼん》のオークション頁を眺める。至福の時間だなと思う。

ジャカロップが言ったように、その待ち時間は一時間ほどで、表にクルマが停まる音がして、忠則が両手に燭台を持って玄関から上がってきた。

「林蔵くん、よかった、まだいたか」

「まだいたかって」と林蔵は顔を食卓のモニタからあげて、忠則に言う。「ひとを勝手に消すなよ」

ジャカロップは食卓の上で林蔵の邪魔をしないように寝そべっている。

「いや、いたか、は、そっちのこと」

ジャカロップのことだろう。

「どうしてそいつを持って、引き返してきたんだ?」と林蔵。「ま、きみが戻るのを待ってたんだけど」

「もう、いらなくなった。でも、どうしたらいいかわからないので、取りあえず、返そうと思って。ついでだから、寄ったんだ。——待ってたって?」

「きみはジャカロップに馬糞を摑まされたんだ。それは馬糞だぞ、忠則」

「え?」

「冗談だ。そっち、座敷においといてくれ」

燭台をおいて、忠則は食卓に戻り、椅子に腰を落ち着ける。目の前のジャカロップを、そっと自分の前からずらして遠ざけ、どういうことなんだと言う。

「わたしがあれを持って戻るのは承知の上、だったたってことか」と忠則。

「そうらしいよ」と林蔵。

「そうらしいよって」

「ジャカロップがそう言ったんだ」

「そうなのか」と忠則。「じゃあ、公訴棄却になったことも、わかってるんだな」

「公訴棄却って、どういうこと」

「被告人が急死したとのことだ」

「急死？　マジか」

林蔵は驚く。予想もしなかった事態だ。

「裁判所が嘘を言ってなければ、ほんとうだろう。裁判はもう続けられないので、この件はお流れになった」

「裁判自体がないことになった、ということか」

「公訴棄却っていうんだから、そういうことなんだろう」

「死んだら終わりか。いや、なんだか理不尽だな。公金横領事件なんだから、納税者全員が理不尽な思いをすべきだろう。こんなの、ありか？」

「裁判員のこちらとしても、苦労や心配してきたのはなんだったんだって思うよ」

「緊急に招集がかかったのか。事情説明のための呼び出しとか？」

「いや、呼び出しというか、裁判はなくなったので、あのHMD一式を可及的速やかに返却すべしという通達が来て、これから裁判所に返しに行くところなんだ。事情説明というなら、公訴棄却、それだけだ」

「壮大な社会実験は終了した、ということだろうな」

「それは林蔵くんの解釈だろ」

「急死なんて、不自然だ。実際は、九上被告がいなくなったんだろう。持ち主の経産省が回収したんだ、きっと。モデル＃9の役目というか役割というか、性能実証試験を終えたんだよ」

「それも林蔵くんの解釈だ」

「きみの解釈はどうなんだ。理由はどうあれ裁判員の重責から解放されたので解釈なんかどうでもいい、か。いい身分だな」

「……怒ってるのか？」

「きょう一日きみに付き合って、相談に乗ったりしたのに、きみはこれをなかったことにするのか」

「そうは言ってないだろう。林蔵くんには感謝してる」

「それならよい」

「それはともかく――」

「おい」

「わたしも急死という説明は、なんだか信じられないんだ。だから燭台を返しがてら、もし、まだあれがいるなら、と思って、ここに寄ったんだが」

あれとは、ジャカロップだろう。

「燭台に火を灯してみよう、ってか」と林蔵。

「そうそう」忠則はうなずく。

ジャカロップがうんと伸びをしてから、頭を下げて角先を忠則に向け、とん、と跳ねて近づく。

忠則は初めての時と同じく、わっと声を上げて椅子から立ち上がってその角を避ける。

「九上野依は、いませんよ」

ジャカロップは頭を上げて、そう言った。

「フォマルハウトの燭台を二台使えばわかります」

林蔵も食卓を離れて、忠則と一緒に座敷に入り、無言で蠟燭を用意する。一本ずつ二人で立てて、二台の燭台の蠟燭に忠則がライターで火をつけた。

「……なにか見えるか」と忠則。

「後ろ」と林蔵。「きみの後ろ」

燭台から目を離し、忠則は振り返る。こんどは、声を立てない。食卓にだれか着いているのだが。見知らぬ人間ではない。

「九上野依さん」と忠則はささやくように言った。「急死されたのでは。どうしてここに？」

「野依さんだ」と林蔵は言う。「ぼくには野依十九さんに見える。おそらく、同一人物だろう」

その人は、ゆっくりと目を動かし林蔵と忠則を交互に見て、それから口を開いた。

「あなたがたが見ている、自分の姿が見えます。意味がわかりますか？」

林蔵はうなずく。いま見えているその人は、そこにはいないのだ。だが、いる。

林蔵はその人に問う。

「いまあなたは、モデル＃9なんですか？」

「いいえ」とその人は否定した。

「じゃあ、九上野依さんというのは、だれなんです」と忠則が問う。「死んだはずの野依十九さんですか」

「いいえ、ちがいます」とその人はそれも否定する。

「どういうことなんですか」と林蔵。「野依さんは、自分を外部視点から見るデバイスを開発していた、というのは間違いないですか？」

「間違いなく、そのとおりです、太田林林蔵さん。わたしは先ほど、あなたでしたよね。あなたはわたしだった。それでわたしは気づいたんです」

「あなたは」と忠則。「九上被告じゃないんですか」

「九上野依被告人でした。それも間違いありません。ですが、九上野依は、実在しません」

「……マジですか」と忠則。「壮大な社会実験なんですか、あの裁判は？」

「わたしが開発したデバイスと、わたしが企図したモデル＃９への意識移動の意思、それらが融合して実現した、一種の錯覚現象です。いまそれが、わかりました。わたしは実在しません。わたしの意識のよりどころである身体は火葬にされていますし、モデル＃９への意識移動も現在の技術レベルでは実現できません」

「ちょっと、まってくださいよ」と忠則。「じゃあ、あなたはだれなんです」

「ぼくには」と林蔵は言う。「わかる気がする」

「どういうことだよ」と忠則は林蔵に顔を向ける。「わたしには意味がまったくわからん」

「まったく、なんて言うなよ、忠則。理解しようとする努力の放棄だぞ。娘さんたちに恥ずかしいと思え」

「いま娘たちは関係ないぞ」

「意識の在処の問題だ。娘さんたちにも影響する」

「そのとおりです」とその人は言った。「わたしは、外から自分を見ている。わたしは、あなたの中にいる。ようするに、いまのわたしは、あなたがた、生きている人たちが生じさせている、錯覚です。個の人の意識そのものが錯覚なんです。わたしには、それがわかった」

「わかったという自分は、このぼくだ」と林蔵。「そうですよね」

「話のわかる人を相手にするのは楽しいです」

そう言って、その人は笑った。

「いや、しかし、わからん。というか、わかるようにしたい」と忠則。「九上被告というのは、最初からいなかった、そうなんですか」

「はい」

「警察も検察も、留置場や拘置所の係の人も、同房者たちもみな、九上被告に手錠をかけたり話したり引っ張ったり、食事させたり、空の皿を下げたりしたわけでしょう。実在しない人にそんなことをしていたら、だれか気づく。絶対、おかしいですよ」

「ですから、さきほど、みながその事実に気づいたわけですよ。それで、公訴棄却という法的措置が執《と》られた」

「法的にはそれで決着するから、いいことだ」と林蔵は言う。「法律は作っておくものだな」

「林蔵くん、わかるように解説してくれないか」

「ようするに、みんなが我に返ったんだ。あとは納得のいく現実を創作するだけだろう。被告人の急死だ。きみも、少し不自然だなと思うくらいで、いちおう納得したじゃないか。そういうことだ」

「いや、こんな話を聞けば、わけのわからなさが増すだけだ」

「真実って、わけがわからないものなんだよ、こんなふうに」

「わたしがわたしの非在にうすうす気がついたので」とその人が言う。「みんな我に返ったのでしょう。わたしのこの意識は、ようするに、あなたがたに支えられている、幻です。わたしはあなたであり、あなたはわたしを見ている、そういうわたしをわたしはわたしの外から見ている。そういうことです」

「駄目だ」と忠則。「わたしの頭では理解不能だ」

「この野依十九さんのような形態の人は、めずらしくないですよ」

そう言ったのはジャカロップだ。

「そのへんをたくさん、歩いてます」

「それって、幽霊じゃないか」と忠則。

「ちがいます」とジャカロップ。

「でもまあ」と林蔵。「幽霊の一種だろうな。幻なんだ」

「わからん」

「ものすごく単純にこの現象を説明するなら、みんなが九上野依という人物はいると思い込んでしまった、ということだよ。いまその思い込みが解けたんだけど、世の中には周囲の思い込みのままに幻の一生を終える人もいると、ただそれだけの話だ」

「どうすればいいんだ」

と叫ぶように言う忠則を林蔵はなだめる。

「そう取り乱すな。そんな姿を娘さんたちに見られたら――」

「見られてないから、いい」

「ジャカロップに対しては落ち着いたものじゃないか、忠則。いまぼくらは、本来見たり感じたりできないものを、見て、感じている。しかも九上野依さんについては、ジャカロップのわからなさとは違って、理解しようと思えばできる。このフォマルハウトの燭台の力だ。わかっただろう。この威力を実証できた。そういうことだ。気をたしかに持て」

「ウム」

　忠則は炎を揺らして燃える蠟燭に目をやり、ようやく自分を取り戻す。

「そうだった。ここは林蔵くんの頭の中なんだった。で、九上被告がロボットかどうか確かめるために火を灯し、それがわかれば抜け出せると、そういうことだった」

「そうだよ」と林蔵。

「しかし、ロボットでも人でもなかった、とはね」

「それは信じるのかい」と林蔵。

「急死というのが当局のでっち上げなら、裁判が続けられない事由は一つしかない。九上被告人の消失だ。裁判所や拘置所からの脱走も考えられるが、それならニュースになる。さすがに隠蔽しきれないだろうからな。消失の理由として、最初からいなかったのだというのは、とてもスマートだ。オッカムの剃刀《かみそり》で余計な想像を切り捨てたら、そうなるだろう」

「モデル＃９を使った社会実験だったかもしれない、それはどうなんだ」

「いや、いまの話を聞くかぎりでは」と忠則は食卓に目をやる。その人はまだいた。ジャカロップも。「それはない」

「納得したか」

「ああ」

　では、やることはただ一つだ。

忠則が一つの蠟燭の火を吹き消す。その人が、消えた。続いて忠則がもう一つの炎を消すと、ジャカロップが見えなくなった。

火の消えた蠟燭から白い煙が立ち上ったが、それもすぐに薄れてゆく。

「出ていったな」と林蔵。「ジャカロップも、あの人も。ぼくの頭から」

「わたしも、だ」と忠則。「無事生還したようだ」

それから忠則は首をぐるりと回して肩の凝《こ》りをほぐす仕草をして、言った。

「いいなあ、ふつうの世界って」

「これが日常というものだ」と林蔵。「坦坦と続く毎日、さ」

「日常を愛せ、娘たちにはそう教えるよ。孤独を愛するのは林蔵くんにまかす」

林蔵はふんと肩をすくめる。

「アイスコーヒー、飲んでいくか」

「いや、ありがとう、早いところ裁判所の役目にケリをつけたいんで、行くわ」

「そうか」

「世話になった御礼は、また明日にでも。失敬するよ」

こんどは見送らず、林蔵は食卓に着いてゆっくりとアイスコーヒーを飲む。玄関のガラス戸が音を立てて閉まり、友垣は家族の待つ世界へと帰っていった。

「室温はいかがですか」とエアコンが言う。

「ちょうどいい」

林蔵はそう答えて、日が沈むまでそこで家電たちに囲まれながら、自分とはなにかという思索にふけった。

第三の燭台 —— 彼《か》の燭台

1

太田林林蔵《おおたばやしりんぞう》は腕組みをして考えている。

——さてどうしたものか。

このところの口癖《くちぐせ》だ。ほとんどは心の中でだが、実際に口に出ることもある。

「さてどうしたものか」と声に出して言ってみる。「炬燵《こたつ》をそろそろ立てるべきか、もう少し後にすべきか、それが問題だ」

自分が発した声を耳にすると、本気でどうしたらいいのかを考えなくてはならない重大な問題については、そうそう口には出せないものなのだなと、自覚する。

秋の長雨シーズンが過ぎて九月の下旬ともなれば最低気温が十度を割っても文句は言えない。文句を言ったところで昔から松本《まつもと》ではそういうことになっている。どうしたものかなどと悩むような問題ではない。

ようするにいまの自分は炬燵一式を用意するのが面倒なだけで、寒さに耐えられなくなればいやでも炬燵を出すことになる。いまはそれほど切羽詰《せっぱつ》まった気温ではないから『どうしたものか』などと声に出して言えるのだ。炬燵云云《うんぬん》は、本当に考えて判断しなくてはいけない問題から逃げるための心の働きに違いない。

いずれ炬燵は立てることにして、と林蔵は思う、さてどうしたものか。

——神さまというやつが売り買いできるものだったなんて、知らなかったな。いや、そもそも、そんなことをしていいのか？

よくないだろう、と思う。法的にも許されてはいないだろう、宗教法人を売り買いするなんてことは。闇市場に違いない。しかも居抜きなので、お堂はもちろん祭祀《さいし》道具一式そろってます、買えばすぐに活動ができますって、どういう神経をしているんだ。

売るほうも売るほうだが、買うほうも買うほうだ。いったいうちの親はなにを考えているんだ？

林蔵は腕組みをしたまま、母屋《おもや》を透視するように見つめて、ため息をつく。

——この息子を教祖に据《す》えようだなんて、信じられん。

たんに買ったというのなら詐欺《さぎ》商法に引っかかったのだろうと同情してやらないで

もないのだがと、林蔵はもう一度深くため息をつく。

——どうやら積極的に買いたたいて手に入れたようだから救いようがない。というか、自分がこれでは救われない。なにが教祖だよ。こういう救いようのない人生問題を自力で解決して悟りを開いた者が開祖となるんだろう、居抜きでお堂を買えば神仏と話ができるようになる、わけじゃないだろう。そもそも自分は神さまと話をしたいなんて思ったこともない。絶対、したくないが、いったい、どういう神さまなんだろう。

三匡教《さんがいきょう》という。音だけ聞けば仏教の三千世界とかの三界《さんがい》を連想するが、こう書くのだと父親がメモ用紙に記《しる》したそれを見れば、崖っぷちの感じが伝わってくる怪しさだ。

なんでも戦前、貧しい民衆たちの鬱憤《うつぷん》を受けてさまざまな新興宗教が開宗されたのだが、当時そうして立教されたうちの一つ、なのだそうだ。しかし件《くだん》のそれは検索しても引っかかってこない。活動を休止していたということなのか。本拠地は東京の下町にあったのだが戦争が始まって信州の山中に疎開《そかい》したのだそうだ。信州安曇平《あずみだいら》市、三郷《みさと》大倉《おおぐら》の山奥とのこと。

伝聞《でんぶん》ばかりで事実かどうか実に怪しい。だが土地は現存する。父親が現地に行って確認してきたので間違いなさそうだ。間違いであってくれ、きっと書面上だけの土地でリアルにはないに違いないと林蔵は願ったのだが、撮ってきた写真も見せられた。林に囲まれた薄暗い中に古い社殿らしき建物と、そこに続く道の入口に、関係があるのかどうかわからない道祖神《どうそじん》が立っている。道祖神は居抜きの品目に含まれるのかと老父に訊《き》いたが、そんなのはどうでもいいと言われた。つまりそれについては父親にもわからないのだ。ま、道祖神は道祖神だろう、それはそれ、この際関係ないと言えば関係ない、つまりどうでもいい。

しかしどうでもいいことにこだわりたい林蔵だった。このままでは教祖にされてしまう。

おそろしいことに父親はまた信じがたいことを言い出したのだ。実は三厓教の開祖は林蔵の母親の遠縁にあたる人で、教団を引き継ぐのは我が家の義務であり使命なのだ、とかなんとか。

いや、それなら親父がやればいいだろう、ちがうか、お袋が巫女《みこ》かなんかをやればいいのではないのか？

すると老父は、『だからわしが買い上げたんじゃないか、あとは母さんの血をひくおまえの役目だ』などと言う。

そんなのはいやだ、教祖なんてとんでもないと断ると、では離れの部屋を引き払えと言われた。

とうぜんのことながら林蔵は耳を疑った。

引き払えって、どういうこと？

明け渡せ、と言っている、大家命令だ。

そんな命令は無効だ、法的根拠はないだろう。

これは法律問題ではない、我が家の方針だ。従えないなら出ていけ。

これはキャッチ＝22並の落とし穴だと林蔵は思った。こちらがどう抗弁しようと、論理的な帰結としてこの離れを出て行くことになる。それはもう決まりだ。

そうなると、その後の選択肢は三つ。母屋に戻るか、自分でアパートを探して独立するか、あとは三郷大倉の山の中で暮らすか、だ。ホームレスになる選択肢はない。結果としてそうなるにしても、それは避けたい。

ようするに、と林蔵は思う、老親はこの息子をこの離れから追い出したいのだ。で、この部屋も含めた離れ全部を貸家にする。いまだに借り手が見つからないのが大家としては面白くない、家賃は据え置きで広くなれば借り手も見つけやすくなる、そういうことではなかろうか。なんとも手の込んだ回りくどい手口ではないか。わざわざ神さまを買わなくてもいいだろうに。

「さあて、どうしたものか」

林蔵は腕組みを解《と》き、あぐらをかいたまま、うんと伸びをして緊張をほぐす。それから気を入れて立ち上がり、押し入れのふすまを開けてのぞき込む。思い切って、仕舞ってある炬燵を出すことにする。

追い出されるのが必然ならば炬燵の用意をするのは無駄なのではと思いついたが、身体《からだ》のほうが勝手に動いていて、コンパクトに収納してあった炬燵を組み上げ、炬燵敷きを出して広げ、その上に炬燵櫓《やぐら》を置いて、炬燵掛け布団を掛けて炬燵板をのせる。コードを引き出し、コンセントに突っ込んでスイッチオン、文机《ふづくえ》の前の座布団を引き寄せて尻に敷き、入る。

埃《ほこり》の焼ける焦《こ》げ臭《くさ》い臭《にお》いがするが、すぐにおさまる。ぬくぬくと暖かい。さすがに炬燵はまだ早いか、だれかに見られたら恥ずかしい気がする。しかし試運転だと思えばいいのだ、いずれ必要なんだし。だが、ほんとうに炬燵には魔力があるな、人を取りこんで離さない、などと林蔵は思う。ようするに炬燵を立てたことに満足する。

炬燵をどうするかという懸念事項の一つが解決されてしまうと、あとは神さま問題だ。

母屋に戻って親に干渉されつつ引きこもるか、それとも三郷大倉地区の山に入ったところにあるという怪しげな宗教を継ぐか、はたまた独立してなんとか生きていくか。

林蔵の心は、はっきりしている。どれもいやなのだ。この離れで日がな一日、本を読んで暮らしていたい。しかし離れの借り手が見つからないと収入がない。大家は親だが、家賃収入は息子の稼ぎという名目になっている。

ということは、この状態のままで借り手が見つかれば問題は解決しそうなものだが、大家である親が不動産屋の尻を叩いても駄目なものを、この自分に心理的瑕疵《かし》ありの貸家物件である離れの借り手を見つけられると思うのは傲慢《ごうまん》というものだろう。

――なにしろ壁を隔《へだ》てた向こうの部屋で自殺だからな。借り手がなかなか見つからないのも当然だと思うが、しかし。

不動産屋が言うには、それはもうたいした問題ではないのだという。隣に引きこもりのような中年男が薄い板戸を隔てて住んでいるというのが障害になっているのだ、という。それは親からの又聞きなので不動産屋の真意は不明だが、借り手を見つけるには自分がいないほうが貸しやすいだろうというのは林蔵にも理解できる。

――さて、どうしたものか。

八方ふさがりだ。考えても答えの出しようがない。下手の考え休むに似たりだし、と林蔵は炬燵に入ったまま後ろの文机に手を伸ばして本を取り上げる。幸田露伴《こうだろはん》の怪談を集めた短編集だ。

休むに似たりということは休んでも結果は同じこと、という意味だろう。ならばここは考えるのはやめにして、本を読むことこそ有意義というものだ。

成り行きにまかせよう。林蔵はそう決める。人生、谷あり崖あり、良いことばかりだと思うな、成るようにしか成らない、というではないか、と。

2

背を丸めて本を読んでいるうちに、ふと活字が見にくくなっているのに気づく。秋の日はつるべ落としというが、ついさきほど炬燵を立ててからもうそんなに時間が経ったか、本の世界に入ってしまうと現実の時を忘れるものだな、と林蔵は無意識に手元を探っている。天井灯の照明リモコンがあるはずなのだが。手に触れないので活字から目をそらし炬燵板の上を見やるが、ない。文机の読書ランプをこちらに移すかと思って振り返ると、部屋の景色が変わっていた。

離れの八畳間の四隅が、ずいと広がっている。

それはそうだろう、当然だという感覚もあるのだが、これはいったいどういうことだという戸惑いのほうが大きい。

本を持つ手の感覚を意識して視線を手元に戻すと、いきなり明るくなった。天井灯が点《つ》いたのだろう。はて、自動点灯装置はないはずだが不思議なことよと、まぶしさに反射的に閉じかけたまぶたをそろそろと開けて、驚いた。

だれかいた。炬燵の真向かいに見知らぬ人間が立っている。

林蔵は思わず身をそらしている。倒れそうになったので後ろに手をついていた。炬燵から足を引き出そうと、膝《ひざ》を曲げたら炬燵櫓の天にぶつかり、「あ、いて」という声が出ている。

「どうしたんです？」

とそいつが言った。紺色の作務衣《さむえ》姿だ。炬燵に入ろうとしているのか、腰を下ろすところだ。

林蔵のほうは腰を抜かしている。

「あ、あなたは、なんで――」

と言いかけたが、その先は言葉にならない。

するとそいつは炬燵に入って、「電気を点けてあげたんです」と言った。

それはしかし林蔵が訊きたいことの答えにはなっていない。

「どうして」と林蔵。

「林蔵さんが本を読むのに光量が足りないと判断したのですが、それがなにか？」

「死んだんじゃなかったんですか」

「だれがです」

「あなたが、です」

「わたしは」とそいつは平然と応《こた》えた。「もともと生きていません。したがって、死ぬこともありません」

「いや、だって、そんなはずは――」

「林蔵さん」とそいつは姿勢を正し、炬燵の前に正座して、だいじょうぶですかと言う。「最初に顔を合わせたときも同じ質問をされました。わたしは丁寧《ていねい》に答えています。林蔵さんも納得されていたではありませんか」

「そんなはずはない、だって、だって、あなたは――」

野依十九《のよりじつく》だ。離れの、壁を隔てた隣室に暮らしていた店子《たなこ》の。梅雨時に自殺した。警察も調べにきたし、それは間違いない。野依さんは死んだのだ。

親しく話したことはなく、庭先に出ていて顔を合わせたときなど軽く会釈《えしやく》をして、こんにちは、くらいの挨拶《あいさつ》をする程度だったので、こんな声をしていて、こんな陽気な話し方をする人だとは知らなかった。

ちょっとまて、と林蔵は、本を読んでいたことを思い出し、目をやって、ああこの本だと確認する。炬燵を立てたあとに読み始めた文庫本だ。幸田露伴の怪談短編集だった。いま読んでいるのは「土偶木偶」で、炬燵に入ってから読み始めたばかりのはず。しかし。

「ここはどこだ」

「あなたは太田林林蔵さんです」

「それはわかってる」

林蔵は戸惑う。

「おかしなことを言うんだな。答えになってないじゃないか」

「ここはどこ、わたしはだれ、という質問に、後ろから答えたのです。林蔵さんが見当識を失われているようだったので」

「なるほど、そうか」

そいつにそう言われると、我ながら自分の反応は変だと思いつつ、林蔵は納得してしまった。

「じゃあ、答えを続けてくれないか」

「はい。ここは安曇平市三郷の大倉地区になります。地番まで必要ですか？」

「三郷って、まさか、三厓教のアジトか」

「アジトという表現は間違っていると思いますが、三厓教の本拠地、ホームグラウンドということで間違いありません。はい、そうです。まさか、ではありません、必然です」

「必然って——それはともかく、ここ、この家は、なんだ？」

「三厓教の教祖さまの庵《いおり》として建てられたもののようですが、建築された経緯その他、歴史的な詳細は不明です」

「なんでぼくがここにいるんだ？」

「林蔵さんの家ですから、という答えでいいでしょうか。それとも――」

「引っ越したんだな」

「はい」

「いつのまに」

「それは詠嘆《えいたん》でしょうか。質問でしたら、主観的な問題になりますので、わたしには答えられません。が、林蔵さん、あなたは引っ越した後の記憶が曖昧《あいまい》になっているのではありませんか？　そう推察されますが」

「うん、そのとおりだ。記憶が曖昧……そういうことだろうな」

「光量の低下に気づかないほど読書に集中していたせいでしょう。病的なものとは思われませんので、読書世界から覚醒《かくせい》すればだいじょうぶです。記憶は失われてはいません」

「まるで自分のことのように言うんだな」

「はい？」

「ここがどこなのかよくわからないが、いまはぼんやりしているだけだ、心配ないとあなたは――」

いや、あなたという言い方はこの相手に対しては不自然だと林蔵は感じる。

「――きみは言うが、どうしてぼくのことを、そんな確信をもって言えるのか、ぼくには謎だ」

林蔵は文庫本を閉じて両腕を上げ、うんと背を伸ばした。

「林蔵さん、わたしのことを野依十九と間違えていましたよね、そうでしょう？」

「うん」

「でも、いまはその間違いに気づいているでしょう」

「いまでもきみがだれだかわからないけどね」

何者なのかは思い出せないが、野依さんそっくりの、面識のある相手だというのは感じられる。驚きや怖さといった感情の波は収まっていた。

「林蔵さんのわたしに関する記憶が消えていない証拠です」

「きみがだれだかわからないことが？」

「いいえ、ですから、わたしが野依十九ではない、ということに気づいたということが、です」

「だから？」

「いずれここがどこなのかも思い出せる、ということです。記憶にはあるけれど、まだ本の世界から抜け出せずにぼんやりしている、あるいは、していた、ということで間違いないでしょう」

「きみは」と林蔵はあらためて正面のそいつ、髪を七三に分けた、なにやら昔風の律《りち》儀《ぎ》な勤め人を思わせるその顔を見つめて、言う。「理屈っぽいうえに、しかも理屈説明の順序がおかしい。まともじゃない。まともな人間の思考ではないというか。いや、端的に、人間じゃない、と言うべきだろうな」

髪型も顔も野依さんによく似ている。でも、野依さんではない。

「思い出してきましたね。さて、わたしはなんでしょう？」

「だれでしょうではなく、なんでしょう、か」

林蔵は首を回し肩を上下させて身体の凝《こ》りをほぐして、おもむろに答える。

「暗くなると電気を点けてくれるヒト形家電だ」

するとそいつは悲しげな顔をした。

「本気で言ってますか、林蔵さん？」

「ちがうの？」

「ちがいます」

「人間じゃないよね？」

「ヒトではありません。それは正解です」

「じゃあ、ロボット」

「それは正解とも誤答とも言いかねます」

「じゃあ、家電だ。ほら、当たりだろう」

「推論の誤りです、林蔵さん。ロボットという解答が正しいとも誤りとも言えない、というわたしの返答についての考察が足りないためです。いいですか、わたしは、〝暗くなると電気を点けてくれるヒト形家電〟ではない、と答えたのですよ」

「しかも、ロボットでもない、って。どういう意味だよ」

「ですから、林蔵さんの言っている〝ロボット〟が正解であるかどうかは、林蔵さんが抱いているロボットの概念が正しくわたしの存在形式と一致しているかどうかによる、ということです」

林蔵は腕を組む。なんだか、このところずっとこうして考えてばかりいるような気がする。

「それはつまり」と林蔵は腕を組んだまま天井を見上げて言う。「きみは、単に電気を点けるだけのヒト形家電ではなくて、いろんなことができる汎用《はんよう》ロボットなんだ。そういうことだな？」

「ほぼ正解です。わたしは家電などではなく、高度な対人支援用知性体である、それを認識した上での答えでしたら、正解ということでいいでしょう」

「……偉そうだな」

思い出せそうな気がしてきた。すぐに思い出せないのは、きっと、こいつのこの偉そうな態度に辟易《へきえき》した過去の自分のせいだろう。この事実を思い出したくないので記憶にアクセスするルートにロックがかかっているに違いない。

「当然です」とそいつは言った。「わたしは家電のような、量産される安物ではありません。わたしはこの世にただ一つの存在です。この点では人間の個人的存在と同様です。わたしはまた高度に知性化されており、しかも自《みずか》らの知性を磨くのにもはや人の手を借りる必要のない状態にあります。その意味で、わたしは人よりも偉いと言えます」

「……それって、いまや人工知能の発達はシンギュラリティを超えているってことか」

「最初に会ったときも林蔵さんはそう言いました。『ぼくらはすでにポストシンギュラリティの時代を生きているのか』って」

「そうなの？」

「はい。林蔵さんはそう言いました。そして、それは正確な時代把握《はあく》であると思います」

「驚いたな」

「最初に会ったときも林蔵さんは、そのように驚かれました」

「こんなの認めたくないぞ」

「最初に会ったときも――」

「きみが人間よりも偉いということを認めたくないし、そもそも、きみがほんとうにそういう高度な人工知能であるということも認めたくないし、きみと初めて会ったとき、きみがそういう態度を取ってぼくが驚いた、ということも認めたくないね」

「わかりました」

「ここから出ていく気になったか？」

「いいえ」

「わかってないな。〝わかりました〟って、なんなんだよ」

「林蔵さんが認めたくないと列挙した内容を、わたしが理解した、ということです。わたしは自分の偉さを林蔵さんに認めてもらおうとしているわけではありませんので、お互い、なんの問題もありません」

「ぼくはいま、きみが偉そうなことを言うので人間としてのプライドが傷ついた、きみに傷つけられたわけだよ。だから一緒にいたくない、きみには出ていってほしいと思って、認めたくない、と言ったんだ。きみにはぼくの気持ちがわからないんだな。それがわかった」

「わたしはヒトより高度です。そういう意味で偉いのは間違いのない事実でしょう。

わたしが事実を言うと林蔵さんは傷つくわけですか？」

「そうだよ」と林蔵は深くうなずく。「人間っていうのは、本当のことを他人から指摘されるときほど傷つくことはないんだ」

「そうなんですか」

「そうなんだ。ヒトというのは複雑なんだよ」

「知りませんでした」

「ぼくがこういうことを言うのは初めてのようだね」

「はい。林蔵さんが傷つきやすい人だったとは、いま初めて知りました」

なんとなく馬鹿にされたような気がしたが林蔵は聞き流すことにする。

「林蔵さんを傷つけたことは謝罪します。申し訳ありませんでした。では、わたしは以後どうすればいいのでしょう？」

「どうすればって、きみはあくまでも居座りたいわけ？」

「はい」

「じゃあ自分で解決するしかないだろう。きみはほら、ポストシンギュラリティの知能なわけだし。自力で解決できると思うね」

「ものすごい皮肉に聞こえますが」

「きみのその感覚は正しい」

やりかえしてやった、と思う。

「正確だ。きみは正常だよ。ぼくの気分をよく読み取った。その調子だ」

「ありがとうございます」

だめだ、皮肉が通じているのかいないのか、よくわからない。こちらがさらに馬鹿にされているような気もする。

林蔵はそろそろ、目の前の自称〈高度な対人支援用知性体〉の相手をするのに飽きてきた。退屈しのぎにはなるが、腹の足しにはならない。空腹を意識する。

「きみは対人なんちゃら便利家電、いや、もとい、高度な対人支援用ロボットなんだろう。ヒトの役に立つために作られたんだよね」

「はい」

「なにか食べたいのだが」

「猟銃免許をとられることをお勧めしていますが、まだその気にはなれないようですね」

「意味がわからないんだけど」

「このへんは野ウサギやキジや、シカだっていますので、それらを撃てば蛋白質《たんぱくしつ》には不自由しません。野菜はまだ種を蒔《ま》いたばかりですし、収穫できるまでには時間と世話がかかります——」

「いや、だから、きみがロボットなら、食事の支度をするのが、ぼくの役に立つことだと思うのだが、いまの猟銃云云って、なに？」

「わたしは家事ロボットとは違います。わたしはわたしの能力を駆使して、林蔵さんによかれと思う、食事に関する問題の、抜本的な解決策を伝授しているわけです」

「うーん」と林蔵。「どこまでも偉そうだな」

「里に下りて、コンビニでお弁当とかおにぎりとか、なにかお好みの物を調達してきましょうか」

「なんだ、それを早く言ってくれればいいのに」

するとそいつは炬燵板ごしに手を伸ばしてきた。

「現金もしくは電子マネーカードをお渡しください。林蔵さんがクレジットカードを所有していないのは承知してますが、現金もしくは電子マネーカードは所持しているんですよね？」

離れを貸している収入分は親からもらっていた。借り手が見つからないので本来収入は途絶えているはずなのだが、家賃の四割分を親から借りるという名目で出してもらっている。通常も二割を母屋に入れていた。親に二割搾取《さくしゅ》されているというのは林蔵の解釈なのだが、母屋で食事をとるので食費分という名目だった。それでもたいした支出もないので金に不自由はなかったし、いまの額でも困ってはいない。本代以外は。

「うん。金は財布に入ってるはず」

財布はいつも文机の引き出しに放り込んであるのだが。振り向くと、文机が見当たらない。さきほどはあったと思うのだが、まさに覚えがない。なかったような気もする。

「はて。どこだろう」

部屋はいままで暮らしていた離れの八畳間より広いと先ほどは感じたが、あらためて見回してみると、反対に狭い。六畳ほどだ。本棚や文机といった家具がないので空き空間としては広い感じになる、それでだろう。

「手段を選ばないということでしたら」

とそいつが言うので林蔵は目を戻す。

「それでもかまいませんが」

「なんの話だっけ」

「食料調達の話です」

「ああ、コンビニに行くという」

「はい。手段を選ばず商品を手に入れてこいということでしたら、その場合、万一わたしが捕まったときのため、責任は林蔵さんにある旨の証文を作成してください」

「だめ。強奪《ごうだつ》も万引きも、その他、すべての非合法手段を禁ずる。いや、コンビニには行かなくていいから。行くな」

「わかりました。ではどういたしましょうか」

「ぼくはいつもコンビニ弁当食べているのか？」

「いいえ、自炊《じすい》されています」

「食材はどこで買ってくるんだ？」

「手に入れるのは、だいたい、乞食《こつじき》ですね」

「こつじき、ってどこのスーパーだよ」

「店の名前ではありません。乞食とは世俗の人から食物の施《ほどこ》しを受けることです」

「ぼくが、坊さんの修行をやってるってか。いや、それはないな」

「やっているのは、わたしです」

「やっぱり。ぼくは教祖なわけね。修行僧とは違うよな。そうだと思った」

「いえ、修行僧の乞食とはかなり様式が違っていまして、わたしが散歩しているとみなさんが野菜とか果物とかを分けてくださるんですよ」

「そういうのは乞食とは言わないと思うのだが、いまは、食えない話はやめよう」

「なにか食べられるものはあるのかどうか、そのほうが問題だ、わたしがだれなのか、その問題はもう解決済みということでよろしいですか」

「いや、それはまた別の話」

だが、この自称〈高度な対人支援用知性体〉はここから出て行く気はなさそうだ、というのはわかったから、こいつが何者であるかは解決すべき事項ではあるだろう。顔を合わせていればそのうち思い出せるだろうし、たぶん、この問題はかなりやっかいなもののようだ。覚悟しておくべきだろうと林蔵は思う。

いずれにしても腹が減っては知恵も回らない。食べ物を探すため林蔵は炬燵を出る。

3

林蔵はこの三日というもの南瓜《かぼちゃ》を食べ続けていた。貰い物のでかい南瓜で、なかなかなくならない。大きいわりには味は濃くてそれはいいのだが、南瓜は南瓜、南瓜以外の何物でもないので、そのうち飽きてくる。

煮たり焼いたり天ぷらにしたりコロッケを作ったりしてバリエーションを増やす工夫をしてきたが、パンプキンパイの出来損ないを最後に全部を消化することになって、林蔵は少なからずほっとした。南瓜はもう一生食べなくてもいい気分で、ほとんど修行だったなと思いつつ、崩れたパイを食べるとこれが案外うまくて、もう食べなくてもいいなどと一瞬でも思ったことを後悔したが、別段その気になればまた食えるわけだから、後悔ではなく反省だな、などと考え直した。

いや、こんな考え方をしているのはあいつの影響を受けている証拠だと、そう気づいて林蔵は無意識に身震いしている。

人間ではない感覚が自分に移っているような、自分が人でなくなっていくような。怖いような、怖いもの見たさの楽しみ感覚のような。これは、そうだ、こういうのを超人感覚と言うのだ。

そう林蔵は思うことにする。超人感覚って格好いいじゃないか、という理由だ。いったいどこから〈超人〉などという単語が出てきたのかと思いつつ俺の表に出てみて、ああと林蔵はため息をつく。ニーチェといった本の知識とは関係ない。いま表にいるあいつ、あいつが自分で言ったのだった、『わたしは言うなれば超人というわけです』と。

初めてあいつが離れに姿を現したとき、話の流れでそういう言葉が出たのだ。野依さんだと思ったので腰を抜かしたのだが、すぐに、ああ、こいつはあれだ、野依さんが研究開発していたロボットだと、そのときの林蔵はすぐに思い当たった、モデル#《ナンバ》9というやつだと。

なにしろ人間離れしていた。話し方はともかく、話の内容がぶっとんでいた。

人ではない、というのはいい。しかし超人って、なんだよ、偉人が自らを偉いとは言わないように、本物の超人は超人とは言わないだろう、こいつは超人なんかじゃない、そのように自ら暴露《ばくろ》したようなものだ、こいつの言うことはまともに受け取らないほうがいい——そう思ったのを林蔵は思い出している。

『わたしは開発中のみんなから、ナンバ・キュウと呼ばれてました』とそいつは言った。『ですので、林蔵さんも、わたしを、そう呼んでください』

『ナンバ・キュウ？　言いにくいな』

『ナンバさん、と言えばいいのです』

『さん、って。おまえな——』

『ナンバが苗字、キュウが名前。ですから、ナンバさん。なにか問題でも？』

問題はそこではなくて、自分で〈さん〉をつけるか、ふつう。そう突っ込みたいところだったが、そのときはもう、暖簾《のれん》に腕押し、こいつにはなにを言っても無駄、ということを悟っていたのでなにも言わず、ただ、こいつはたしかに超人だ、間違いなく人を超えている、ただしあさっての方向にだ、ニーチェが超人といっているゾロアスターとはまったく関係ない、こいつは身体のどこかのネジが足りないに違いない、そう思って、自分を慰めたのだった。

いまその自称〈超人〉であり〈ナンバさん〉のそれは、境内《けいだい》の落ち葉を竹箒《たけぼうき》で掃《は》いているところだ。クヌギやトチノキといった落葉広葉樹が密集して生えているので落ち葉もすごくて、それも何年分も積もっている。地面は見えていない。表面の乾いた落ち葉を掃くと茶色の地面が現れるように見えるが、それは落ち葉の堆積層だ。歩くとふわふわする。こういう環境で落ち葉を掃く行為にどういう意味があるのか。

　いまの林蔵にはわかる。無意味こそ、あいつにとっての意味なのだ。ぜんぜん哲学的な話ではなく、落ち葉を掃くという仕事をしていればこちらが頼む仕事を断れる、という理屈なのだ。曰《いわ》く、いま忙しいので林蔵さんがやってください、だ。

　木木に囲まれて見通しが悪いので境内は広いのか狭いのか、よくわからない。敷地の境界がはっきりしていない。入口に鳥居はなく、父親が撮ってきた写真の道祖神があるところからまっすぐに石畳が続いていて、両側も樹木、突き当たりに高床式のお堂が建っている。朽《く》ちかけた木造で、地面と同様、屋根にもずっしりと落ち葉が積もっていて、お堂内に雨漏りの形跡がないのはそのおかげだろう。落ち葉の層が朽ちているに違いない屋根材の代わりをしているのだ。そうでないとすれば奇跡だろう。それほど古い。屋根の落ち葉は掃除せず、あのまま載せておこうと林蔵は思う。振り返ったところに庵がある。お堂の裏手にあたる。

　庵は一部屋しかなくて、台所はない。料理や洗面をする流しは庇《ひさし》の掛かった表にある。その脇にトイレ。便所と言うにふさわしい。いちおう庵の一部ではあるけれど戸外に出ないと行けないので冬は厳しい。しかも風呂がない。冬はきっと凍えて死ぬと思う林蔵だった。

そうだ、歯を磨くのだったと思い出して、庵の裏手にまわり、コンクリートにタイル張りの流しに行く。脇に竈《かまど》があるのだが、これは薪《たきぎ》を燃料にするのだろう。林蔵はカセットコンロをいまのところは使っている。流しには水道栓が付属しているが、それは形だけだ。栓をひねっても水は出ない。市役所に問い合わせても、いつの時代から水道供給が止められているかの資料すら残っていない。水道はいずれ引くことにして、水は境内の奥を入った先の沢から汲《く》んで水甕《みずがめ》に入れて使うことにしていた。沢の水は湧き水だし、それより上には畑も田圃《たんぼ》もないので農薬その他の人工的な毒物の心配はないとのことだった。その点についてはナンバくんが保証したが、林蔵は市役所の役人の言葉のほうを信じた。

水甕から柄杓《ひしゃく》で汲んだ水をコップに注《そそ》ぎ、うがいをして歯磨きを終え、パイを作って汚れたボウルや食器を洗って、きょうは水汲みに行かなくてはならないと思う。もう水甕の汲み置きが残り少ない。手伝いロボットがいればいいのだが、ナンバくんはなにせ〈超人〉だし、いまは落ち葉の掃除で忙しい。

水汲みはなかなかつらい体力仕事だ。ポリタンクを背負子《しょいこ》で背負って藪《やぶ》をかき分けながら足下の悪い細い道を往復しなくてはならない。

——クルマで行ければいいのだが。

クルマなら、お堂の正面の脇に父親がくれた軽トラがある。四駆《よんく》で、これが走れないところはどんなクルマでも無理だろう、調子もいい。乗り心地さえ気にしなければ、どこでも行ける。ぼろいが、いまや希少な万能車で、アメリカでは三十年ものの大古車でもプレミア価格で取引されているほどなのだぞ、それをただでやるのだからありがたく思え、と父親は自慢げに言ったのだが、問題が一つあった。

林蔵はいちおう運転免許は持ってはいたが、オートマ限定だ。それも免許を取って以降このかた、いちども運転したことがなかった。もらい受けた軽トラは五段のマニュアルミッションで、林蔵に操れるはずもない。

その軽トラがここにあるのは、究極の自動運転装置のおかげだった。モデル＃9というヒト形ロボット。〈ナンバさん〉という〈超人〉だ。運転手に運転してもらっていると言えば、そういうことでもある。まさか自分がショーファー付きのクルマに乗るようになるとはねと林蔵は言葉の上では楽しんだが、実際に乗るときは、怖かったし、くたびれた。

この自動運転装置はなにせ未認可だ。安全性というものが公的に審査されていないわけだから、いつ道をそれて脱輪するやもわからない。人をはね飛ばすかもしれないし、対向車に突っ込んでいく可能性だってないとはいえない。

それでも自分が運転するよりはましだと林蔵は、ナンバくんが運転する軽トラに覚悟を決めて乗っている。こういうのは無免許運転なのだろうか、それとも違法改造車か。微妙なところだが、法律がまだモデル＃９に追いついていないから脱法行為だろうなと林蔵は思う。

まあ自分はオートマ免許は持っているわけだし。これは高度なオートマチック運転じゃないか。免許所有者が自動運転装置を運転操作していると思えばいいのだ。実際、先の信号は赤だから気をつけろとか、もっとスピードを落とせとか、乗っている間中、指示しまくりだ。まるで音声操作ではないか。

クルマはクルマだ、クルマはある。それを水運びに使わない手はない。

沢への道は人が入るのも狭くてさすがの軽トラでも無理だ。しかしクルマがあるのだから近くの水にこだわることはない。林蔵はそう気づいた。ここ三郷から十キロほど走らせて堀金《ほりがね》や穂高《ほたか》へ行けば、周辺のそば屋やパン屋も汲みに来るという名水の湧き水がいくつもあるだろう、そこへいけばいいのだ。

林蔵は水甕に並べて置いてあるポリタンクを二つ、手にとって、軽トラに運ぶ。それを荷台に置いて、引っ越ししたときのことをうっすらと思い出している。

この軽トラで二、三回往復した記憶がある。最初の一回だけ父親が運転してここに来たのだった。布団など寝具と当座の衣服にコンロや食器、小麦粉に米、すぐに食べられるパン。衣食住に必要な最低限の荷物だ。その最初の時、すでにナンバくんも付いてきていた。軽トラは二人乗りなのでへんだなと思うが、たしか、そうだ、自分は荷物として荷台に乗ると言って、荷物として運ばれたのだった。で、そいつを下ろして引き返したのだったか。いや、ちがう。すぐに次の荷物を積んで二回目の運搬に出たのだが、そのときはナンバくんがハンドルを取った。目的地は記憶しましたので任せていただいて大丈夫ですと言って。ほんとに大丈夫なのかと林蔵は疑った覚えがある。ナビに関することではない、運転を任せて大丈夫なのかと。

『大丈夫です。一往復して軽トラの運転方法は理解しました。林蔵さんのご要望にお応えすることができます。ご心配はいりません』

つまり、一回目に出る前に、つぎはきみに運転を頼みたいとナンバくんに依頼していたということだろう。そのへんの記憶は曖昧だが、そういうことだろうと思う。二回目のそのときの荷物は覚えている。一回目には載りきらなかった本と、炬燵と、それから両親からの餞別《せんべつ》の、最新型一人用炊飯器だった。現地に来てみてわかったのだが、水道が出ないから洗濯機はいらないとして、できれば炊飯器よりは冷蔵庫がほしいところだった。これから寒くなるので、何でも凍ってしまうから、冷蔵庫に入れておけばそれを回避できる。もちろん夏になれば通常通りの使い方ができる。冷蔵庫がないと魚も肉も牛乳も納豆も、買い置きができない。毎日モデル＃９に軽トラを運転してもらって買い出しに行けばいいにしても、そのロボットがいつまで一緒にいるのかが、わからなかった。そいつが自分のところに来た目的がわからないためだ。

なぜモデル#9が自分の離れを訪ねてきたのか。それはたぶん、野依さんが離れの自分の部屋の隣に住んでいたためだろうと林蔵は思う。モデル#9は野依十九さんを訪ねてきたのではなかろうか。野依十九という人間は間違いなく死んでこの世にいないということを確認するために。

野依十九の自殺は間違いのない事実だったが、動機は職場のストレスのせいであるとされたようだ。遺書の内容が一般常識では意味不明、というよりも理解不能だったからだろうと林蔵は思っている。

野依さんは、モデル#9に自分の意識を飛ばせると思い込んでそれを実行に移したのだが、それはいいとして、ほんとうに自分の意識が移ったかどうかを確認するために我が身を消すことを思いつき、それも実行した、つまり自分の肉体を殺した。それが自殺の動機だ。野依さんがやっていた研究がモデル#9に関わることであるというのが事実であるならば、その自殺動機はそれほど非常識なものではないと林蔵は理解している。

野依さんは自分の意識をモデル#9にコピーしてそちらに自意識を移すことができるとは、本気では思っていなかった。だが、自分の視点位置を肉体の外部に移せるという技術のせいで、自分の姿をモデル#9の視点から見るということはできた。それでつい、いま自分はモデル#9そのものになった、と錯覚《さっかく》してしまったのだろう。まあ、仕事のストレスのせいで、そういう回りくどい方法で自殺したのだ、という見方もできないでもない。

だが、もしかしたら、と林蔵は思う、野依さんの意識はそのとき、全部ではないにしても、モデル#9にコピーされたのではなかろうか。だとすればモデル#9が、野依十九が生きて暮らしていた場に姿を現すというのはわかる。ごく自然な成り行きというものだ。

それにしても、なぜこの自分につきまとうのか、それがよくわからない。野依さんとは親しい間柄ではなかったし、死んだ野依さんが会いたい相手は他にいたはずだろう。なぜ自分なのだ。

林蔵の感覚では〈つきまとわれて〉いるのだが、ナンバくんが言うには、『林蔵さんのお役に立つために』来たのだという。そうだとしても、なぜこの自分なのかということはわからない。

その点を確認した覚えがないから、こんど訊いてみようと林蔵は思う。最初は引っ越しなどで役に立っていたから訊《たず》ねる気にもならなかったのだろう。

林蔵は軽トラの荷台から離れると、まだ落ち葉を掃いているナンバくんに声をかける。

「クルマを出したいので運転手を頼むよ」

「かしこまりました」とナンバくんは言って、竹箒を動かす手を止める。「で、どちらに」

「飲料に適した水を無料で汲めるところ、だ。クルマで行けて、駐車にも困らないところ。そう遠くないところがいいな。里に下りるついでだ、コインランドリーによってから行こう。帰りにはそれが仕上がっているだろう」

「わかりました。近いところでは、堀金の公共温泉施設〈ほりでーゆ〜〉の先の山道を登っていくと、延命水で有名な水を汲むことができます」

ほりでーゆ〜と聞いて林蔵は風呂にも入りたいと思う。ここに来てから何度か行った覚えもある。烏川《からすがわ》ぞいに山を上っていく道だ。水を汲むのがあの先となるとけっこう細くて険しい山道になる。谷に転げ落ちる心配をしなくてはならない。そう言うと、では穂高、満願寺《まんがんじ》の湧水がいいでしょうという。

「駐車場も完備されていることですし」

「そこにしよう」

「わかりました」

「穂高の公共温泉施設はどこだろう。ひと風呂浴びてきたいんだが」

「しゃくなげの湯ですね」

「じゃあ、そういうことで。タオルとシャンプーを持ってくるから軽トラの用意を頼むよ」

「了解です。洗濯物と財布もお忘れなきよう」

「そうだった」

ナンバくんは役に立つときはすごく役に立つので、つい、なぜ自分から離れていかないのかという疑問を忘れそうになる。

ゆっくり温泉につかりながら考えることにしようと思う林蔵だった。

4

ここでの生活は現実だろうか。食材をやりくりして自炊し、コインランドリーで洗濯をして、風呂は日帰り温泉に行く。自分の生活習慣とは思えないし、とりわけ風呂なんかは以前より贅沢ではないかという気がして、実際に暮らしているのに現実感が乏しい。

引っ越したのは間違いないだろう。なじみの本もある。たいした量ではないと思っていたが、いざ運び出すとなるとかなりなもので、段ボール箱を五十ほど要した。再利用できる箱をあちこちから集めて使ったので大きさはまちまちだったが。父親は本など紐《ひも》で束ねて軽トラの荷台に放り込めばいいのだと言ったが、ちり紙交換のようなそんな扱いは林蔵にはできなかった。

本を運ぶ手伝いをしてくれたのはナンバくんだった。ナンバくんは本以外の荷物の運搬も手伝ってくれたが、父親は手を貸さなかった。高齢でもあり手伝ってもらいたいとは思わなかったが、父親はナンバくんの存在を不審には思わなかったのだろうかと、それが林蔵には不思議だ。大家の父親は店子の野依さんと面識がある。ナンバくんは自殺した野依さんにそっくりなのだ。もしかして父にはナンバくんの姿が見えなかったとか？

それを父に訊かなかった自分も変だと林蔵は思う。訊いたのかもしれないが覚えがない。覚えているのは本をすべて軽トラに積み終えて出発するときにかけられた言葉、『しっかりやれ』だけだ。『おまえならやれる』とも言われたような気もする。そう、父はたしかにそう言った。

『なにがやれるって？』と聞き返したのだった。すると父親は、おまえには母さんの血が流れているから神さまの加護があるだろう、大丈夫だ、とかなんとか。どうやら、教祖としてやれる、という意味だろう。

母親は健在だが、母屋の自室に林蔵がこもるようになった当初はあれこれ心配して話しかけてきたものの、そのうちに干渉することはしなくなり、息子になにか期待するという様子は見せなくなった。

　今回もそうで、林蔵が、三匡教というのを知っているかと聞くと、『そんなこともあったわねえ』などととんちんかんな返答をしただけだ。ぼけているとは思えなかったが、なんだか怖くなって林蔵はそれ以上つっこむことはやめたのだが、母親がまともだとするなら、三匡教とはなにかしら関係があったことを認めた返事だろうと思った。しかし、もはや済んだことという過去形で、息子に跡継ぎを期待するという態度ではなかった。ようするに母親は、この自分に教祖など期待していない。じゃあ行くのでと、引っ越しのラストに母屋の母親に挨拶に行くと、身体には気をつけてねと涙ながらに言われた。

　あの母親の態度からすれば、どうやら自分は捨てられたようだと林蔵は思った。いい年の息子で、もはや中年なのだから、客観的には強制的に独立させた、と言うべきか。

　母は、息子には生きていてもらえればそれでいい、ということでそれ以上のなにも、期待していない。それが林蔵にはわかる。教祖とか宗教施設の売買云云は父親の創作ではないのかと疑えるのだが、しかし三匡教はガセではなさそうな、そういう母親の態度だった。母親は父の法螺《ほら》話に付き合うような人ではない。生真面目《きまじめ》で、悪く言えば融通《ゆうずう》が利《き》かない。

おそらく三厓教なる教団は実在する、もしくは、したのだ。そしてたぶんその本拠地はここだ。そう林蔵は思う。

宗教ならば教義があるだろう、それなくして教団とは認められないはずだ。ま、古代の民間宗教で特定の開祖が存在しないといったものには明文化された教義はないだろうが、開かれて百年にもならない新興宗教には教義が必要不可欠だろう。教徒を獲得するには言葉が欠かせない。それに宗教法人として登録するにも教義がないと認められないようだし、三厓教にも経典があるはずなのだ。

居抜きで買ったというのだから、どこかそのへんに経典の巻物とかがあるかもしれない。

引っ越してきたとき、寝起きする庵が狭いのでこの際手持ちの本は整理しようと決心したものの、ほとんどのそれはまだ手つかずで堂内に仮置きしたままだった。

――しかしこれはまずい、教義なんぞに興味を示すなんて、教祖修行の第一歩ではないか、これは父親の思うつぼだ。そもそも既存の宗教を継ぐ人間のことは教祖とは言わないのではなかろうか。せいぜい、代表だろう。いや、教祖の生まれ変わり、という手もあるか。

などと思いつつも林蔵は堂内の掃除と整理を始めている。教祖云云とは関係なく自分が暮らす環境はちゃんと把握しておかないと落ち着かないし、調べ始めれば掃除をしないわけにはいかない。堂内には埃をかぶった備品らしきものが積み重なっている。

堂内はほぼ正方形の板の間で、三方の雨戸を開けば明るい。雨戸というより取り外せる板壁だ。取っ払えば柱だけの開放空間になる。でも寒い。閉めれば昼なお暗い。電気配線はされていないので照明設備はない。寒さは我慢して一方だけ開けて作業する。

床板は一部浮いたところもあったが、雨漏りがないおかげだろう、意外としっかりしていた。天井板にも雨染みなどはない。室内の傷み具合は年代相応で保存状態はいいほうだろう。もっとも、いつ建てられたのかはっきりとはわからないので、年代相応もくそもないか。

埃はすごい。本格的にやるにはマスクと頭に海賊《かいぞく》巻きにする手ぬぐいがいるだろう、それはあとにして、まずは検分だ。

仏像のような偶像はないし、神鏡や神棚といった神具らしきものも見当たらない。木製の、長い座り机なのか低い長椅子なのか判別がつきかねる家具が正面奥にいくつも重ねられて山になっている。本来その壁の方が祭壇《さいだん》だろうが、そういう雰囲気はない。他には重ねられた食器類。大中小の皿、大きいのはシチュー皿のような形で、すべて白い陶器《とうき》だ。徳利《とつくり》を上に長く引き伸ばした花瓶のような容器も並んでいる。おそらくそれは見た目そのままの、徳利ではなかろうかと思う。ほかに高坏《たかつき》だろうか、いや灯明《とうみよう》を立てる燭台か、そんなものも束ねられるように置かれていた。電気がないので蠟燭《ろうそく》で明かりをとったのかもしれない。人がたくさん集まってきていたことがうかがえる。

この雰囲気はなんだろう、宗教とは異なる集団のための施設のようだと林蔵は考え、思いあたった。これは、そうだ、地区の公民館を思わせる。寄り合いと称して酒宴を楽しむのは重要な公民館の活動だろう。もっともいまどきは都会化が進んで時代錯誤になっている観もあるが。朽ちかけた建物にふさわしい、もはや顧《かえり》みられることのない古い慣習による寄り合い、祭儀が、ここで行われたのはたしかなようだった。

埃まみれのそれらに直接触れて調べるのは手が汚れるのでいやだし、このガラクタの山をひっくり返したところで見た以上のことがわかるとも林蔵には思えない。どう見ても、経典などありそうにない。

それでいいのだと林蔵は室外の濡れ縁に出てジーンズについた埃を払う。晴れているのでもう少し暖かくてもいいのにと思うが、林の中なので日があまり差し込まないのだ。動いているうちはトレーナーでも暑くなるくらいだったが、さて、ここは脱《ぬ》いだどてらを着るべきか、それともここの自分の荷物や本を少し整理するという運動を続けるのがいいかと悩んでいるところに、ナンバくんが来た。

　それで林蔵は、そもそも自分はナンバくんの謎に興味を抱いていたのだったと思い出した。こういう集中力の欠如もあって、現実感が乏しくなっているのだなと思っていると、ナンバくんが声をかけてくる。

「お手伝いしましょうか」

　ナンバくんはいつもこちらの作業が終わったころを見計らってやってくるような気がするが、嫌みを言っても通じないのはもう学習済みの林蔵だった。素直に、手伝ってもらえばいいのだ。

「お堂を閉めるので手伝ってくれないかな。この雨戸を嵌《は》めるんだ」

「わかりました。ではわたしが、雨戸が正しい位置にあるかどうか見て確認し、林蔵さんに合図しますから、林蔵さんは雨戸を持ってください」

　まあ、こんなものだよなと林蔵は、取り外して寝かせてある雨戸の一枚を持ち上げ、一人で雨戸を嵌める。一枚嵌めたところでどてらを忘れたのに気づいて、そのくらいはナンバくんに頼んでも罰はあたるまいと声をかけてみると、それは期待どおりになった。

「きみは堂内の備品を見たか。元からここにあるいろんなガラクタだけど」

「はい、記憶しています」

「ぼくは親から、あの道具や備品を使ってここで生きていけと言われて、ここに送り出されたんだ」

「そうなんですか」

「きみは、それは知らないんだな、そうか」

雨戸を全部嵌めて、ナンバくんが差し出すどてらを着込み、ぼくはここでなにができるときみは思う、とナンバくんに訊く。

「きみの意見を聞かせてほしいね」

「お堂の中のものを使って林蔵さんにできるお仕事ということでしたら」とナンバくんはちょっと間を置いて、それから言った。「寺子屋をされるのがいちばん似合っているとわたしは思います」

「寺子屋って、おまえね」

「学習塾です。しかし近代的な照明設備や冷暖房もないことですし、寺子屋という表現が適切かと思いました。参考になりましたか？」

「ああ」とうなずく。「大いになったよ」

「お役に立てて嬉しいです」

庵に戻る。寒い。炬燵が待っている。電気ケトルで湯を沸《わ》かしてインスタントコーヒーを淹《い》れる。ふうふうとふいて、すする。ああ、生きた心地がすると満足し、ふと目を上げると、炬燵の向かいにナンバくんが入っている。「ロボットも寒いの？」

「はい、もちろんです」

「電気で動くんだよね？」

「はい、もちろんです」

「もちろんです、って。しかしきみが充電しているところを見たことがないんだけど、もちのいい電池なんだな」

「はい。効率のいいナノレベルの砂糖電池です。わたしを生かしているのは砂糖です」

「砂糖電池って。聞いたことがないな」

「林蔵さんがそちら方面の技術に興味がないからでしょう。人工葉緑素関係の技術も使われた微少な発電素子群がわたしを駆動しています」

眉唾物《まゆつばもの》だと思うが、興味があるのはその方面ではない。

「きみはどうして、ぼくにつきまとっているんだ？」

「どうしてなのか、ご存じないままに過ごされていたのですか」

なにやら深刻な表情をするナンバくんを見て、林蔵はすこし不安になる。

「訊いてもきみは答えなかったじゃないか」

「わたしは林蔵さんのお役に立ちたいのです。何度もそう申し上げました」

「つきまとっているだけじゃないか。なにもしないで、ただ一緒に行動するロボットって、星新一《ほししんいち》のショートショートに出てきたよな、たしか日記をつけるだけのために主人公の一日に張り付いているんだ。きみもまるでそんな感じだ。すくなくとも力仕事の役に立ってはいない」ようするに、と林蔵は言う。「ぼくが訊きたいのは、きみはなぜぼくの役に立ちたいのか、ということだよ。わかるかな、言い換えれば、きみはぼくの役に立つことでなにを得るのか、ということ。それを訊きたいんだ」

「ああ、そのような質問は初めてです」

ナンバくんはそう言うと姿勢を正し、お答えします、と言った。

「それはですね」

「うん、教えてくれ」

思わず生唾を飲み込んでいる。そんな林蔵の気持ちなどおかまいなしに、ナンバくんはさらりと言ってのけた。

「林蔵さんからお給料をもらうためです」

あまりに意外な答えだったので、やはり自分の生きているこの世界は夢ではないかと林蔵は思う。

「いま、なんて言った？」

「ですから、質問の答えです。わたしは、林蔵さんのお役に立つ仕事をし、その報酬をいただくために、林蔵さんとご一緒しています」

「金を取るのか？」

「はい。仕事ですから、当然です」

「雇った覚えはないのだが」

「わたしは最初に、『お役に立ちたいのですが、よろしいですか？』と確認しました。林蔵さんは『かまわないよ』とおっしゃいました。雇用契約はこれで成立したと理解していますが。解除なさいますか？」

「できるのか？」

「林蔵さんのその質問の意図がよくわかりませんが、はい、当然です。雇用解除の条件等についてはご相談ということになります」

いや、これはなにかの間違いだ、ロボットが働くのはいいとして、給料を要求するって、なんだよ。高度な対人支援用知性体っていうのは支援するのに金を取るのか。奉仕するのがロボットではないのか。有料奉仕なのか。それって、へんだろう。人間なら、わかる。ボランティアといっても、それは必ずしも無料奉仕を意味しない。でも相手はロボットだ。いったいこいつはどういうつもりなんだ？

林蔵には理解できない。

無意識にケータイを探している。

このロボット、モデル＃9は、壊れているのだ。でなければ、自分の頭が壊れているに違いない。

自分はケータイを探しているのだと意識して、そうだった、ここはケータイの電波が届かないのだった、里まで下りなければならない、それに気づいた。さて、この状況で、契約解除していいものかどうか。自分で軽トラを運転するのかと自問し、いや、と否定する。そういう問題ではないだろう。

そもそも、ケータイで何をしようとしたのだったっけ。

そうだ、このロボットの壊れ具合を診てもらおうと思ったのだった。知り合いにできそうな人間といえば、一人いる。知能家電管理士さんだ。パンサの飼い主の。彼は人工知能コンフリクト解消技術などの専門的な知識を持っている。連絡して、来てもらおう。

5

家電管理士さんの名前が出てこない。野依さんの前に離れを貸していた、パンサの飼い主だ。なんて名前だったっけ。思い出せない。

パンサはもともとうちの庭に迷い込んできたのだし、あれはうちの猫だよな、などと林蔵は思うこともある。猫が好きなら飼えばいいじゃないですかと管理士さんに言われたことがあるが、猫は飼うものではない、勝手に家に出入りするものだと応えたのを覚えている。あれは虚勢《きょせい》を張ったのだったと思う。飼えるものなら飼いたいが手頃な猫がいない。友人のイノウ動物病院の院長はいつでも子猫を世話してやると言っていたが、では厚意に甘えて頼むとは言ったことはない。ようするに林蔵はパンサが好きなのだった。

だから家電管理士さんが窓付きのリュックにパンサを入れて背負ってやってきたときは嬉しくて、管理士さんの名前が思い出せないことなどどうでもよくなっていた。パンサの飼い主で十分だ。

その彼は、お得意さんからもらったシナノスイートのお裾《すそ》分《わ》けと言って、見事な林《りん》檎《ご》を三玉持ってきた。甘くて香りが強い品種だ。ここの里にも林檎畑が広がっているので、きっとこれも栽培されているのだろうな、しげしげと眺めていると林檎泥棒に間違えられそうなんでよく見たことがないけど、などと思いながら表で皮をむき、むいた皮は林の中へと放って、生ゴミがゴミにならずに自然に返るのは便利だよなと感動して、庵に戻る。

パンサはリュックから出されていた。部屋中をかぎ回った後、炬燵に入ったという。管理士さんも炬燵に入って暖まっている。

林蔵が炬燵布団をまくって中をのぞくとパンサが、なんじゃい、という顔で見返してきた。すまんと言って、そっと炬燵に入る。パンサがいるので足を伸ばせない。

「クルマで来るのに、パンサをリュックに入れることはなかったんじゃないのかな」

そう管理士さんに言うと、あれはネコ専用のキャリーバッグなんです、という。

「イノウ動物病院で斡旋《あっせん》されたんです。かわいいし便利かなと思って買いましたが、林蔵さんが言うように、わざわざリュックスタイルにこだわることはなかったかなと。値が張ったのでよく使って元を取らないと」

「なるほど、なるほど」

イノウ動物病院ね、そうだろうとも。伊能《いのう》院長は商売上手だ。

「パンサはいやがらないのかい」

「ぜんぜん。気に入ってるみたいですよ」

「そいつはよかった。元気そうでなにより」

「おかげさまで」と管理士さん。「林蔵さんもおかわりなく、お元気そうでなによりです」

いや、環境も変わって、ぜんぜん〈おかわりなく〉でも〈お元気〉でもないんだが、他人からはそう見えるのかと林蔵は少しがっかりする。

切り分けた林檎に爪楊枝《つまようじ》を刺して勧めると、管理士さんはさっそく一切れを食べて、それで、と言う。

「きょうはぼくに相談とか」

「そうだった」甘い林檎だ、おいしい。じっくりと味わい、飲み込んで、応える。

「仕事の話だよ。あまり予算はないんだけど」

「知能ロボットの調整だとか？」

「そうなんだ」

「見たところこの小屋に知能家電はないですし、コンフリクトを起こすような環境じゃないですよ」

「きみが頼りなんだけどな」

小屋、とはね、庵と言ってほしいところだが、まあ、小屋は小屋だよなと林蔵は、初めて他人から現実を突きつけられた気分になる。

「いったい、どういう症状なんです？」と林蔵の気分を知ってか知らずか管理士さんは訊いてくる。「電話では話せないって、なにか深刻そうですが。心配してきたんですよ。でも、なんだかのんびりとした感じなんで、安心しました」

勝手に安心するな、と言いたいのをこらえる。

「これでもけっこう深刻なつもりなんだがね」と林蔵。「電話で言えないというのは、説明が長くなりそうだったからなんだ」

まずは、モデル＃9というロボットは、梅雨時に自殺した野依十九という人が開発に関わっていた、ということ。その意識の一部がそのロボットにコピーされている可能性があると自分は考えているということを林蔵は説明する。

「だから」と林蔵は考えながら言う。「コンフリクトというのなら、家電とではなくて、そのコピーされた野依さんの意識と、本来のモデル＃9の人工知能の活動との間の、それだろう、とも考えられる」

「人の意識と人工知能の思考がコンフリクトを起こしている、ですか」

「そう」

「フムン」

ふつうの技術者ならば、言下に『それはない』と否定するところだろうと林蔵は思う。

人の意識活動と機械の思考の場、その両者の環境は独立していて重なることはない、というのが一般的な通念、常識というものだろうから。だがこの管理士さんは、ふつうではない。自分の意識がトースターの知能に乗っ取られるという体験をしている。自分が誰なのかわからないというあの状態は、立派なコンフリクト状態だろう。

「そうなると」と管理士さんは少し考えてから言った。「そのロボット本人から状態を聞き出す必要がありますね。言葉による診断と対処は、ふつうの知能家電も同じなんですが。そのロボットの知能活動を正常な状態に戻せるかどうかわかりませんが、とにかく状態を診てみましょうか」

「ありがたい、感謝するよ」

「で、どこにいるんですか、そのモデル＃9というロボットは？」

どこもなにも、と林蔵は林檎を咀嚼《そしゃく》しながら、顎で自分の正面を示し、飲み込んで言う。

「そこにいる、それ。モデル＃9だよ」

「え」

と管理士さんは、林蔵と、林蔵に示された方を交互に見やって、絶句した。

「どうしたの」と林蔵。「まさか、見えないとか？」

「いいえ、見えますが、人間には見えません」

「それを言うなら、ロボットには見えません、じゃないのか？」

「ああ、そうですね、そうでした、ほんとですか、びっくりだな」

「顔を合わせたとき挨拶していたけど、気がつかなかった？」

「ぜんぜん」

「野依さんにそっくりなんだ。父親がこのナンバくんと顔を合わせてもなんの反応も示さなかったのが不思議なんだよな」

「ああ、それでしたら」とナンバくんが口を挟んできた。「林蔵さんに最初にお会いするときに、先に父上に挨拶に上がりました。わたしは野依十九をモデルに作られたロボットですので、ご不審には及びません、林蔵さんのサポートをしにやって参りましたと申し上げたところ、父上はご苦労様、とおっしゃいましたよ」

「なんだ、そんなことだったのか」

「ナンバくん、ですか、このロボット?」

「自称だよ」と林蔵。「ナンバが姓、キュウが名前、だそうだ。そう呼んでくれと言っている」

「はい、そのとおりです」とナンバくん。

「すばらしい」と管理士さん。「見た目も人間離れ、いやロボット離れというか、人造人間には見えませんが、自称する知能というのもすごい。感動的です。なにが問題なんですか、林蔵さん?」

どうしてこの自分なんだ?

――そうだ、どうしてモデル#9は、このぼくを搾取、いや、犠牲者に、もとい、支援対象すなわち就職先に、選ばねばならなかったのだろう?

まだそれを訊いていなかった。

「それは野依がお世話になったということで、ご恩返しでです」

訊くとナンバくんはそう答えた。

恩を返すなら金を取るのはおかしいんじゃないかと林蔵は思ったが、それはおいといて、恩とはなんだろう。

「ぼくは野依さんの世話をした覚えはないんだが、どういうこと」

するとナンバくんは、それはですねと言って、いったん目を閉じた。しばらくそうして考えているようだったが、やがて目をぱっちりと開いて、言った。

「太田林林蔵さん、その節はありがとうございました」

ナンバくんの声の調子は、先ほどまでのとは変わっていた。態度もあらたまっている感じだ。なんだか別人のような。もしかして、と林蔵は思う、これは、野依さん？

「野依さんですか？」

「正確には違いますが、似たようなもの、です」

「その節とは、いつでしょう」と林蔵は訊く。「ぼくには野依さんになにかしてあげたという覚えがないんですが」

「わたしの自殺がいわゆる自殺ではなく、肉体の消去が目的であったと、正しく認識してくれたではないですか。それによって、わたしのあの行為は無駄ではなかったと客観的に証明されたわけです。わたし以外の他人によって、すなわち林蔵さんによって、確認された。それは不可能だろうと予想していたので、いいほうにそれが裏切られてとても嬉しいです。あなたには感謝しています」

「あなたは」

と林蔵は呼びかける。モデル#9に向かって。だがいまは、さきほどまでのナンバくんの外観とは違っていた。野依さんにそっくり、だったのが、いまや野依さんにしか見えない。しゃべり方や声が違うと外観までまったく変わってしまうものなのだと、林蔵は初めて知った。単なる印象の変化といったものではない、これはモデル#9とは別人だ。というより、人間そのものだ。生き生きとしている。

「いまのあなたは、野依さんの意識そのものではなくて、似たようなもの、ということですが、ご自分は野依十九だと思っているわけなんですか？」

「そう、そのとおりです。いまのわたしは、この自分が野依の意識のコピーだということがわかります。自分は野依十九である、ということが実感としてもわかります。自分は自分だ、同時に、自分は野依十九である、ということが実感としてもわかります。自分は自分だ、とわかるのが意識の役割だとすれば、まさにそれが正しく機能している状態です」

「野依さんの記憶もそっくりコピーされているんですか？」

「いいえ。ごく一部だけです。モデル#9の記憶のほうが圧倒的に優勢です。記憶喪《そう》失《しつ》のようで、あまりいい気分ではありません」

そう言ったあと、声の調子が元に戻った。

「ということで林蔵さん、野依十九は林蔵さんに恩があるということです。おわかりいただけましたか」

「きみはもう出てこなくていい」

「いえ、これがデフォルトです。野依さんは林蔵さんに感謝しつつ亡くなりました」

「おまえが殺したのか」

「人聞きの悪いことをおっしゃらないでください」

「じゃあ、消去したんだ。なんてやつだ」

「誤解です。さきほどの野依さんの意識は、野依さん自身ではありません。野依さんの意識を模したものです。それはわたしの一部でもあるのですが、その反対ではありません。先ほどの野依さんに似た意識のままではわたしは機能しません。あの意識は、わたしが林蔵さんの質問に答えるために、野依さんの意識を演じたのだと解釈していただければよいかと思います。いまもういちどやろうと試みましたが、わたしはもう野依さんであることを演じることができません。自分を一時的にせよ野依十九だと認識することができなくなりました。わたしの中の野依さんは亡くなったのだと解釈できます。それは彼の意志です。わたしではありません。わたしが殺したのでも消去したのでもない、ということをご理解ください」

「なんだかすごいことが起こっているみたいですが」と管理士さんが林蔵より先に口

を開いた。「いったいなにがいったいどうすごいのか教えてください、林蔵さん」

「どうすごいって、ロボットのくせに、給料をよこせと言うんだ」

苦苦しい思いで林蔵はそう言う。野依さんともっと話したかったのに、ナンバ・キュウってやつは。邪魔をしやがって。

「それはすごい」

管理士さんは本当に感動しているようだ。それで林蔵は我に返る。

「いや、ロボットとしては欠陥だろう。きみになんとかしてもらいたいのは、そこなんだ」

「林蔵さん、それは駄目でしょう」

「駄目って、きみの手には負えないってか」

「そうじゃなくて、このナンバくんは、もはやロボットじゃないですよ。だから調整しなくてもいい。いや、しちゃ駄目でしょう。角《つの》を矯《た》めて牛を殺すと言うじゃないですか。ナンバくんからこのすごさを抜いてただのロボットにしたら、死にますよ」

「いや、そうじゃないだろう」と林蔵。「ロボットが賃金を要求してくるというのは、たしかにただのロボットではないだろうが、きみが感心すべきところはそこじゃない。すごいのは、いま野依さんという亡くなった人の意識がこのモデル＃９に乗り移った、そこだよ」

「人の意識がロボットにコピーされるってことですか。でも、どうなんだろう。演じただけ、ってナンバくんは言ってるし。演じるって、すごいじゃないですか。人工知能が人の意識を――」

「ちがう」と林蔵。「演じるにしてもモデル＃9は元の野依さんの意識内容を感じ取っている必要があるだろう。人工知能にはいまのような応答はできないよ。野依さんの意識が乗り移ったとしか思えない。いま話していたのは、死んだあとの野依さんの意識だ。降霊と同じだよ」

「ますます、すごいじゃないですか」

なにを言っても駄目な気がしてくる林蔵だ。

「いったい野依さんという人は、どういう人だったんです？」

「きみがパンサを連れて引っ越したあと、あの離れに住んでた人だ。きみが寝起きしていた部屋の押し入れで死体となって発見された。発見したのはぼくなんだけどね」

「それって、逆じゃないですよね」

「逆って？」

「ぼくが住む前に、あの部屋で死んだんじゃないですよね？」

「梅雨時ってきみに言ったと思うが。きみが出たあとだよ」

「よかった。そうですよね、林蔵さんは嘘は言わない。で、野依さんという人なんですが、このナンバくんとどういう関係なんですか」

管理士さんもモデル#9をナンバと呼んでいる。

「だから、開発に関わっていた人なんだ」

「そうなんですか?」と管理士さんは、林蔵ではなく、モデル#9に顔を向けて、質問した。「野依さん?」

するとナンバくんの顔がまた変わり、野依さんになった。林蔵は驚いた。が、管理士さんは当然だという顔で、話しかけた。

「野依さんですね?」

「そうです。初めまして。そう、わたしが開発を担当していました」

「亡くなったんじゃないんですか」思わず林蔵はそう訊いていた。「ナンバ・キュウことモデル#9が言うには、あなたの意志でそのナンバの中から消えたとか。ちがうんですね」

「わたしは、自ら消えたりはしません。これ、このモデル#9を動かしているのは、わたしの意識ですから」

「どうも、ナンバくんが言っていることと話がちがうな」と林蔵。

「これが、コンフリクトですよ」と管理士さんが言った。「本来のモデル#9の行動ではないことをしているのだと思われます」

「本来の行動ではないとは？」

「林蔵さんのところにやってきている、という行動は、たぶんイレギュラーなんだと思いますよ」

なるほど。林蔵は感心する。やはりプロの知能家電管理士はすごいな、と。症状を引き出してみせたのだろう。

「で、治るのかな」

「なんとも言えません」

「なんとか頼むよ」と林蔵は懇願《こんがん》する。「きみだけが頼りなんだ。ずっとこいつにつきまとわれるのはかなわないよ」

猫ならいいんだが。ナンバくんは役にたつときもあるけれど、力仕事は手伝ってくれないし、いつも一緒にいられるとうっとうしい。モデル＃9の外見《そとみ》が人だからだろう。金属とプラでできている機械人形の外観をしていれば少しは気が楽なような気がする。もっと小さくて、毛が生えていて、三角の耳が付いていて、やわらかで、もふもふできて、しゃべらない、そういうのなら文句はないのだが。

「そうですね」と管理士さん。「本来のモデル＃9がどういうロボットなのか、それがわからないと。開発目的ですね。どういう利用の仕方をするものなのか、そういうことを知りたいです」

「野依さん、お願いできますか」と林蔵は真剣に頼む。「どういうロボットなのか、教えてください」

喜んで、と野依さんが言った。いや言ったのは野依さんそのものではなく、野依さんの属性を持った、野依さんに似た意識らしきもの、要するに、正体不明のなにか、ということで、これはふつうの人間でも同じことかもしれないなと林蔵は思う。話している相手の意識がいまその本人なのか、それともそれに似た別の人格意識なのか、そんな、相手の意識の主体なんてのは、どこまでも正体不明だ。

6

モデル#9は、と野依さんは語り始めた。

(なんだか急に俺の室内が冷えてきたような感じがして林蔵は身震いする)

ロボットの体験をリアルタイムで自分のことのように意識するという研究が元になっていて、わたしの専門はそちらになります。モデル#9はその応用で製作されました。

(リアルタイムでロボットの体験を意識するって)と管理士さんが質問している。(具体的には、どんなことなんですか。どんな役に立つのかってことですが)

現実を拡張する技術の一つです。人間の感覚を拡張する。眼鏡《めがね》をかけて仮想現実空間を体験するVR技術はもう一般的になっていて、応用も各方面にひろがってきています。ARは、現実空間に仮想映像を重ねる技術。MRは複合現実技術。それらはご存知のことと思います。

（もちろんです、と管理士さんは言う。林蔵は、そういえばこないだ、裁判員裁判でもVR眼鏡が使われていたよなと思い出し、そう言った）

それはすごいですね。法曹界でも応用が進んでいるとは、わたしは知りませんでした。

拡張現実技術というのは、このように、あらゆる方面での応用が考えられていて、なかには想像を絶するようなものもあるでしょう、いま林蔵さんの持ち出した例のように。いやわたしの想像が及ばなかっただけですね。もっともっと、いろんな現実を人間は体験できるようになるでしょう。

わたしが研究していたのはその一環ですが、感覚を拡張する手法、その実現方向がこれまでとはまったく違う、と言ってもいいかと思います。

VR、AR、MRといった技術は、現実と仮想を組み合わせる技術です。わたしがやっていたのは、仮想空間を利用するものではありません。現実と現実を重ねるのです。われわれは、現実―現実―現実感、RRR、トリプルR、略してTRと呼んでいました。

（現実と現実を重ねるというのは、どういうことなんでしょう、と管理士さんが訊く。林蔵には見当がついた。現実に現実を重ねる、といったほうがいいのでは、などと思う）

たとえば、自分の姿を他人の視点から見る、といったことです。見ている世界は現実です。しかし、その視点は自分のものではありません。でもその映像世界は仮想ではなく、現実です。いわば、自分の眼球を外に引き出して、それをぐるぐると動かすようなもの、と言えばいいでしょう。そんなことは現実ではできません。ＲＲＲ、ＴＲは、それを可能にする技術です。眼球を引き出すというのはたとえですが。

（なるほど、わかってきました、と管理士さんはうなずいた。ロボットが見ている映像をＶＲ眼鏡のようなものを着けて体験する、というものですね。ロボットは離れていてもいいわけだから、火星に送り込んで、あたかも火星に来たような体験ができるようになる）

そのとおりです。まさにそういうことなのですが、いまおっしゃった内容は、この研究の出発点にすぎません。われわれは、ＶＲ眼鏡やＶＲコンタクトレンズといった装着デバイスなしに、脳神経にダイレクトに外部情報を入力できるインターフェイスを開発していました。

（そうなると、視覚はロボットのものが直接そのひとの視覚野に入ってくる、ということですね）

そうです。

（そこまでやる必要はないと思うけどな。自分がロボットになったように感じられるでしょうし、それは怖いな。管理士さんがそう言う。林蔵も、その気持ちはわかる。管理士さんはなにしろ、ミウラというトースターの意識を体験している）

そうですね。視覚と聴覚だけでも、ロボットに成り代わったような体験になると思います。触覚や身体にかかる負荷情報、ほかに嗅覚、味覚や痛覚といったものも伝える技術開発をしていました。

（それって、と管理士さん、その人は、ロボットに成り代わるってことじゃないですか。そう言ってもいい状態でしょう。なぜそこまでやる必要があるんですか）

開発の最終的な目的が、双方向性の実現、だからです。

（双方向性って、まさか、ロボットのほうも、つながっている人間の感覚を感じられるようになるということですか）

そうです。

（ロボットを遠隔操作するのに利用するためですか。それにしては、そこまでやることはないでしょうに）

たしかにリモコン手段としても使えますね。でもロボットには高度な人工知能を持たせて自律行動させるのが前提なので、操作のための双方向機能ではありません。

（となると、と管理士さんは少し考えて、もしかして双方向の相手は、ロボットではない、とか？　それを聞いて、おお、そうかと林蔵は思う。自分にはそこまで思いつけなかったなと、感心する）

そうです、人間と人間の、双方向感覚通信です。感覚共有ですね。互いに、相手のその人に成り代わるような体験ができます。あたかも人格が入れ替わるような体験になるでしょう。相手の現実が、自分のものになる。だからといって自分の現実が奪われるわけでもない。

（ああ、それで、現実と現実が重なる、と野依さんは言ったのだなと林蔵は納得する。たんに、現実に現実が重なる、のではないんだ）

昔からファンタジーやSFで、二人の人間の意識や人格が入れ替わるという話がいくつも書かれてきたでしょう。

（男の子と女の子が入れ替わるというのが代表的ですね、ポンポコ玉とか）

まさに、それは実現可能なのです、と言いますか、そういうことを可能にする技術開発を進めてきました。

（実現するとしたら、究極のプライバシーの侵害問題になるでしょうね。と、これは

林蔵が言う）

どのような倫理的な問題が発生するのか、ほぼ予想はつく。それらはたしかに深刻でしょう。しかし、実現するなら、ヒトはあたらしい感覚を有する生物に進化する、とも言えます。他人という、自己の外部存在を、概念ではなく、肉体で認識できるのです。おそらくは地球上のほかのどの生物にもない感覚を持つことになる、そういう研究です。

（実現したらどんな世界になるのか、想像がつかないなと林蔵が言う）

このアイデアを使ったSFはもう書かれていると思います。フィクションで先行してもらって、そこで試行錯誤を重ねてもらえればいい、われわれ現場の人間はそう思ってます。とにかく、われわれは、地道に一歩一歩進むことでしか、先には進めません。宝くじを買うようなやり方では技術的なブレイクスルーは望めない。いまできることを、やる。

モデル＃9は、その途上で開発されたロボットです。

（なるほど、と林蔵。ナンバーナインというその数字は、と管理士さんが言う、感覚の共有レベルのことですか）

ああ、いいところを突いています。そう言ってもよいかと思います。われわれは共感レベルについて数値化していますが、一般的には標準化はむろんされていません。

いずれＪＩＳやら国際標準化やらで制定されるでしょう。

（自信がおありのようですが、と管理士さんはすこし表情を硬くして、言う。危ない技術だと思います。ＳＦ作家に頼るまでもなく、ぼくにもいくつも問題点を挙げることができますし）

　興味深いですね。たとえばどんな問題点でしょう？

（いままさに、あなたがしゃべっている、ということです。お気を悪くなさらないでくださいね、あなたは亡くなったのだそうですが、それでも消えていない。消えるつもりもない、とのことでしたし）

　なるほど。たしかにこれは問題かもしれませんね。

（どういうこと？　と林蔵は二人に向かって訊く）

　わたしが研究を始めたのは、自分を外部視点で見たい、ということでした。共感しあう双方向性の研究は、本来のわたしの目的とは微妙に異なる方向だったのです。

　しかし開発はチームで行われるものですから、我《が》を通すわけにもいかない。共感の技術が上がるにつれて、そのうちにわたしは、自分の意識を移せるような気になった。錯覚だと思っていました。でも、いまこうして、わたしは、野依十九であると自己認識してしゃべっている。この意識は林蔵さんがおっしゃったようにオリジナルの野依そのものではなく、コピーです。それがわたしにはわかる。意識を他人にコピーすることは可能なんですね。

　とはいえ、現況は、死者の意識のコピーが相手に乗り移っている、とも言えるわけで、実際になにが起きているのかはよくわからない。わたし自身にも、です。

　これはたしかに問題にはなるかもしれません。共感が強力になると、相手の意識がうっすらとでも、コピーされるらしい、ということが、いまのわたしの状態でわかります。もしかしたら、野依のオリジナルがやったように、自分の身体を消さないと意識はコピーされないのかもしれない。そこは、問題ですね。

（いや、と管理士さんが言った、逆です。死んでもコピーが消えないということこそが問題です）

　意識は自分で自分のことを決定できるというのは幻想かもしれません。消えたくても消えられないのかもしれませんね。それが問題になるというのですか？

7

　すでに問題になっているんです、と管理士さんは野依さんに答える。

「言ったじゃないですか、これはコンフリクトだって。林蔵さんが指摘したとおりですよ。ヒトの意識とロボットの知能活動のコンフリクト状態です。一方が、自分は消えるつもりはないと言ってる。消えたくても消えられないのかもしれない、と言っているのは、消えたくない、ということと同義です。知能家電を扱っているとよくあることです。こうなると対処はとても難しいです」

「治らないってことか」意気消沈したくなる林蔵だった。「それは困る」

「死者の霊みたいなもの、とか林蔵さん言ってませんでしたっけ。死者が降りてくるって。降霊か」

「除霊でもするしかない、か」

「それ、いいじゃないですか」

「意味がわからないが」

「ここ、神社みたいじゃないですか。お祓《はら》いしてもらったらどうかな」

「本気で言ってるんじゃないよな？」

「いけませんでした？」

「ここの、神社だか寺だか知らないが、施設の主は、ぼくなんだ。教祖だよ。いや、教祖の生まれ変わりというか、何世かの、教祖ということだろうな。そういうことにされて、親に送り込まれたんだ」

「なんですか、それ。また、おかしなところに引っ越ししたものだなと思ってましたけど、冗談みたいな理由ですね。からかってます？」

「いや。大真面目だ。成り行きにまかせていたらこうなった」

林蔵は事情を話す。

「だから」と林蔵。「きみは、このぼくに、霊を祓え、と言っているわけだよ。そんなことがぼくにできるなら、もう、とっくにやってる。というか、三厓教という宗教が、どういう教義で活動していたのかもわからないんだから、除霊もくそもない。なにを売りにしていいのかわからないってことだ」

「フムフム」

しばし管理士さんは、時間がたって茶色になった林檎の一切れを食べながらなにか考えている。

誰も口を開かない無言の時間が流れたあと、それはいいかもしれないですね、と管理士さんが言った。

「なにが、どう、いいって？」

「林蔵さん、ロボットの除霊を売りにすればいいんですよ。知能家電でもいいけど。人工知能に乗り移っている人の霊を祓う、という宗教を立ち上げるというのはどうかな。壊れた知能家電の供養《くよう》をします、というのもいけるかもしれない。いや、それだと廃品家電回収業とバッティングするかな。宗教戦争になるかも。それは避けたほうがいいですよ」

「いいですよって。勝手に決めないでくれ」

「するんですか、戦争」

「しないよ」と林蔵。「だいたい、目に見える御利益《ごりやく》がなければ、だれも信仰しないだろう。ぼくには除霊の力なんかない」

「コンフリクト解消なら、ぼくにまかせてください」

「きみにもできないようじゃないか。この野依さんを祓うのは無理なんだろ？」

「それはそれとしてですね、林蔵さん。林蔵さんには霊的能力はありますよ」

「ないよ」

「あります。野依さんを降霊させたじゃないですか」

「呼び出したのはきみだろ？」

「ぼくはコンフリクト状態を確認しただけです。野依さんは、あの世から、林蔵さんに礼を言うために出てきたようです。どうやったんです？」

「いや、いま出てきた野依さんは、もともとモデル＃9内にコピーされていたんだ。きみも野依さんの話を聞いていたじゃないか」

「いや、ですから、気がつきませんか林蔵さん」

「なにに？」

「あれは野依という人の意識のコピーではないですよ。コピーされたのは、自分が死んだあと林蔵さんがしてくれたことを認識し、それを、感謝している、意識です。死者の意識というわけですよ。自分の死は意識することはできません。でもいまの野依さんは、自分の死を自覚している。それは、死者です」

「いやあ、それは、きみの理屈、屁理屈だろう。モデル＃9という、人間の肉体から独立した身体に、野依さんの意識がコピーされたんだ。元の肉体が死んだことをモデル＃9内の野依さんの意識のコピーが認識したにすぎない」

「さきほどの林蔵さんは、そうは言ってなかった。死者だ、降霊だと言ったじゃないですか。あれは言葉の綾というものじゃなかった」

「そうだっけ」

「そうでした」

「だから？」

「だから、林蔵さんが、降霊させたんです。ならば除霊もできそうじゃないですか。新しいタイプのコンフリクトと、その解消術です。林蔵さんならできます。林蔵さんにしかできない。立派な霊能力、教祖の力です。御利益を授けることができるということです」

なにがなんだかわけがわからなくなってきている林蔵だ。

「しかし」と言う。「自分が降霊したなんていう感じはぜんぜんしないよ」

失礼ですが、と唐突に、野依さんが割って入った。

「わたしに言わせてください」

「もちろん」と管理士さん。「お願いします。というか、なぜ黙って聞いてたんですか」

「いや、これはナンバくんだ」と林蔵。「野依さんじゃない」

「はい、ナンバ・キュウです。いまの野依十九の話は、わたしが演じたものです。死者の霊でもコンフリクトでもありません」

「信用してはいけません、林蔵さん」と管理士さん。「このロボットの知能活動は正常から逸脱《いつだつ》している。間違いない」

「そうかもしれませんが」とモデル＃9は続けた。「でも、それはおいといてですね、林蔵さんがさきほどの野依を呼び出した、というのは事実です。林蔵さんは、野依十九が林蔵さんから受けた恩はどういうものか、と訊ねたでしょう。それが呼び出しのきっかけとなりました。降霊の呪文《じゅもん》と言ってもいいです。それで、野依十九をわたしが演じることになった。野依十九を出現させたのは林蔵さんである、ということです」

もういい、と林蔵。それはもう、済んだことにしたい。問題は、そうだ、給料だ。幽霊には実体はない、実害はないだろう、しかし給料を払うというのは実をともなう行為だ。このほうが重大な問題に違いない。

「ぼくがきみに給料を払うことが、どうして、ぼくへの恩返しになるんだ？」

そうだ、これを問題にすべきだ。

「野依さんの話には、恩返しのためにきみをぼくに遣《つか》わして、あまつさえ、いや違うか、ぼくから給料をもらうことが、ぼくへの恩返しになる、なんてことは一言も出てこなかったし、そのような様子もなにも、ぜんぜん、見せなかった。給料云云はきみの独断だろう、ナンバくん。ぼくから金を巻き上げることは野依さんとは関係ないんだ」

「野依さんの林蔵さんへの感謝の心はわたしも感じられるので、野依さんに代わって報恩したいと思いました。それはわたしの考えです、はい」

「きみの考えでもなんでもいい、ぼくがきみに給金を払うと、ぼくはそれによってどんな恩恵を受けるんだ？　給料を払うなら、ギブアンドテイクだ、公平な取引であって、きみから受ける恩恵はぼくの当然の権利になる。きみはぼくに恩返ししたことにはならないだろう、そうじゃないのか？」

「林蔵さんはわたしに給料を支払うことで、人類最初の、人工知性体に報酬を支払った人間として、永久に記憶される栄誉を得ることになります。これ以上の報恩はないと思いますが」

「そんなのは」

林蔵はどう応答していいのか、迷った。あまりに馬鹿馬鹿しい気がしたし、言われたことはもっともだという納得する気持ちも生じた。胸に手を当てて自分の本音を確認してみれば、そのような栄誉にはなんら関心はない。もともとそういう方面とは無縁の人間だし。というか、そんなのが本当に、栄誉なのか？　やはり、馬鹿げてる。

「ぼくへの恩返しにはならないと思うね。記憶されるのは、ぼくの馬鹿さ加減か、でなければ、人類から独立して生活を始めた最初のロボットであるきみ、モデル＃９だろう。きみの考えは浅はかだ。人間のことがわかっていない」

するとナンバくんは気落ちした様子も見せずに、そうですか、と言った。

「林蔵さんに満足いただけないのは残念ですが、わたしにできるご恩返しはこうした経済活動だけです。わたしはそれを目的に開発された高度な対人支援用知性体なのですから」

「それって」と管理士さん。「先ほどの野依さんのお話とはちがいますね」

「いったいどこから」と林蔵。「経済云云が出てくるんだ？　ロボットのくせに拝金主義者みたいじゃないか」

「それはそうです」とナンバくんは言った。「わたしの開発費の出所は経産省ですよ。日本経済を発展させるべく頭を絞って考えている国家機関です。わたしは、停滞した経済を抜本的に打開するための切り札として、計画されたのです」

「でまかせだ」と林蔵はもう、あきらめ気分で言った。「コンフリクトの極致だ。言ってることがめちゃくちゃだ。これはもう、治せない。諦めよう」

「いや」と林蔵には意外だったが、管理士さんはまじめな顔で、一理ある、と言った。「たしかに野依さんの亡霊意識とコンフリクトしてると思いますが、まんざら全面的にでたらめを言っているとも思えません。もうすこし聞かせてほしいですね、ナンバくん。経済活動を目的に開発されたロボットって、具体的にはなにをするように作られたんですか？」

「最終的には、自律した消費者になることですね」

「どういうことだよ」と林蔵。

「わたしは人間の思いもよらないアイデアで富を生み出し、蓄積《ちくせき》することができます。もはや人の知恵を借りなくても、人の感覚では自動的に、富がわたしのもとに集まってくるでしょう。その富を市場に環流させます」

「商品を消費することによって？」と管理士さん。

「はい」

「贅沢品を大量に買い込むとか？」と林蔵。

「はい」

「宇宙開発とか、考えたくないけど高価な戦闘機のまとめ買いとか」と管理士さん。

「それもいいですね」

「名画とか稀覯本《きこうぼん》とか、美術館とか古書店を丸ごと買うとか」と林蔵。

「それは林蔵さんがほしいものではないですか」

「しかし」と管理士さん。「ナンバくん一人では、さすがに経済の活性化は無理じゃないかな」

「モデル＃9は、量産できます。それに人の手を借りる必要はありませんし、生産すること自体が経済を活性化させます。わたしが新規需要を生み出すのですから」

「冗談にしても、それは、いきすぎだろう」と林蔵。「人間が黙っているとは思えない。ロボットが金持ちになって贅沢品を買いまくるんだぞ？　海外から大量のロボットが観光にやってきて爆買いしていくって？　悪夢だ」

これは悪夢だ、教祖の件も含めて、と林蔵は思う。

「でも、まったくあたらしい市場開拓ではあるわけだ」と管理士さんは感心したように言っている。「これは経産省が考えた筋書きではなく、ナンバくんが独自に行動していると考えた方がいいと思います。ロボットが自ら考えて贅沢品を買い始める、というのはちょっと受け入れがたいので、もともとそれを目的に人間が開発したロボットなのだということにしたい、そういうことなんじゃないかな」

「そうなのか、ナンバくん？」

「人は、高度な人工知性体の下に平等になる、そういう世界が実現するでしょう。すばらしい新世界です」

これはもう、駄目だと林蔵は思う。このロボットは、人がいかに欲深で嫉妬《しっと》深いかということがわかっていない。

「ナンバ・キュウ」と林蔵は言った。「きみを解雇する」

8

だいじょうぶなんですか、林蔵さん、こんな不便なところで一人になって。それに、あのコンフリクト状態のモデル＃9を野放しにしていいんでしょうか。もしかしたら野依さんの亡霊は、モデル＃9が暴走しはじめたことが気になって蘇《よみがえ》ったのではないでしょうか。

管理士さんがいろいろ言っている。いちいちもっともだと林蔵は思うが、もうモデル＃9と関わりたくないという気持ちを抑えることができなかった。

自分は大丈夫だ、とにかくモデル＃9が近くにいると余計なことを考えなくてはならなくなる。理不尽な内容にはついていけない。

管理士さんにはとても世話になった、自分のことを心配してくれて恐縮だ、いざとなったら自分は実家に戻ることにするので、そこは心配なく。

とにかく今回はわざわざ来てもらって、コンフリクトが原因だったということをはっきりさせてもらったし、感謝してる、ありがとう。

そう礼を言うと、管理士さんは腕組みをして、考えていた。この姿勢は自分に似ているなと林蔵は思う。

林蔵さん、と管理士さんは腕を解いて言った。コンフリクトの件は、もっと研究してみないとわかりませんが、継続して考えてみます。すぐにお役に立てなくてすみません。いや、今回の分も含めて料金のことはご心配なさらないでください、ぼくの後学のためですから。将来的に、このような現象はあちこちで起きるでしょうし、対処法も必要になると思います。今回の件はとても勉強になりました。むしろこちらがありがたいです。

それは感心なことだね、と林蔵。では、もう一つ、ついでといってはなんだが、お願いしてもいいかな。

なんでしょう。

ナンバくんは、解雇条件については相談が必要とかなんとか以前言っていたんだが、その件の代理人をきみにお願いしたいんだ。

そうですか。と管理士さんは、ちょっとだけ考えてから、わかりました、と引き受けてくれる。ナンバくんはそれでいいかな、とさっそく管理士さんは交渉を始めている。

モデル#9は、管理士さんの出す条件次第ですと言った。林蔵は、どうなることやらと、どきどきしながら交渉の行方を見守ったが、それはあっけなくまとまった。ぼくと一緒に来るということでどう。きみのお給料はぼくが出すよ。仕事の内容はこれから相談ということで。

モデル#9はその申し出を快諾した。

ということで、実に久しぶりに、林蔵は心置きなく炬燵に入り、誰にも邪魔をされることなく心ゆくまで読書にいそしむことになった。

一つだけ心残りなのは、管理士さんとの別れ際に、パンサをゆっくりとなでられなかったことだ。時間があればじゃらして遊びたいところだったが、管理士さんはもうモデル#9とのこれからのことに気をとられていたのだろう、気もそぞろで、パンサをさっさと炬燵から引き出してリュックに誘い込み、お邪魔しましたと言ってモデル#9と一緒に出て行った。

家電管理士さんの仕事用ワゴンが出て行き、山道を下って姿が見えなくなってから、林蔵は自分の軽トラのことを意識して、これを運転できる者がいま山を下っていったのだということに気づいた。さて、どうしよう。死ぬ気で運転にトライするしかないわけだが。

ま、それはあす考えよう、きょう、いますぐ必要ということではないし。明日できることは今日するな、という格言もあることだし。アラブの格言だったかな？　勤勉な日本人には冗談としか思えないが、土地が変われば風習も変わるものだ。いまの自分にはぴったりではないか。

さてと気分を改めて、そういえば幸田露伴の怪談短編集がまだ読みかけだったことを思い出して、ここに来てからほかにどんな本を読んだかなと思えば、覚えがない。なんだかモデル＃9に生活を乱されたためというか、日日の生活に慣れるのに苦労し、それに気をとられてしまって読書の時間がとれなかったのだ。そうに違いない。

読もうと思って積んだ本の山は炬燵に入っていても手の届くところに何本か立っていて、目的の文庫本は手前のいちばん上にある。

なにも考える必要はない、手を伸ばせば取ることができて、すっと本の中に入っていける。

時間を忘れて読みふけっていて、ふと気がつけば手元が暗くなっている。活字が見にくい。

天井からぶら下がっているおそろしく旧式の蛍光ランプを点けようと炬燵から出て

立ち上がり、それがないことに林蔵は戸惑った。引っ張って点けたり消したりする蛍光灯の紐がない。

室内を見回すと、薄暗いが様子はよくわかる。自分が生活している場だ。目をつぶっていても何がどこにあるかの、おおよその見当は付く。ぜんぜん変わったところはない。電気を点けるにはリモコンだ。炬燵板の上にあるはずだと思って視線を落とした林蔵は、飛び上がるほど、驚いた。

炬燵の向かいに、だれかいる。

まったりとした様子で炬燵に入り、なにか食べている。

「わ、だれだ」

腰が抜けたのか、立っていられず林蔵はへなへなと座り込み、薄暗いが炬燵板の上に見えている照明リモコンを取って、天井灯を点ける。まぶしい。

点ける前から、誰なのかはわかった。

「どうしたんだ、林蔵くん」

イノウ動物病院の院長、林蔵の数少ない友人の、伊能忠則《ただのり》がそう言った。

「いつからいるんだ」

「ついさっき来たばかりだ」

「びっくりさせるなよ。声をかけてくれればいいのに」

「縁側から呼びかけたんだけど返事がないので勝手に上がったけど、いつものことじゃないか。読書に熱中しているので邪魔をしちゃ悪いかなと思ったんだ」

「いつものことって、めったにうちには来ないくせに。どうやって来た。クルマか」

「いや、運動がてら、歩いてきた」

「こんなところまで、歩いてきたって？　年中無休の病院はいいのか」

「若い連中にまかしてきた。わたしも、ほら、息抜きが必要だし。でも、なんだ？　こんなところまでって、いつも歩いてきてるじゃないか」

「初めてだろ、ここ。クルマなら乗せて帰ってもらいたいなと思ったんだが……」

林蔵は部屋をもう一度、見回す。自分の部屋だ。松本の。太田林家の離れの。

「だいじょうぶか、林蔵くん？」

「いや、だいじょうぶじゃなさそうだ」

「見当識がないのか。ここがどこだかわかるか」

「わかる」

「自分はだれか、は」

「わかる」

「じゃあ、問題ない」

「なにしに来た」

「ああ、そうそう」忠則はそう言って、脇の包みを差し出した。「パンサのお父さんが、お裾分けと言って持ってきた」

「林檎、シナノスイートだ」

「いや、市田《いちだ》柿《がき》の干し柿」

「干し柿か。そうか」

「おまえさん、甘いの好きだろ。柿はあらゆる果実の中で最高に甘いとされている」

「そうなのか」

「どうした。様子が変だな。まだ本の中にいるんじゃないのか。なにを読んでいたんだ」

「幸田露伴の怪談を集めたやつ」

「それだな」

そうかもしれないと思いかけたが、林蔵は首を横に振る。

「ちがう。ぜんぜん関係ない。モデル#9のせいだ。怪奇とは真逆だよ。理屈っぽいことこの上なく、しかも生意気で、幸田露伴の男女の情けっぽい世界とはまったく無縁の世界の、あれはたぶん夢だ。胡蝶《こちょう》の夢みたいだな。そう思えば、怪談ぽいかもしれない」

「ほんとにだいじょうぶか。支離滅裂だぞ」

「お茶を淹れる。時間はあるか？」

「ああ。娘の将来のことで家内とちょっとやりあってね。娘は娘で自分のことに親が干渉するなと怒るし、もう大変だ」

「それはきついだろうな」

「すまん。林蔵くんには迷惑かと思ったんだが、気分転換に来た。頭が冷えるまでたっぷり時間はある」

そういう生生しい日常から逃れるために来たというのなら好都合だ、こちらの話は気分転換になること間違いなしだろう。

「野依さんが出てきたんだ」

電気ケトルを取り上げて、林蔵。

「野依さんって、あの、お隣だった？」

「そうだよ。あれは絶対夢じゃなかった。待っててくれ、水を汲んでくる。干し柿、全部食べるなよ、残しておいてくれ」

「こんなにたくさん一人で食べられるか、おまえさんじゃあるまいし。それより、野依さんが出てきたって、どういうことなんだ」

という忠則の声をあとにして、林蔵は、トイレの前の洗面台ではなく母屋に水汲みに行く。

9

だいぶ前に洋風にリフォームしたダイニングキッチンで、母親は煮物かなにかを作っていて、父親は夕刊を読んでいた。

入ってきた林蔵を見て、父親が、教祖になる決心は付いたのか、と言った。回れ右して戻りたくなった。三厓教の話は夢ではなかったのだ。しかも、いまという時間は、まだ引っ越す前らしい。いずれ行くことになるのだろう。またモデル＃9に悩まされることになるのだろうかといやな予感がよぎったが、おそらくそうはならないだろうという確信がある。あれはもう過ぎたことなのだ。

いずれにしても、あの施設には行ってみなくてはなるまい。自活するには軽トラの運転の練習も必要だろう。モデル＃9に煩わされないなら何でもできる気がする。

「まあね」と父親に答える。「ためしに行ってみてもいいかなと思っている」

「行くのかい」と母親が寂《さび》しそうに、流しから振り返って言った。「体に気をつけるんだよ」

「いや、まだだから」と林蔵はあわてて言って、それから、訊いてみた。「三厓教の教義って、母さん知ってる？」

質問の意味を母はわかってくれるだろうかと林蔵はちょっと不安だったが、母親はまっとうに答えてくれた。

「ああ、それは降りてくるものだとか。だれにも降りてこなかったので寂れたんだよ。そんなのはどうでもいいから、学習塾でもおやり。伊能先生の娘さんたちにもおまえ、好評だったじゃないか」

学習塾が向いているとか、どこかで聞いたようなと思いつつ、うんと母親にうなずいて、水を電気ケトルに汲み、離れの自分の部屋に戻る。母親の背中はずいぶん小さく、すこし曲がっていたなと林蔵は切ない気分になった。自分が心配をかけてきたせいだ、と。

忠則は干し柿を三つも平らげていた。炬燵板に広げたティッシュの上に、柿の蔕《へた》だけが三つ並んでいるのでわかる。

それを凝視している林蔵に気づいて、まだたくさんあるから、と忠則は言う。

「いや」と林蔵。「林檎の次は柿か、と思ってな。さきほど林檎を食べたばかりなんだ」

「そうだったのか。九星の揚げたてかりんとうにでもすればよかったか」

「そうじゃなくて、さきほど食べたその林檎、あれもパンサの飼い主が持ってきてくれたものなんだが、彼の名前、なんだったっけなと。ずっと思い出せなくて、ということを思い出して――」

「ミウラくんだよ」

「それは、彼が使っていたトースターの名前だ」

「三浦《みうら》くんだってば。だいじょうぶか、ほんとに」

「自分の名前をトースターにつけてたということか」

「だろうな」

「どうも、ちがうような気がするんだが」

「夢に野依さんが出たって、そのせいじゃないのか。夢からまだ覚めていないんだろう。現実感に乏しい。よく知っている名前を聞かされてもピンとこないんだよ」

「そうなのかな」

「本を読みながら寝ていたんだろう、おまえさんらしいよ」

電気ケトルで湯はすぐに沸き上がる。母屋の親からもらった中国茶を淹れる。黒茶というやつ。干し柿に合いそうだが、うまく淹れる自信はない。とにかく熱い湯を使えと親からは言われていた。なんとか二つの茶碗に淹れ、忠則の差し入れの干し柿を手にとって、林蔵は話し出す。親が神さまを買った、というところからだ。

忠則は最初から目を丸くして林蔵の話を聞いていた。

何度も口を挟みそうになる忠則を制して、ようやく知能家電管理士さんがナンバくんことモデル#9を引き取り、庵を去っていったところまで話し終えた。

「なにか質問は」と林蔵。「言いたいことが山ほどあって、なにから訊いていいのかわからないだろうとは思うが、なんでも言っていいぞ」

「いやはや」と忠則は干し柿をほとんど無意識にだろう、追加で四個ほど食べているが、新たに一つを手にしてそれに目をやり、戻して、言った。「すごいリアルな夢だったんだな」

「夢のようなリアル、だと思う」

どうせ信じてはもらえないだろうと思いつつ林蔵が言うと、意外なことに忠則は、そうかもな、と言った。

「あいつのせいだ」と忠則。「夢のような現実ってやつ」

「あいつって？」

「ジャカロップ」と一言。

林蔵は虚を衝《つ》かれた思いで、ああ、と声を上げていた。ジャカロップか。あれが関係しているなら、理解はできないが、納得はできる。時間は関係ない、というようなことを、あの角の生えた兎《うさぎ》は言っていたではないか。なぜ気がつかなかったのだろう。

「姿は見えなかったが」と林蔵はうなずいた。「そうだ、あいつのせいだ」

「死んだはずの野依さんが、そのロボットの口を借りて林蔵くんに感謝の意を伝えたのもジャカロップの力だろう」

「きみには負けたよ」と林蔵は、忠則が来てくれてよかったと思う。「きみの言うとおりだ。野依さんの自殺の真の原因がわかったのは、あの燭台の見せてくれたリアルのおかげなんだ。ぼくに降霊の霊力があるわけじゃない。なにが教祖だよ、馬鹿げてる」

「フォマルハウトの三つの燭台か。いまだに夢のようだが、ジャカロップのあの角はどう引っ張ってみても作りものじゃなかったし、ロボットでもなかった。新種の生き物だ。あれが夢なら、ジャカロップという生き物には人間に幻想を見せる能力があるんだ」

「どうしても新種の生き物にしたいんだな」

「林蔵くんはどうなんだ。どう解釈しているんだ？　人は理解できないことに遭遇すると、なんとしてでも合理的な解釈に封じ込めようとするものだよ」

「あれは夢ではなかった。きみもそこは疑わないだろう」

「わたしも見たからな。いるはずのない被告人の存在を見せられた。裁判官や裁判員全員がいると思っていた、非在のキャラが、自ら自分はこの世に存在しない、と言った」

「ぼくには死んだ野依さんに見えた。この世にいないということでは死者も非在のキャラだ。ぼくらはそれを見せられた」

「その力の源は、あれだ、あの燭台、フォマルハウトの三つの燭台。ジャカロップは燭台の眷属《けんぞく》だ、そう言っていた。林蔵くんの今回の体験も、ジャカロップが関係しているに違いない。ほかに解釈のしようがないだろう。ならばその解釈は正しい」

「持つべきものは良き友垣《ともがき》だ」と林蔵。「すっきりした」

「そのロボット、モデル＃9だったか、それはジャカロップが化けていたんじゃないのか」

「いや、どうかな。可能性はある、たしかに。だとすると、どうして出てきたんだろう。ぼくから給料をもらうためじゃないだろう」

それはたぶん、と忠則は言った。

「ジャカロップが林蔵くんの仕事に興味があるからだろう。付き添っていたいわけがあるんだ」

「仕事って——三厓教の教祖か。いや、あれは親が見つけてきた仕事で、ジャカロップは関係ないだろう。だいたい三厓教は日本の新興宗教だ。フォマルハウトのあれは、イスラム成立前のアラビアの遺物らしい。本物だとすればだが。まったく三厓教とは関係ない」

「ジャカロップに訊いてみるしかないな。呼び出せないのか、林蔵くん」

「なんだか、先ほどと同じようなことを言われてる。ぼくは教祖じゃないって」

「フム」

忠則は黒茶を飲みながらなにかを考えている様子だった。林蔵は邪魔をせずに、自分も茶を飲みながら待つ。

本でも読みながら待つかと思い始めるくらいの時間が過ぎて、忠則が口を開いた。

「あれはいまどこにあるんだ、林蔵くん」

「あれって。そうか、あれか」

「燭台だ。どこに仕舞った、あの二本」

「元のところに戻しておいた。お隣の天井裏だ」

「林蔵くん」と忠則は本気で憤っている。「なんてことしているんだ。なにをしているのかわかっているのか？」

「あれはぼくのじゃないし。できれば資源ゴミの日に出したかったけど、自分のじゃないのを捨てて誰かに文句を言われるのもなんだし」

「そういうのを、なんて言うか知っているか」

「さわらぬ神に祟《たた》りなし」

「もう祟られているぞ、おまえさん。今回の林蔵くんの夢のようなリアルな体験は、きっとあの二本を粗末に扱ったせいだ」

「いやなことを言うなよ」と林蔵。「不合理な解釈をしていると思うぞ、忠則」

調べてみようと忠則が腰を上げるので、林蔵も付き合う。縁側の板戸を抜けて隣の部屋に入り、押し入れの天井裏を調べてみる。夏だったあのときの暑さが恋しいほど、ひんやりしている。

「兎、いるか」と下から忠則が声をかけてくる。「角の生えているやつ」

「いや」

いない。なにもいないし、なにもなかった。

「ない。なくなってる」

「どこへやったんだ」

「ぼくじゃない。ジャカロップだろう」

「ひとのせいにするのはよくないぞ」

「いや、ほんとに知らない。ここに戻したんだ、間違いない」

「じゃあ、盗まれたんだな」

「だれに」

「それこそ、わたしにわかるはずもないが」そう言って、だが、と続けた。「林蔵くんの話からすると、一人、容疑者がいる」

「だれだ」

「モデル＃9」

林蔵は天井裏から頭を引っ込める動作を一瞬止めて、また忠則にやられた、と思う。

「忠則」

「なんだ」

「頼みがある」

いや、もう十分気分転換になったから、と及び腰になる忠則を、毒を食らわば皿まで食わないと死ぬぞと脅し、林蔵は家の軽トラを忠則に運転する気にさせることに成功した。

「三郷の大倉って」と夜道を走らせながら忠則が言った。「見晴らしのいい展望台があるよね」

「そうなのか」

「行かなかったのか。林蔵くんのナビゲート情報だと、目的地はそこへ上がる山道の途中だ」

「上には行かなかったんだ。境内に入る道の両側に道祖神がある。それが目印だ」

「さて、ほんとにあるかな」

夜道は渋滞もなく、一時間はかからない。

軽トラがエンジンをぶん回して坂道を上がっていくと、道祖神はあった。その先に、夜の林を背景に、暗く黒黒とお堂の姿が浮かび上がる。軽トラのヘッドライトに照らされると重みは失せて、朽ちかけた建物が素顔をさらした。

「ここだ」と林蔵。「さきほど夕方まで、ここにいた」

「じゃあ、帰ろう」

「なにを言っているんだ、忠則」

「夢じゃなかったことがわかればいいだろう」

「わかった、暗いのが怖いんだろう」

「クマとかオオカミとか、いつ襲ってくるかわからん」

それは考えたことなかったな、と林蔵。

「ニホンオオカミは絶滅したんだろう、獣医がいい加減なことを言ってると免許取り上げられるぞ」

「オオカミというのはたとえだ。野生動物はとても危ない」

「わかったよ、周囲に気をつけてくれ」

忠則に軽トラのヘッドライトを向けるよう頼んで、お堂の雨戸を外しにかかる。何度もやっているので手慣れたものだ。

一枚外せば十分だ。忠則が懐中電灯を手に濡れ縁に上がってきて、中を照らし出す。

「なにをするんだ？」と忠則。

本などの荷物はない。だが、奥に乱雑に積み重ねられたガラクタの山は、そのままだった。

林蔵は無言でそれを崩しにかかる。たしか灯明をあげる燭台のような物が束ねて置かれていたはず。

見つける。木製の棒の束だ。一本一本取り上げていくと、とても重いものがある。手に触れるそれは冷たい。

「なんでこんなものが、ここにあるんだ？」

これはフォマルハウトの燭台ではないか。

予想したとはいえ、なぜこれがここにあるのか、林蔵にはわからない。

手探りで、もう一本を捜す。だが、よく見えない。

「忠則、明かりを頼む」

と、振り返ったそこには夜の闇しかなかった。忠則はいなかった。濡れ縁に出てみると、軽トラはあったが向きを変えていて、しかも、走ってきたような気配がない。

近づいて排気管に手を触れてみる。金属特有の冷たさだ。

重い燭台を持ったまま堂内に戻ってみると、自分の本などの荷物があるのが暗闇でもわかった。

——さあて。

林蔵は深呼吸する。いったいなにがどうなっているのか。

お堂の床に、重い青銅製の燭台を置く。

ここにあるのはおそらく、これ一本だろう。この燭台は捜していた二本ではなく、新たな一本に違いない。

これは、自分がここに引っ越してきたときからずっと発見されるのを待っていたのだ、と林蔵は思う。つまりこの燭台は、この自分のために用意されたものだ、と。

いったい誰が、なんのために？

こいつに訊いてみなくてはなるまい。これはまさに、そのために、ここにあるのだ。火を灯してみれば、わかる。まずは蠟燭だ、それを探さなくてはならないが、でも、と林蔵は思う、火を灯さなくても、なんとなくわかる気がする。

——三つの燭台を管理すること、それが三匡教の教義だ。

降りてきた、と林蔵は悟る。これが、母親の血筋の役割なのだ。

10

堂内には木製の燭台がたくさんあるというのに肝心の蠟燭は一本もなかった。疲れと寒さに耐えかねた林蔵は庵に戻って炬燵に潜り込み、そのまま意識を失うように眠り込んだ。

明るくなってからあらためて探してみたが、見つけることができなかった。濡れ縁の下や床下ものぞいてみたが、だめだった。

宗教施設には蠟燭は欠かせないだろう。明かり取りだけでなく雰囲気作りにも灯明は役に立つ。燭台とセットでストックされていてもよさそうなのに、それがない。使い切ったのか、鼠《ねずみ》に食われたか、でなければ、だれかが持ち去ったのだ。腐るものではないから古くても使えるだろう。しかし今時そんなけちなことをする人間がいるとは思えない。

もし意図的に蠟燭を持ち去ったのだとすると、それは、あの青銅製の燭台に火を灯させたくないと思っている人間の仕業に違いない。いかに霊力を持っている燭台といえども灯すべき蠟燭がなくてはただの骨董品にすぎないのだから。

林蔵は昼寝をしながら考えている。

蠟燭を手に入れるには山を下りなくてはならない。歩いていくのは疲れる。松本の実家に戻るには軽トラを運転するしかないだろう。蠟燭を取りにわざわざ実家まで行くことはないにしても、運転しないことには風呂にも入れないし洗濯もできない。なにしろここには水道がない。そのてん電気はすごい。頼めばすぐに配電してくれる機動力、さすが日本の配電会社だ、頑張ってる。

しかし眠りながら考えられるとは我ながらたいした才能だなどと林蔵は思っている。これは明晰夢《めいせきむ》というやつだろう。どういう展開にも自分の意思でできるという。では松本の実家のあの離れに戻りたいものだが、もうそれは済まして、いまがあるんじゃないのか。昨夜の伊能忠則は、あれは夢じゃないのか？

どういう状況で忠則のいる場に移ったのかと考えて、そうだ、幸田露伴の怪談集を読んでいるときだったと思い出した。

これは起きて、試してみなくてはなるまい。

林蔵は炬燵で寝ている身を起こし、炬燵板に置いてあるその文庫本を手に取った。炬燵に入って読んでいたのでそこにあるのは当然だと思ったが、意識して置いた覚えがない。まあ、そうだろう。読みかけの本の位置をいちいち意識して記憶していることは普通、ない。

ページをめくる。すると紙面の活字がにじんでいる。これは濡れたのだなと思う。

天井を見ると、染みが広がっていて、雨漏りのようだ。そうか、雨にあたったんだとページに目を戻す。紙面は薄墨を流したように汚れていて、まったく読めない。活字が雨で流れるなんておかしい、そもそも閉じていた本のページに雨があたるなんて、へんだろう。これは夢だ。自分は目を覚ましていない。

明晰夢なら、自分の思いどおりになるのではないのか。目を覚まそうという意思は例外か。いやいや、自分は実は目を覚ましたくないのだと林蔵は思う。ずっと炬燵に入っていたいのだ。ぬくぬくと暖かいし。

だれかがくしゃみをする。驚いて目が覚めたが、自分のくしゃみだとわかっている。炬燵の暖かさに汗をかき、炬燵布団から出ている上半身は冷えて、寒い。こうして風邪を引くのだなと、なにやら利口になった気分だ。

そんなことに感心していてどうすると思いつつ、醒《さ》めた目で幸田露伴の文庫を目で捜すが、見当たらなかった。

部屋を見回せば、三厓教の教祖の庵だ。きっとあの幸田露伴はここには来ていないのだと林蔵は思う。ここは寒いだけで色気の一つもない。父親と二人暮らしの処女でもいるなら若き露伴も立ち寄ったかもしれないが。ちなみに明治の頃の処女とは未婚の女性のことを云《い》う。高校の国語の教師がそう言った。話し好きの教師で、ほとんど雑学の時間のような気がしたものだ。それがどういうテキストを元にしての話だったのかはまるで覚えていない。露伴ではないだろうと思うが、そもそもそんな話は、この状況にはそぐわないし、まったく関係がない。いま云うところの露伴というのは人ではなく、文庫本だ。

自分はいまだ本を読んでいる最中なのかもしれないと林蔵は考えてみることにした。没頭していて、現実が見えていないのだ。しかしその本は幸田露伴ではないと思う。

庵の入り口になっている上がり框《かまち》に、そいつを立ててあるのが、そのまま、見えている。置いたときの記憶のままだ。意識してそこに置いたのだった。青銅製の燭台だ。

あれが消えていないことからして、もしここが本の中の世界だとすれば、その本は、フォマルハウトの三つの燭台という物語にちがいない。あそこに一本。他にあと二本あるはず。

これが夢であるはずがない。夢は自分で見るものだが物語は作者によって語られるものだ。宗教という物語においては、信者は神に語られている存在になる。ようするに、と林蔵は思う、現実というのも物語であって、無条件で選択できる未来や自由意志など幻想だろう。

しかし、自分の意思がまったく幻想だ、自分が選択できる物事などなにもない、などとは林蔵は信じていない。確定されている未来を変える方法が一つだけ、ある。別の物語を選択することだ。そこには異なる未来が待っているだろう。そこに行ける自由が、ヒトにはある。それくらいしかないとも言えるだろうが、そんな自由があればそれで十分にちがいない。現実とは、無数の物語の集合体だ。人はだれでも自分が主人公になれる物語を選択して、そこで生きている。いまの自分もまた。

林蔵はくしゃみをもう一つして、脇におちているどてらを取り上げ、袖に手を通した。掛け布団代わりにしていたのに、いつの間にかはねのけてしまっていた。

青銅の燭台はまだそこにある。消えていない。こいつをなんとかしないことにはもとの〈現実〉には戻れない、そういうことだろう。

林蔵はもう、覚悟を決める。どのみち人の一生で、変わらぬ一本の〈現実〉の道を歩むことなどできないだろう。いくつもの選択を経て一生を終えるのだ。〈もと〉の現実などというデフォルトの〈現実〉などというのは〈もともと〉ないだろう。脇道にそれた後に〈もと〉に戻ったとしても、戻ったそこは微妙に変化しているにちがいないのだ。

などと考えているこの内容は、三厓教の教義にできるんじゃないかと林蔵は自画自賛する。なかなかいい考えではないか。これをちょっとひねれば、それらしい教理にできるだろう。しかし、こんな、思いつきのような考えが宗教になるのなら、人はだれでも宗教家になれるだろう。というか、人はそれぞれ自分なりの宗教を生きているはずだ。かならずしも神の存在は必要ない。神の存在を証明することと信仰心とは、関係ない。両者は別の問題だ。

林蔵は炬燵のスイッチを切って、顔を洗うべく立ち上がり、入り口に目をやる。見るからに古い青銅製の燭台はいまだそこにあった。消えていることをちょっと期待したのだが、やはりだめかと思う。覚悟が足りないなと反省する。三厓教の教義云云はもうどうでもいい。教祖の立場になった者は、否応なくあの燭台の面倒を見させられるのだ。そこには自由はない。

表に出て庵の裏に回り、屋根がかかっている下の流しで洗面器に水を汲み、顔を洗った。冷たい。水甕の汲み置きも少なくなっているが、いずれにせよ本格的な冬になれば凍って使えなくなるだろう、こんどポリタンクで水を汲んできたらそれは屋内に置くことにしようと思う。先代の教祖はどうやって冬を越していたのだろうと林蔵は思いをはせて、冬は閉鎖していたにちがいないと思った。風呂がないのは水ごりを風呂の代わりにしていたとも考えられるが、真冬でそれをやったら絶対に死ぬ。すくなくとも自分にはできない。やるなら温泉の打たせ湯だ。それなら毎日やってもいい。兎に角、冬本番が来る前に、なんとかせねば。

朝までかかって堂内を調べたが、蠟燭はないし、残りの二本の青銅製の燭台もなかった。昨夜発見した一本は、先の二本とは別物だろう。なんとなくだが林蔵にはそれがわかった。これは自分用なのだと。

では先の二本はだれのためのものだったかと言えば、朝になって探しくたびれ、仮眠を取るつもりでぐっすり寝てしまったさきほどの昼寝にて寝ながら考えたところでは、一本の燭台はミウラのために、もう一本は野依さんのために用意されたものだろうと思われた。ミウラのための一本は間違いなさそうだが、もう一本のほうは、野依さんというよりモデル#9の正体を見せるため、かもしれない。

いまあるあの燭台が自分用というのはどういうことか。自分の正体がわかるということか。それとも、だれかにこの自分が実は三厓教の教祖だということを知らしめるため、だれかが火を灯すために用意されたということなのか。

そのあたりを考え始めると、林蔵にはわからなくなってくる。

先の二本の燭台をだれが使ったかというと、つまり、だれがその燭台に蠟燭を据えて火を点けたかといえば、一本目はたしかミウラで、二本目は忠則だ。各自、自分が知りたいことを燭台の明かりによって、あきらかに観た、のだ。とすると自分用の燭台は、自分が知りたいことを明らかにする、のだな。さて、自分はなにを見たいのだろう？

自分はなにを知りたいのか。どのような〈隠された真実〉を見たいのか、だ。

思いつかない。いろいろありすぎるのがいけないのだろう、邪念が多すぎるのだ、きっと。

三匡教が、三本のフォマルハウトの燭台を管理してきた。それはもう、疑いもなく、そうだ。それは昨夜ここに忠則とやってきたときに天啓のように浮かんだもので、まさに降りてきたのだと感じた。

もともとアラビアのものなのになぜ本邦にあるのか。まあ、だれでも本邦といえば自分の国のことだから、大昔のイスラム以前の当地、燭台の産地以外の人間にとっては、なんでこの燭台が〈本邦〉にあるのかと不審に思ったことだろうと林蔵は思う。当時の邦《くに》の範囲なんていまの市町村より狭かっただろうから、歩いていくつもの国を渡ることができただろう。いまはといえば、燭台が地球上のどこにあろうと、なんの不思議もない。なにせ自動車に鉄道、機械船も飛行機もある。産業革命は地球を小さくした。いずれ情報技術革命のおかげで月の裏側とか火星の運河で三本の燭台が発見されるにちがいなく、その日は近いだろう。

先のことは兎も角、産業革命といえば英国で、アラビアのロレンスは英国人だ。彼が手に入れた燭台を日本人のだれかが、たとえばバロン・サツマが譲り受けて帰国したとか、もっともらしいそんな説を唱えることはだれにでもできるだろう。特殊な想像力は必要ない。

この青銅製の三つの燭台を同時に灯すと世界が終わる。それはたぶん、とてもまずいことだから、同時に灯さないように管理する必要が生じる。〈世界を終わらせてはならないからこれを管理すべし〉という、これはまさに世界解釈の一つで、宗教そのものに通じるだろう。三匣教ができたのも、そのためだと考えればいいのだ。

これらはわざわざ自分用の燭台を使って見るまでもない、もうわかっていること、だ。では自分が知りたい世界の真実とはなにか。

林蔵は胸に手を当てて考えてみる。

べつに、これといって、ないんだが。邪念すらない。そう感じて、ああなんて自分は欲がないんだと林蔵はがっかりする。このぶんだと一生このまま終わるだろう、そう思って、がっかり感は危機感と焦りに変わる。

知りたいことなどない、などとうそぶいていると、この自由なき世界から永久に抜け出せないだろう。このままでいいのか。いいや、よくない。

自分に教祖のお鉢が回ってきたということは、先代の教祖は無事に抜け出せたのだ。きっとそうだ、そうにちがいない。そう林蔵は思うことにして焦る気を静め、とにかく水だと思った。

腹も減っているが、水が心細いのが気になる。水甕のはいつ凍ってもおかしくない。水汲みが必要だ。

身体的な飢餓と渇きの感覚はとても強力な現実感でもって林蔵の気分を覚醒させた。この世に生まれたからには、ここがこの世ではなくあの世だとか、あるいは物語だろうと夢の中だろうと、生きることを楽しむべきだ。楽しむ場を与えられたのにそれを自ら捨てるなんて、宝くじの当たり券をなくすのにも等しい馬鹿げた行為にちがいない。林蔵はそう思うが、宝くじなるものを一度も買ったことがないので、自分でもこのたとえはどうかと思う。ならば、自分はいま、興味ある珍しい本が読み放題の環境に囲まれた世界に来たのだ、そう思えばやる気が出るというものだろう。そう自分に言い聞かせると、実際、出た。

まずは水汲みだ、元気を出していこう。そのうち知りたいことも思いつくだろう。顔を洗ったついでに歯もまた磨いて、それで空腹感を紛らわせ、もういちど顔を洗う。顔を拭くタオルがもう湿るよりも濡れている。晴れているが林の中なので日当たりのいい場所は境内にはどこにもなくて、木漏れ日がちらちらと落ちている。それが当たる木の枝にタオルを引っかけて、林蔵はポリタンクを背負子にくくりつけ、林の奥の水場に向かう。すぐそこなのだが担ぐほうがらくだった。

獣道のような小道が奥に続いていて突き当たりが小さな崖になっている。水はその上から細い筋になって流れ落ちている。滝というには細いが林蔵一人が暮らしていくには十分な水量だった。落ちた地面はくぼんで水たまりになっている。池にも沼にもならず、水たまりはまた一筋の流れになって、落ち葉に隠れ、そのまま地面に広がってしみこんでいくか、でなければ細い水流となって麓《ふもと》へと下っているのだろう。

ここから樋《とい》を通すなど、ちょっと工夫して細工をすれば水の心配をしなくてよくなると林蔵は思いつつ二つのポリタンクの蓋を開けていると、ふと、なにか視線のようなものを感じた。だれかに見られているような。

顔を上げると、人ではない。鹿だった。

11

正確には鹿の角だ。すぐ近くにも離れているようにも見える、不思議な距離感だった。

灌木《かんぼく》の陰から鹿の角だけが出ている。林の奥、すこし盛り上がった地面で、よく見れば角はその地面に近いところにある。ということは、これは、手に乗るような小さな鹿か。

豆鹿とか、プードゥとか、鹿の仲間で小さいやつは何種類かいるらしい。忠則に教えてもらったことがあるのだが、きみは鹿も診察するのかと訊いたら、実はワインの銘柄でプードゥというのがあって、そのワインの名はエチケットに描かれた動物のことだそうだがこれはいったいなんだろうとネットで調べたんだ、と言った。まあそんなところだろうと林蔵は、獣医というのは鹿の種類にも詳しいのか、さすがだなと感心しなくてよかったと思ったことだった。で、そのプードゥなる鹿は小さいなりに角もあるのだが、小さい鹿はべつにもいて、ネズミジカとかマメジカとか、『マメジカは豆の鹿ね、これらには角はないんだ』、そう忠則が言ったのを林蔵はいま思い出した。それも検索による知識だろう、感心しなくてもいい。

いま見えているあの角の持ち主は、豆鹿ではないわけだな。でもプードゥでもないだろう。そんな珍しい鹿がこんなところにいるはずがない。

「おい」と林蔵は呼ぶ。「下手な隠れ方をしていると鹿に間違われて撃たれるぞ。角が見えてる」

「わたしは鹿ではありません」

「やっぱりジャカロップ、おまえだったか」

「わかりました？」

「わかるよ、そりゃあ。鹿にしては小さいからな」

角を生やした野ウサギが茂みからぴょんと出てきた。ジャカロップ、兎角だ。フォマルハウトの三つの燭台の、眷属。

「これでどうです」とそいつは言った。「鹿に間違われることはないです」

「腹を空かしたマタギに野ウサギに間違えられて」と林蔵。「やっぱり、撃たれる」

角の生えた兎が出現するのは凶事が起きる前兆だとか。古代中国の伝説らしいが、その頃の中国にはフォマルハウトの燭台があったということかもしれない。シルクロードを運ばれたのだろう。

「ぼくもモデル＃9の勧めに従って、猟銃免許を取っておくべきだったかな。たまには肉を食べたいんだが」

「林蔵さんは、猟銃免許を取らずに生まれて死にますよ」

ぴょんぴょんとはねて近づいてくるジャカロップを無視して林蔵はポリタンクに水を入れる作業に取りかかる。ジャカロップは、こちらの一生を見通しているようだと林蔵は思う。生涯を通じて猟銃免許を取ることはない、兎角はそう言ったのだ。

「なのでわたしは林蔵さんに撃たれた心配はありません」

しゃべりの時制が目茶苦茶なのは、この兎角にとって時間というものが無意味だからだ。ようするに、人にとってあたりまえの、過去や未来という概念がよくわかっていないためだ。林蔵はもう、慣れた。

「モデル＃9は」と兎角は林蔵の足下まで来て、言った。「この先も敵でしたよ」

「え？」と林蔵。とっさには意味を取りかねた。〈この先も〜でした〉という時制の齟齬《そご》に、ではない。ジャカロップはようするに、〈昔もいまも〜です〉と言っているのだ。それはわかる。わからないのは、「〈てき〉って、機械的な、の〈的〉とかじゃなく、エネミーの〈敵〉？」ということ。まあ、そうなのだろう、そうにちがいないが、あのモデル＃９は敵だとジャカロップが言うのは意外だったし、どういう種類の敵なのか、それもわからない。

「敵は敵、討伐すべき相手のことです」

「だれにとっての？　おまえさんの敵というのなら、ぼくには関係ない」

「いいんですか、そんなこと言って」

「どういう意味だよ」

その兎角は後ろ肢で立ち、胴を伸ばして林蔵の膝上あたりに前肢をそろえて当てて、「林蔵さんにとっての敵に決まってます。林蔵さんはわたしと三つの燭台の守り人でしょう。守り人にとって燭台を盗んだ者は、敵です」と言う。「モデル＃９は燭台を盗みました」

「そうなの？」

「そうです」

角さえなければ、可憐《かれん》な野ウサギだ。こちらを見上げる黒いつぶらな瞳、長い耳にぷっくりとした口元。自分には撃てない、たとえマタギになっていても。というか、マタギにはなれそうにない。なれないことはこの兎角により決定されている。兎に角、ジャカロップを敵視することは自分にはできない。この兎角は、かわいい。言ってることはかわいくないが、たぶん、真実を語っているにちがいない。

「いつのまに？」

野依さんの部屋の天井裏に二台の燭台を見つけ、また元に戻しておいた林蔵だったが、いつのまにあれを持っていかれたのだろう。いや、そもそも、あの天井裏にだれが二台の燭台を置いたのか。それもモデル#9だろうか。でも、どうして二台なんだろう。一台は家電管理士さんがもらってきたもので、押し入れを焦がしたあと、どこかに消えてしまったのだった。その消えた一台もモデル#9が隠していたのかしらん。

その疑問に、林蔵のその思念を読み取ったにちがいない兎角が、答えた。

「燭台が自ら林蔵さんのところに集まってくるんです」

「そうなのか」

「そうなんです」

「なんだかぼくは、燭台を呼び寄せる餌みたいだな」

「だいじょうぶです、林蔵さんが燭台に食べられる心配はありません」

「ありがとう、心配してくれて」

「集まってきた燭台を大事に管理しないと、心配した事態になるかもしれません」

「それはいやだな」

「燭台をだれにも見つからないように隠しておくのも守り人の役割です。林蔵さんはここまでよくやってきています」

「ここまで、って」と林蔵。「おまえには未来が見えるんだから、これからもだいじょうぶだよな？」

「それは、別の話です」

「そうなの？」

「そうなんです」

「なんだか都合よく言いくるめられている気がしないでもないが、ここまではうまくやっている、か。ぜんぜん意識してなかったな。野依さんが入居する前にあの天井裏に二台の燭台を隠しておいたのはぼくということか」

「林蔵さんが管理者ですから、とうぜんです」

「なるほど」

忠則が二台を使ったあと、もとあった天井裏にそれを戻したのは記憶がある。その後、触れていない。資源ゴミの日に出さなくてよかったなと林蔵は本気で思った。そんなことをしていたら、罰が当たって、いまの状況より大変なことになっていたにちがいない。しかし、いま、なにが起きているのか、よくわからない。いまもけっこう大変な状態なのではなかろうか。

「で、あれを持ってったのがモデル＃9なわけね」

「そうです」

「なんのために？」

なんだか、いやな予感がする。ジャカロップの答えを聞きたくない。いまの質問は取り消すと言おうとしたが、遅かった。

「それは」とジャカロップ、不吉の前兆の象徴である兎角が、言った。「世界を終わらせるためでしょう。三台の燭台を同時に使えば世界は終わります」

予感どおりの答えだった。が、実際に言われてみるとインパクトがある。

「終わるの？」

「終わります」

「ほんとに？」

「ほんとうです」

「モデル＃9は、自爆テロをやるつもりなのか」

「ちがうと思いますが」

「だって、世界が終わるんだろ？　自分も終わるじゃないか。なんでそんなことをするんだか、理解できないな」

「終わるのは、人の世です。モデル＃9は人ではありません。世界が終わっても、モデル＃9の終わりではありません」

「うそだろ？」

「うそではありません」

「もしかして、これは大変な事態ではないのか？」

「林蔵さんをはじめとして、人の皆さんは、大変だと思います」

「おまえさんはだいじょうぶなの？」

「だいじょうぶです」

「人じゃないからな」と林蔵。

「そのような理由ではなく」と兎角は言う。「わたしが終わらせるのですから、わたしは終わりません」

林蔵は思わずのけぞった。この兎角という生き物に見える〈なにか〉は、〈世界〉の外部に存在するということだろう。本来は感知することすらできない、コミュニケーションも不可能な、理解不能の存在にちがいない。燭台の霊力が兎角をこの世界に実体化させているのだと考えれば、なんとなく納得がいく。

「なら、おまえさんの力でもって、終わらせるのをやめさせろよ。簡単じゃないか」

「それは」林蔵の脚から前肢を離すことなく兎角は平然と言う。「できません」

「どうして。おまえさんは燭台の眷属なんだろ？」

「だからこそ、できません」

「そういうことか」と林蔵。「世界を終わらせるのがおまえさんのアイデンティティになっている、というわけだな。だれかが三つの燭台に蠟燭を立てて火を点けたら、おまえさんが世界を終わらせるわけだ、無条件に」

「そうです。そのとおりです」

「世界を終わらせた経験はあるのか？」

「気になりますか？」

「もちろんだ。経験がないなら、失敗する可能性もある。だれだって初めての時は緊張するし――」

「三度ほど、あります。どれも手際に問題はないです」

「ないです、か。なかったです、ではないんだな。三度のうちには、今度やるかもしれない三度目も入るわけだ。時間に意味はない、というのだからな。フム。愚問だった。じゃあ、こういうのはどうだ、三度の中には、人の世界、というのもあるのかな？」

「もちろんです」

「じゃあ、この世界はどうしたって終わるんだ。おまえさんにとってはすでに経験したことなんだから」

「人の世界というのも無数にあるんです」と兎角が言う。「あぶくのようなものです。わたしはそれをつついて破裂させます。すごく、楽しいです」

「ウーム」と林蔵。「不安は解消されないな。というか、ものすごく不安になった。兎にも角にも、自分でなんとか阻止するしかないってことか」

「そのとおりです」

「その手というか、前肢、離してくれないかな」

「やる気になりましたね」

「水を汲み終えたので、持って帰るんだ」

「盗まれた燭台を取り返さなくていいんですか」

「寒くてかなわないよ。ここでおまえさんの相手をしていると、世界が終わる前にぼくが終わってしまう。どうするかは、炬燵に入って考えることにする」

ポリタンクを二つくくりつけた背負子を、よいしょと声を出して背負い、庵の流しまで戻る。百メートルもないが、けっこうきつい。

小道が舗装されていれば手押し台車でらくに運べるのにと思いつつ、いつものように水甕に注ぎはじめてから、しまった、水はポリタンクに入れたまま屋内に置いておくことに決めたのだったと気づいたが、面倒なのでそのまま水甕を満たした。まだ凍らないだろう、もし凍るにしてもうっすらと表面に氷が張るくらいだろうから問題ない。厳寒期になれば水甕全体が凍るだろうから下手すれば割れる。しかしいまだ割れてないことからして、そんな心配は無用か、あるいは、ここで越冬した人間はいないのか、はたまた、越冬するなら甕の水抜きが必要で、そうした人間がいたのか、早い話、なにもわからない。

それもこれも、みんな自分で確かめるしかないだろう、そう思いながら林蔵は屋外の水置き場兼洗面所から庵内に戻って、電気ケトルにまだ水が入っているのを見てからスイッチを入れ、炬燵に入る。兎角の姿はない。ついてこなかったんだと思い、手が冷たいので温めようと炬燵に入れたら、硬い枝のようなものに触れた。

反射的に摑むと、ぐいとそれが押し出される。引っ張ろうとしていたので林蔵は後ろに倒れた。摑んだ手は離さなかったので炬燵からそれが引き出される。もちろん、兎角、ジャカロップだ。

「おい、なんだよ」と林蔵はむっとして、床に手をついて身体を起こし、炬燵に入り直す。「なんでここにいるんだ?」

「どうして怒るんです?」

兎角は炬燵の上に移っている。

「神出鬼没ってやつが、ぼくはきらいなんだ。いきなり、予想もしていないところにいるんじゃないぞ、びっくりするし、うんざりするし、面白くない」

「林蔵さんにとってわたしは、どこにでも、いつでも、いるんですけどね。驚くようなことではないですよ」

「それこそが驚きじゃないか。どこにでもいるって、遍在してるってことか。ユビキタスだな。どこからでもアクセスできる、と。まあ、便利なことよ、そう思えばいいか。それで?」

「それで、なんでしょう」

「なんでぼくのところに出てくるわけ?」

「ですから、いつもいるわけですから出てくるわけではありません」

「じゃあ、こう訊けばいいのか、どうしてぼくと話をするんだ?」

「それはもう、守り人にちゃんとしてもらわないと、わたしが危ないですから」

「危ないって、死んじゃうってことか」

「わたしは生きているわけではないので、死ぬこともありません。危ないのは、わたしという意味がなくなることです」

「おまえさん、いまいるんだから、過去にも未来にもいるわけだろう。意味もそのままずっとあり続けているんじゃないのか。ぼくをたぶらかそうとしているよな?」

「わたしの危なさと、人の言うところの時間とは無関係です」

「そうなのか、なるほど。ぼくがこの世を救ったかどうか、おまえさんにはわかっているること、だろう、そう思ったけど、わからないんだな。それが、危ないこと、だ。そうだな？」

「林蔵さん」

「なんだよ」

「ご自分で言っている内容の意味が林蔵さん自身、理解できていません」

「そんなことが、どうしておまえさんにわかるんだよ」

「理解できていれば、のんびり炬燵に入っていられるはずがないですから」

「なにが危ないのか、はっきり言ってほしいな」

「わたしの意味がなくなれば、それはもう、なにもしなくても、世界がなくなります。人の世界もモデル＃9の世界も、その他の世界も、です」

「でも、まだなくなってないから、だいじょうぶだ」

「まだ消えていないのは、あなたにとってはとうぜんです。なにを言ってるのか、林蔵さん自身、わかっていないでしょう」

「いや、おまえさんが消えてないってことだよ。まだおまえさんがいるから世界は消えてない、だからだいじょうぶだ」

「林蔵さん」

「なに」

「わたしと三つの燭台の関係が切れてしまうこと、それが、危ないこと、なんです。わたしと燭台の関係を取り持っているのが、あなたなんです。それが、守り人の役割であり、意味です。林蔵さんが怠けていると、それだけで、人の世界を含む、無数の世界があぶくのように消えていくんです。わたしがつつかなくても、です。いっぱい、消えてます。それは林蔵さんの脳内の細胞がいまも数万単位で死滅していってるようにです。それは林蔵さんの世界の消滅過程に他なりません。わたしにとってそれは、わたしの意味がすり減っていくことと同義です」

「時間は無意味なのに？」

「そうです」

「おまえさんの言っている前提と、論理展開が、合ってないと思うな。意味がわからないよ」

「働きたくないので、働かないためならなんでもする、そうでしょう、林蔵さん」

「わかったか」

「わかります」

「いや、おまえさんはわかってない」と林蔵。「ぼくは、きみに、お願いされたいわけだよ。お願いだから、危ないわたしを助けてくださいって。そしたら、炬燵から出てもいいかな」

「林蔵さん」

「お願いする気になった？」

「蠟燭に火を点けてみますか？」

「それがね、そうしたくても蠟燭がないんだよ」

と、林蔵は目を疑う。ジャカロップが炬燵板の上からひょいと飛び降りると、いままでいたそこに大きな蠟燭が立っている。火はついていない。

「おお、これは立派な蠟燭だね。和蠟燭だ。百目蠟燭ってやつかな。百匁《もんめ》のことだろう。一匁って、何グラムだっけ」

手に取ってみるとずしりと重い。入り口に目をやれば、青銅製の燭台はまだそこにある。兎角がそこに跳ねていき、こちらを向いて、招き猫のように前肢を動かした。

「こっちです」

「わかってるよ」

「蠟燭を灯せば、林蔵さんにとっての真実が見えます。なにを見たいですか？」

さて、自分はなにを見たいのだったろう。思いつかないのだった。はて。この兎角、ジャカロップの真の姿とか？　胴体に百の目のある翼を持った怪物だろうか。いや、そんなのを見たところでどうなるものでもない。

「うーん」

と林蔵。なにを知りたいかな。なにか、知りたい、確かめたいことがあったような気もするが、なんだっけ。

「そうそう、ミウラを使っていた管理士さん、パンサの飼い主の彼、彼の名前って、三浦だったっけ、どうもそうじゃなかった気がするんだが――」

「それを灯せば、世界は終わります」と兎角が言った。「わたしが終わらせますので。さっさとやれて、面倒がなくていいです」

「面倒がないって、どういうことだよ」林蔵は炬燵から出ずに言う。「だって、三本の燭台に同時に灯すと、なんだろう。一本では――そうか、モデル#9はすでに二本に灯して、ぼくが灯すのを待っているわけか」

「そうです。モデル#9は、林蔵さんが灯さないのなら、この燭台もほしがるでしょう」

「もしかして、ここにあったかもしれない蠟燭を隠したのは、おまえさんか」

「隠したわけではありません、林蔵さんが見つけられなかっただけです」

「うーむ」と林蔵はうなる。「おまえさんの言っていることは、どうも眉唾だよな。ジャカロップ、ほんとうに、ほんとうのことを言っているか？」

「もちろんです」と兎角は強くうなずいた。「うそは言ってません」

「つまり」と林蔵はすかさず突っ込む。「まだ言っていない、ほんとうのことがあるんだな」

「ほんとうのことはいっぱいありすぎて、林蔵さんが生きているうちには語りきれないと思います」

「そういう意味合いではなくてだね、おまえさんの思惑はなんなんだ、ってことを訊きたいわけだよ。おまえさん真の目的はなんだよ」

「それも言ったと思いますが」

「もう一度、頼む」

「わたしは、世界という〈あぶく〉をつぶして楽しみたいんです」

「楽しむって、なんだよそれ」

林蔵は、あっけにとられて、しばらく声が出ない。

そういえば、そう言っていた、かもしれない。しかし、言っていないような気もする。が、それはどうでもいい。

「おまえさんは、だから、ぼくに助けてくれとはお願いしないわけだな。世界を終わらせるのがおまえさんの楽しみ、趣味ってことか」

「お願いはしてますよ。怠けないでください、って。林蔵さん、これは、お願いです」

「なるほど」林蔵はうなずく。「それなら、なんとなくだが、わかる。わかった。そういうことなら、ぼくも付き合う。一緒に楽しもう」

「世界を終わらせてもいいんですか?」

「いいよ」と林蔵。「形あるものはいずれ壊れる」

ジャカロップは驚くかと思いきや、さらりと、「わかりました」と言う。「では、さっそくやりましょう」

「ちょっとまった、タイムだ、タイム」と林蔵はあわてて制止してから、訊く。「世界が終わってしまったら、ぼくは楽しめなくなる、わけではないんだよな? ぼくはおまえさんと一緒に楽しもうと言ったんだが、意味はわかってるよね?」

「まずは林蔵さんは」とジャカロップは、林蔵の不安はそのままに、燭台に向かって前肢を伸ばして言った。「火を灯してください」

よく見れば、その兎角は両前肢で太い蠟燭を捧《ささ》げるように持っている。炬燵板の上にはもう蠟燭はない。いつのまに取っていったんだろう。いや、兎角はユビキタスだからいいのだと林蔵は自分を納得させる。

ケトルの湯が沸いてしゅんしゅんと音を立てていたが、林蔵は炬燵から出てそのスイッチを切り、入り口に置いたその燭台に向かう。兎角は近づいてくる林蔵に蠟燭を差し出す。

受け取って、立てる。

「さて、ライターがないんだが」

「わたしが点けてあげましょう」

「いや、それは――」

と、断ろうとするよりも早く、百目蠟燭に火が点いた。

心の準備もなにもない。だいたい、自分で点けなくてもいいのかと思うし、世界の終わりを見るというか、自分にとっての世界の真実を見るという、覚悟もしてないのに、世界の終わりが始まったようだ。

「で、なにがわかるんだ？」

「パンサの飼い主さんの正体です」

「なに？」

「林蔵さん、それが知りたいと願っているではありませんか。願いがはっきりしていれば、だれが火を点けても同じです。だからわたしが火を点けてあげましょう」

「あげましょうって……それはないよ」

火はもう点いてる。いまさら消しても無駄だろう。

この三つ目の燭台の灯火を使って自分が知りたい世界の真実が、あの知能家電管理士さんの苗字とはな。もっと深遠な世界の真相というものを見るべきだろうに、なんてことだ、こんなささやかな疑問のために世界を終わらせることになったのか。いや、これは自分のせいじゃない、そう思いたい。だが自分のせいだ。本人がいちばん自覚している。

これではまるで昔話の三つの願いの結末ではないか。林蔵は自分が情けなくなる。

12

嘆いている場合ではない。気を取り直し林蔵はケータイを捜す。

炬燵の上だった。朝もそれを使って忠則にかけようとしたのだが、アンテナマークが点いてなくて繋がらなかった。燭台のもとを離れてそれを取りに行く。見たところ狭い庵の室内に異変はない。まだ世界の終わりにはなっていないようだ。が、油断はならない。なんとアンテナマークが三本とも立っている。これは、怪しい。どうやら電波状況とは関係なく、燭台の力で繋がったり、そうでなかったりするようだ。

燭台のほうに目をやると、灯っている百目蠟燭はまだ見えていたし兎角もまだいた。そのジャカロップは姿もそのままで変化はない。真の姿は百の目を持つ怪物ではないらしい。そもそも姿というものがあるのかどうか、そこからして疑わしいのだが、兎も角も、その兎角は林蔵の心理的負荷など知らぬげに前肢で顔を洗っていた。

それを見ながら林蔵はケータイで忠則を呼ぶ。

『おお、林蔵くん』と、すぐに出た。『ちょうどよかった、こちらからかけようと思っていたところだ。聞いてくれ――』

「きみは昨夜、ぼくのところに来たか？」

『行ったじゃないか、なにを言っているんだ、それより、離婚の危機だ』

「離婚？　きみが？」

『ほかにだれがいるんだよ。娘はまだ高校生だし、林蔵くんは独身だし。そう、わたしの危機だ。家内はわたしを追い出しにかかった』

「なにが原因？」

『昨夜も言っただろう、娘の将来についての件での食い違いだ。と思うが、ほんとのところ、わたしにはよくわからん』

「追い出されるって、その病院兼住宅は、きみたちの共有財産だろうに、一方的すぎるんじゃないのかな」

『それが、もともとこの病院は家内の親父さんがやっていた動物病院を受け継いだものなんだ。名義は家内のになってる』

「それは知らなかったな。じゃあ、仕方ないね。そうなると、きみはホームレスだな」

『林蔵くん、別れずにすむよう、なんとかしてくれ』

「なんとかって、そう言われても、ぼくにできることはないと思うな」

『生涯の友だろ？　娘たちの先生でもあるし、妻を懐柔してくれないか』

「そう言われても、ぼくはきみの奥さんとは生涯の友じゃないわけだし……」と林蔵は言って、自分がいま置かれている立場を思い出した。「いや、こちらも、いま、それどころじゃないんだ」

『それどころじゃないって、なんて冷酷な。きみまでわたしを見捨てるのか』

「いや、そうじゃない、ちがうんだ。いま大変なことが起きていて――」

と、そこで、庵の入口の板戸が外から叩かれる音がした。林蔵はケータイを耳から離して視線をそちらに向ける。来訪者のようだ。

だれ、と訊く間もなく引き戸が開いた。外は素晴らしく明るく、真っ白な光に満ちているようだ。なんだこの光は。その明るさゆえに来訪者の顔は逆光でよく見えなかったが、しかし目をこらすまでもなく、よく知った人物だとわかる。伊能忠則、その人だった。

ということは、忠則は電話をかけながらここに来たのだなと林蔵は思ったが、そうではないことは見てわかる。その人物はケータイは手にしていない。その事実が林蔵にはのみこめない。いったいなにが起きているのか、よくわからない。兎も角、外から冷気がどっと入ってきて、ものすごく寒い。

「どうして」林蔵は炬燵に入るべく腰を落としながら訊く。「ここにいるんだ、忠則」

よくよく見れば忠則は南極に行くような防寒着だ。真冬並みの出で立ち。

「正月なので」と忠則は少し首を傾げて、あたりまえの口調で答えた。「餅を持ってきてやったぞ」

「餅？　正月？　なんだそれ」

「なんだそれって、正月もわからなくなったか、林蔵くん」

時間の意味はないのだったと林蔵は思い出し、九月下旬がいきなり正月になったことは驚かないことにする。それより、また耳に当てたケータイからは、相変わらず忠則の声が聞こえてきた。

『林蔵くん、なんとか仲を取り持ってもらいたいんだ、もしもし、聞いてるかい』

「聞いてるよ。だけど、困ったことが起きているので、ちょっとそのまま待っててくれ」

「どこに電話してるんだ？」と、訪問者のほうの忠則が言う。

「きみだよ」と林蔵は答える。

「なに、それ？」と忠則。「わたしはここにいるじゃないか。間違い電話だろう。まさか林蔵くん、おれおれ詐欺に引っかかっている最中か？　林蔵くんのような貧乏人から金を巻き上げようとは、そいつは極悪人だぞ」

「それは」と、なんの予兆もなく、いきなり燭台のわきの兎角が口を挟んだ。「ハンモクですね」

林蔵も忠則も、黙る。それから忠則がいきなり、大きな声をだした。

「わっ、こんなところに」驚いた声だ。「出た、出た、出たぞ、林蔵くん、ここここここれ、これ、兎角じゃ、じゃ、じゃかじゃか、ジャカロップじゃないか」

「あわてるな」と林蔵も驚いた。これほど忠則が驚くとは、びっくりだ。「落ち着け」

『落ち着いてるよ』とケータイの向こうの忠則は言っている。『林蔵くんこそ、落ち着いてくれ』

林蔵はケータイのマイクの穴をてのひらで塞いで、ジャカロップに訊く。

「おいジャカロップ、どっちがハンモクなんだ。こっちか、そっちか」

ハンモクというのは燭台を使ったときの副作用で出現する〈なにか〉だろうというのは見当がついている。たしか最初の燭台のときは、猫のパンサにそっくりなやつが出現し、それは〈ハンモク〉だと兎角が言ったのを林蔵は思い出している。〈フォマルハウトの燭台を使って真実を見た目が生む邪神です。対処しないと、食われますよ〉と。食われるのは、いやだ。

「オリジナルと接触すれば」とジャカロップは答えた。「ハンモクは消えます。声のやり取りでもかまいません。あるいは、守り人の林蔵さんが燭台の火を消すなら無条件に消えます」

「無条件に、ね」と、林蔵は戸口にいるほうに声をかける。「おい、忠則」

「なんだよ」と、その忠則は腰の引けた体勢で応える。

寒いから戸を閉めて炬燵に入れ、と林蔵は誘って、先に炬燵に入った。忠則は言われたように戸を閉め、燭台と兎角をできるだけ避けて壁際をカニのように進み、そうして炬燵にたどり着き、林蔵の向かいに腰を下ろした。

その忠則に無言でケータイを差し出す。

忠則は受け取って、「話すの？」と訊くから、林蔵は強く、うなずいてみせる。忠則はため息をついて、ケータイを耳に当て、もしもし、と言った。

「こちら伊能忠則だけど、そちら、どなたですか。もしかして、ハンモクさん？」

ちょっとした間があった。この忠則の問いかけに先方がなにか答えたのだろうか。それとも無言で切られたか。それを林蔵が問うより早く、ケータイが爆発した、ように見えた。ぱっと白い煙が上がって、それはすぐに消えたのだが、同時に忠則が手にしていたケータイも消失している。ほんのつかのま忠則はケータイを持つ姿勢を維持していたが、ぎゃっと叫んでその手を振った。

「おい、忠則」

「なんだ、なんだなんだ」

「だいじょうぶだ」林蔵も心臓が止まるほど驚いた。「撃退したんだ」

「詐欺よりすごい。いきなり消えたぞ。マジックか」

「どうやら本物だ」

「なにが」

「きみだよ、忠則。きみがオリジナルだ」

「あたりまえじゃないか。疑っていたのか」

「ケータイの相手は偽者だと認めたのか」

「『聞いたな』と言って、ケータイがなくなった。意味がわからん」

「ハンモク、という本当の名を言われたから、消えざるをえなくなったんだろう。鬼とか妖怪は自分の本当の名を知られると魔力を失うんだ」

「聞いたなって、自分の名をだれかから聞いたな、知られたのが悔しいって、そういうことか」

「そうだよ。たいてい鬼はそう言い捨てて消えるんだ」

「鬼ってなんだよ」

「昔話の鬼だよ。昔話ってのは」と林蔵は、いまだにどきどきしている自分の心臓の鼓動を意識しつつ、落ち着くために言っている。「案外、リアルな現実について語られているんだな。昔の人はすごいな」

「なにがリアルな現実だよ。いまは昔じゃないぞ。これは絶対、おかしい。まだあれもいるし」

ジャカロップは燭台のわきで二人を見ている。林蔵の目にはかわいい姿に見えている。

「蠟燭の火も点いているし」

忠則は兎角を無視してそう言う。あきらめ口調だ。

「で、いまは正月なんだな」と林蔵。「餅と蜜柑、持ってきてくれたとか？」

忠則は林蔵の言葉も無視して、「あれ、消したらどうだ」と言う。

百目蠟燭はほとんど短くなっていない。

「忠則、やってみれば？」と林蔵。「消した者の命の灯火も消えるのかもしれないよ」

「まさか」と忠則は我にかえったようだ。

「ためしにやってみてくれないか。参考にするから」

「いや、そういうことなら、点けておこう。でも、林蔵くん、それはないと思うな。わたしが燭台を使ったとき、あの火を消しても、ほら、わたしはこうして生きているわけだし」

「ということは」と林蔵は、能天気な忠則の言うことだからして、実は反対だろうと思いつき、「ぼくらはすでに死んでいるのかもしれないな」と言う。

「死んでいるのは林蔵くんだけにしてくれないかな」

忠則は落ち着きを取り戻したようで炬燵に両手を突っ込んで温めている。

「まあ、それでもいいよ」と林蔵。「で、蜜柑だけど」

「蜜柑はない」

「蜜柑は持ってこなかったのか」なんだ、がっかりだと林蔵。「餅だけか」

「贅沢を言うなよ」と、そっけなく忠則。「修行の身だろう」

「もう悟ったよ」と林蔵。「修行はおわりだ。いまは三厘教の実践中なんだ」

「あいつに火を点けて？」と忠則。「あの兎角も林蔵くんが呼び出したんだな？」

「まあ、そうかな。火はジャカロップが勝手に点けたんだけど」

「勝手にではありません」とジャカロップ。「わたしは燭台の管理者である林蔵さんの意思を尊重しましたよ」

「ほら」と忠則。「おまえさんが点けたことになってる」

「まあ、それならそれでいいよ」

「餅でも焼こうか」

「どこにあるんだ」

「クルマに置いてきた」

「どのクルマ。軽トラか？」

「ぼくのクルマだよ。ディフェンダー」

「ああ、あのでかいジープみたいな実用車ね。無骨すぎて家族には不評だというのはわかる気がするな。離婚迫られていないよな？」

「買うときに説得しまくったからだいじょうぶだ。妻は自分のを持ってるし、娘たちはそっちに乗せてもらってるし、問題ない。冬の往診に役に立ってるよ。でもどうしてまた、離婚だなんて言うんだ？」

「いや、先ほどのハンモクが、そう言ってたから」

「縁起でもない」

「なんで餅を持って降りてこなかったんだ。ぼくが留守かもしれないとでも思ったのか」

「ああ、それね、もしかして林蔵くん、亡くなってるかもしれないし、と思って。死人に餅はいらないだろ」

「それこそ縁起でもない。死んでいる確率のほうが高いと思えばこその行動じゃないか。ふつう、生きていることを前提にして、餅は持って降りるのが常識というか、友だち思いの人間がやることだと思うが」

「林蔵くんは三ヵ月もここに籠もりっぱなしだからね」と忠則は真面目な顔で言った。「連絡もなかったし。死んでないにしても、ここにはもういないと思ったんだ」

「それはそれは」と林蔵は皮肉を込めて言う。「こうしてぼくがいて、さぞかし驚いたことだろう」

「驚いたよ。びっくりした」

「いや、きみが驚いたのは、兎角のせいだ」

「そうだったかな」

「そうだよ」

「兎も角だ、無事でよかった」と忠則は話題をそらそうとしている。「親父さんたちも心配になったんだろう、わたしに様子を見てきてほしいと電話で頼まれたんだよ。餅はご両親からだ。共にお元気だよ。餅を受け取りに寄ってから、ここに来た」

「それはありがとう」と林蔵。これはいつもの忠則の態度だと納得することにした。

「手間をかけさせた」

「いやいや、生涯の友じゃないか、礼にはおよばないよ」

「生涯の友ね」と、林蔵はどこかで聞いた文言だなと思いつつ、これは確認するまでもないと思ったが訊いてみた。「昨夜きみは軽トラを運転して、ここに来たか」

「いいや」

「いまが正月なら、すでに昨日の夜ではないな。じゃあ、いつのことでもいい、きみは表に駐めてある軽トラを運転したことはあるか？」

「いいや、ないよ」

　やっぱりなと林蔵は思う。あの忠則はハンモクだったのだろう。自分があの離れに行ったこと自体は、きっと現実だ。行ったというか、出現した。そして、元に戻った。

「表のあの軽トラは親父さんのだろう。林蔵くん、運転できたっけ？」

「免許は持ってるけど、運転したことはない」

「じゃあ、なんであれがここにあるんだ？」

「モデル＃9が運転していたんだ」

「モデル＃9が。どういうこと」

　この忠則はモデル＃9がここでなにをしたか知らないようだ。林蔵は昨夜ハンモクが化けていたらしい忠則に話したことを、もう一度繰り返した。なんだか、あの時に戻ったような奇妙な感覚に襲われたが、市田柿はいまはない。

「ふむふむ」と忠則。「それはまた、面白いことだったね。ロボットが給料よこせと要求するって、いいな。林蔵くんは非常識だと馬鹿にするけど、でもモデル＃9のその考えは行き詰まった資本主義を打開するいい手かもしれないよ。マルクスの理想は人間の労働からの解放なわけだし。ロボットに労働階級を担ってもらえばいいんだ」

「それより」と林蔵は、稼ぐことになると感覚が鋭くなる忠則を遮って、訊く。「ほかに変わったことはないのか、娑婆《しゃば》では？」

「ほかにって、日常的には代わり映えしないよ。林蔵くんのほうでは、野依さんが降霊したとかいう、そのほかにも、変わったことがあったのか？」

「あったさ」と林蔵。「ご覧のとおり、その燭台を見つけたし」

「兎角も出たしね」と忠則は横目で見て、言う。「たしかにね」

「うちの離れ、借り手は見つかったのかな」

「そういう卑近なところでの、変わったことはないな」

「卑近なところって、なんだか日常を軽んじているように聞こえるんだが。じゃあ、政権異変とか、革命とか、そういう面ではどうなんだよ」

「修行の身の上では世俗のニュースは関心ないだろう」

「関心があるとかないとかじゃなくて、その蠟燭のせいでなにか異変が起きているんじゃないかなと思っての質問なんだが」

「あ、そうか」と忠則は目を丸くして、言う。「まさかな。その燭台のせいか。まさか林蔵くんが、夜を消したんじゃないだろうな？」

「なんだよそれ」

「あれ、知らないのか？」

「知らないよ。だから訊いているんじゃないか、異変はないかって。夜がどうしたって？」

「いや、驚いたな。知らないって、ほんとかい。夜がなくなったこと、ほんとに知らない？」

「夜がなくなったって、なんだよ」

「ネットもテレビも新聞も見られなくても、夜がなくなったのはわかると思ったんだ。わかるだろう、目が覚めていれば。それとも早寝早起きしていて、夜が明るくても平気で寝られる体質になったのか」

「いいから、なにが起きているんだ。夜がなくなったって、どういうこと」

「夜でも真昼のように明るくなって、それがもう三週間ほど続いている」

「うそだろ」

「林蔵くんは、たぶんもう死んでいるんだな、きっと。だからわからないんだ」

「この科学万能の世の中だ、原因がわからないということはないよな？」

「林蔵くんが死んでいて、なお話していられるのは、それは科学では説明不能――」

「ちがうって、それじゃなくて、夜がなくなったというほう。超新星爆発とかじゃないのか。太陽系に近いやつが爆発を起こしたのなら、向きによってはガンマ線のために地球の生命も危ないとか聞いたことがある。地上の生き物は死滅するかもしれない」

「だから林蔵くんだけでなく、わたしも、みんなも、死んでるって？　いや、それはない」

「だから、そういうことじゃなく――」

「原因不明だそうだ。光源がわからないみたい。一説では人類全員の視覚がいっせいに故障したとか」

「それにしたって原因はなに」

「さあ。諸説紛紛というやつだな。いずれにしても、もう、みんな慣れた」

「慣れたって、それでいいのか」

「パニクった連中はもう死んだり落ち着いたり収容されたりしたし。動物には変化ないし、植物もぜんぜん影響受けてないようだし。ほんと、人間の夜の見え方だけが変わったようだよ」

「信じられない」

「いま、夜中だけど」

「え」

「午後十時過ぎ。病院閉めてから来たんで、遅くなってすまん」

「ぼくをからかってるんだよな？」

「いんや」と忠則。「林蔵くんこそ、その驚きようはわざとらしいが、わたしをからかってるのか？」

「これが本当なら、どうしていちばん先に言わないんだ。大異変じゃないか」

「林蔵くんが気がついていないなんて、こちらとしては思いもよらないことだったんだよ。ほんとにいままで気がつかなかったのか」

「ぜんぜん、まったく」

庵の窓は小さいが、それでも昼なら曇天でも読書には困らなかった。いまも十分な光が入ってきている。正月で雪が積もっているならこんなものだろうと、林蔵はなんの疑いもなくそう思い込んでいた。

時間には意味がないというジャカロップの言葉が無意識のうちにすり込まれたせいか、ここにきてから林蔵は時計を見ることを忘れていた。そもそも時計がない。スマホもタブレットもネットに繋がらないので使っていない。ケータイもハンモクが化けていたものだったようだ。あらためてそれらを思えば、自分は世間とは完全に切り離された暮らしをしていたんだなと気がつく。

いま俗世で起きていることが以前の自分の世界からしたら夢の出来事なのか、といったことはもうどうでもいい。林蔵は、兎に角、いまこの世界で起きている異変をなんとか収めたいと思った。それができるのは、まさに三厓教の教祖である自分しかいない。そう悟っている林蔵だった。

「これは、ぼくのせいだ」と林蔵は言う。「夜がなくなったのは、ぼくがこいつに火を点けたからだよ」

忠則は何度もうなずいて、同意した。

「わたしも、そう思う。実に、そのとおりだ。この異変を説明するに合理的な説明だ。理にかなっている。わたしは、林蔵くんの思い違いだとか自意識過剰のせいでそう言っているのだろうとか、あるいは、わたしも林蔵くんの妄想世界を共有している病人だとか、そんなことは決して言わないし、このことはだれにも言わないから安心していいよ」

「やはり持つべき者は良き友だな」

「いや、こんな、ほんとうのことを公表したら、ぼくらは病人扱いされるのでなければ、世間から酷い目に遭わされるに決まってる、そういうこと」

「友だち思いじゃなくて、保身のためか」

「両方のためだって。これが世間に知られたらわたしも林蔵くんもただではすまない。なにせ、夜がなくなったときのパニックで世界中に犠牲者が出たからな。これが人為的なものだとしたら、注意義務違反とか過失致死とか、そんな処罰ではすみそうにない」

「林蔵さんのせいではありません」

兎角が忠則に向かってそう言った。

忠則は聞こえないふりをする。ジャカロップのほうは見ずに、無視。

「モデル＃９のせいだ」と林蔵はジャカロップのことばを補足すべく言う。「三本の燭台を使って、人の世界を終わらせるつもりだ」

「どうしてモデル＃９がそんなことをしなくてはならないんだ？」

「モデル＃９はポストシンギュラリティの人工知能だからな。人間の存在が自分の効率を落とすと判断してもおかしくない」

「それはおかしいよ、だって、給料をもらうわけだろ、人間から？　人の世界を壊してどうするんだ。なんで人の世界を終わらせるんだ？」

「そんなことは彼に訊いてみなくてはわからないよ。ぼくは人工知能の考えはよくわからないんだし」

「ほら、わからないんじゃないか。最初から認めるべきだ」

「意地悪だな、忠則。そういう言い方をする人間だったとは――」

「ちがうって。モデル＃９じゃなく、ジャカロップが元凶だってことだよ。林蔵くん、そいつに取りこまれてるぞ。この異変は兎角と燭台のせいだ。モデル＃９のせいじゃないし林蔵くんのせいでもない。みんな、この兎角が悪い。そういうことだよ、うん。これですっきりした」

ようするに忠則は、夜がなくなった原因は兎角と燭台にあるのであって、この真相を知っている忠則自身にも燭台に火を点けた林蔵にも責任はない、それを確認した、これで安心だ、そう言っているわけだなと林蔵は理解した。忠則にそう言われると、なんだかほんとうにすっきりした気分になる。なんて友だち思いの友だろう。

13

世の中というか婆婆というか現実というか真実の世界というやつか、兎に角それがどうなっているのかを見なくてはなるまい、忠則は責任は自分たちにはないと言っているがそれは希望的観測にすぎないだろう、やはりこれは自分のせいであって、自分でなんとか始末をつけなくてはならない。

林蔵はそう決意し炬燵を出ることにした。忠則が持ってきてくれた餅を電気オーブントースターで焼き、たらふく食べて元気が出たことも炬燵を出る気にさせたのだが、入り口の戸を開けたとたんどっと寒気が吹き込んでくると、早くも決意はくじけそうになる。だが表の不思議な光景を目にすると、炬燵に戻りたい気持ちは好奇心に上書きされて意識からは消えてしまった。

「これはまた、なんて白いんだ」

とても明るい。明るいのだが、よく見えない。白い光が邪魔しているというか、しかしまぶしいわけでもない。これまで体験したことのない見え方だった。

「これは明暗が反転してるような視覚かな」

「そう、それに近い」と忠則。「でも、ちがう」

「明るいのに、色がないというか、モノクロというか、色の情報がない感じだ。色素が抜かれてるような見え方だ。演色性がすごく悪い。まさに夜だ。視覚による情報量が極端に少ないんだ」

「あたり。気がつかなかったはずなのに一発でこの状況を言い当てるとは、林蔵くんはさすが当事者だけのことはあるね」

「当事者って。なんだか不安になる言い方だな」

「それより」と忠則はさっさと表に出て言った。「その蠟燭、持っていくの？」

林蔵は、はなからそんなことは考えてない。持ち運んでどうするというのだ。

「ジャカロップに番をさせとく。いいな、ジャカロップ。消えないよう、見張っててくれ」

「わかってます」と兎角は楽しそうに応えた。「一緒に楽しみますから、点けておきます」

「なんだか、へんな言葉使いだな」と忠則。「信じていいのか、林蔵くん」

「ぼくが三つの燭台の管理者だからね」と林蔵。「ぼくにさからうとジャカロップは楽しめなくなるらしいから、だいじょうぶだ」

「わたしの存在意味は」とジャカロップ。「林蔵さんの行動にかかってます」

「……やっぱり、林蔵くんの責任のような気がしてきた。この夜を元に戻せるのか、林蔵くん？」

「いまは三つの燭台が同時に点いている状態だろう。世界が終わりつつあるんだ」

「終わりました」とジャカロップは言った。「わたしがつぶしますので気分がよかったです。林蔵さんも楽しみます」

「……もう終わってるってことか」と林蔵は信じたくないが、そう解釈する。「ぼくらは死んでるのか？」

「もともと生きてません。だれも生きてませんし死んでません。それが世界の真の姿です。世界の終わりを楽しみましょう、林蔵さん。いってらっしゃい。この蠟燭の火は、他の二本の火が消えないかぎり、点いてます。世界の終わりがこれで見れます」

「林蔵くん」と忠則は両頰に手を当てて言う。「なんとかしてくれ。一緒に生き返ろう」

「忠則、兎角の言うことを信じるのか？」

「生きた心地がしないからな。たぶん死んでる。みんなが、だ。こいつのいない世界を取り戻したい。世界は林蔵くんの双肩にかかっている。重いだろうが頑張ってくれ」

「世界を再起動すればいいわけだ」

「どうやるんだ？」

「残りの二本の燭台を回収する。三本そろえて、そこの三厘教のお堂に納める。それでぼくの教祖の役割は終わりだ」

「残りの二本の在処は、わかっているのか」

「モデル＃9のところだ」

「どこにいる」

「知能家電管理士さんのところだ。たしか里山辺《さとやまべ》だった」

「パンサのお父さんね」と忠則はうなずいた。「そう、住所は里山辺の一軒家だ」

「彼の名前は三浦さんだったか？」

「はて」と忠則は首をかしげる。「なんだったかな。患畜の飼い主さんの名前はあまり意識していないんだ。パンサの飼い主さんという覚え方で問題ないので、あらためて訊かれると困るが、林蔵くんはなにか困ることでもあるのか。彼の名前が必要なのかい」

「このところ思い出せなくて落ち着かないんだ。どうしてもいますぐ必要というわけじゃないが、どこに仕舞ったか忘れてしまった物の在処が気になって仕方がない、そういう感じなんだよ」

「うん、わかる」

「きみに訊いたら、三浦さんだというんだが、そうだった、という腑《ふ》に落ちた感がぜんぜん湧かない」

「三浦さん、だったかな?」

「きみが言ったんじゃないか」

「覚えがないな。いつの話だ」

ああ、あの忠則はハンモクだったんだと林蔵は思い出して、そう言う。

「いやな感じだな」と忠則。「ハンモクか。パンサのお父さんの名前が思い出せないのもきっとそいつのせいだ」

「そうかもしれない。そんな気がしてきた」

「燭台を使った副作用なら、いままさに林蔵くんのハンモクもいるわけだな。で、きっと悪さしているぞ。——そうか、夜を消したのもきっと林蔵くんのハンモクだ」

それはちがう、ハンモクではなくオリジナルの自分のせいだと林蔵は思うが、あえて反論はしない。

いずれにしてもハンモクはどこかにいるだろう。この自分として振る舞っているにちがいない。ようするにドッペルゲンガーだ。この世に二人の自分は必要ない。消さなくてはならない。接触すれば消えるという。だがもう世界は終わっているのだから、そっちの消去はあとにして、まずは世界をあらたに立ち上げなくてはならないだろう。モデル＃９を捜すのが先決だ。そう忠則に言うと、じゃあ行こうと言った。

「仮称三浦さんのところに」

「ほんとに、きみも」と林蔵は確認する。「仮称三浦さんの名前を思い出せないのか？」

「念を押されるとますます焦ってだめだな」と忠則。「三浦さんという名前じゃない、という確信しかない。だいたいミウラって、彼のトースターの名前じゃなかったっけ」

「そうだよ」

「自分の名前をトースターにつけるかな」と忠則が言う。「それはへんだ」

「ぼくも」と林蔵。「ハンモクのきみに、そう言った覚えがある」

「で、なんて言われた？」

「覚えがあまりない。三浦という名前だと確信を持って言うもんだから、それに押し切られたんだ。こちらはまるっきり確信がないので反論しようがなかったんだよ。たしか、ぼくはまだ夢の中にいるんだろう、というような言われ方をしたんだった」

「まさに、そんな感じだな」

「ぼくもきみも三浦さんの名にピンとこないのはいまやここが夢の世界だからで、それは言い換えれば、夢から覚めれば仮称三浦が幻だとわかる、ということじゃないか」

「いかにも林蔵くんだ。わたしにはその理屈がよくわからんが、ようするに、どういうこと」

「言葉どおりだよ」と林蔵。「管理士の彼の名前は三浦じゃない」

地面も真っ白だ。これは雪が積もっているのだと感触でわかる。お堂の隣に駐めてある軽トラも雪をかぶって真っ白だ。その後ろに紺色の忠則の愛車が駐められていた。近寄ると温かい。忠則が運転席に乗って、内側から助手席のドアを開けてくれた。林蔵は、よいしょと声を出して、乗り込んだ。

「わくわくするね」と忠則。

「なにが」

「パンサのお父さんの名前がわかると思うとさ。失せ物を見つける気分だよ」

「なるほど」と林蔵はうなずき、それから、どこだかわかるか、と言う。「彼の家、わかるかな」

「うちによって、カルテの住所をナビにいれればだいじょうぶだろう」

ディフェンダーの車体がぶるんと揺れて、エンジンに火が入った。古典的な内燃機関が頼もしい鼓動を伝えてくる。

「でも、いまは夜だ。訪問は明日にしよう」

「ほんとうに夜なのか」

「ライトを点ければ林蔵くんにもわかると思うよ」

忠則がヘッドライトを点けたのだろう、林蔵はそう言われた意味がわかった。クルマの前方の一部の見え方がはっきりと違う。ヘッドライトが照らし出している範囲だ。明るさは同じようなものなのだが、鮮やかな色がついていて、立体的に見える。まるでそこだけ昼のように。

「夜と昼が混じっているな」と林蔵は言った。「夜と昼がキメラ状態だ」

「おもしろい感想だけど」とディフェンダーを静かにスタートさせて忠則が言った。

「深夜だよ。仮称三浦くんも寝ているさ」

「いや」林蔵は首を横に振る。「夜も昼もない。行ってみよう」

「それは林蔵くん、先方に迷惑だろう」

「そういう意味じゃないよ」

「意味は必要ないだろう、先方に迷惑がかかるというのに、どんな意味があるっていうんだ」

ここには時間がない。というより、時間の流れや時刻という〈いま〉がキメラ状態になっている状態だろう。林蔵は、教祖の力、ようするに燭台の力でもって、キメラになっている時間のある状態を、自ら選択できると思った。

「忠則」と林蔵は説明するつもりで言うが、どう言ったところで理解できるかどうかは忠則次第で、体験させてやるしかないと思う。「ぼくらはいま世界の真の姿を見ている。ぼくが昼だと言えば昼なんだ。仮称三浦さんも寝ていない」

そう言うと忠則は、予想に反して、すぐに納得した。

「あ、そうか。そういう意味ね」

「不思議には思わないのか」

「悪夢から早く目を覚ましたい。そのためなら、どんな不思議も受け入れるよ。面倒な議論なんかして時間をつぶしたくない」

なるほどと林蔵も納得する。

「ついでに」と忠則は続ける。「このまま里山辺に行ってみよう。彼の家には自動的に着ける気がする」

「それはいくらなんでも」

と林蔵は言いかけて、やめる。そのとおりになりそうな気配だった。ダッシュボードについている、いかにも後付けなナビが自動で起動して、地図上にルート路線が青で表示された。

「おお」

と忠則が軽い感動の声をあげたので目を上げると、フロントウインドウ越しの外は昼になっていた。曲がりくねった山道を下っている、その景色全体が、白い雪と鮮やかな常緑樹の緑だ。木木の間から松本平の広がりが見える。

「ライトを消さねば」と忠則。

林蔵は無言で後ろを振り返り、あとにしてきたお堂のほうを見やる。

狭い車内からは死角になって外の景色はさほど見えないだろうという予想を裏切り、視野の中央にお堂があった。その両側から木木が覆い被さるように揺れていた。なにか木木たちが意思を持ってお堂に呼びかけているかのような異様な気配だった。いや、お堂ではなく、木木たちは俺に向かってなにか言っているのだろう。ジャカロップに対してだ。でなければ燭台に、だ。

ああそうかと林蔵は気づく、燭台に火を灯した自分は、木木も自分と同じく生き物だということを、ありありと目にしているのだ。その気になれば、あの木木の中の一本と自分とを、交換できそうな気がした。つまり自分は一本の木になり、相手のほうは林蔵という人間になる。それでも誰もそのことに気づかずに世界は回っていく。もともと〈誰〉という区別もない〈真の世界〉なら、当然そうなるだろう。そう思ったら、車内の後部が目に入ってきて、車外の景色は狭い窓の切り抜きになってしまった。さきほどの視覚体験は、まさに真の世界の様相を垣間見ることだったのだろう。いま見えている景色の切り抜きこそヒト限定という制限された世界であって、真の世界とはほど遠い。それがわかった、林蔵はそう感じた。

これが燭台の力だ。そこに灯る百目蠟燭はまだ十分に長いだろう。まともな百目蠟燭は何時間くらい火を灯せるのだろう、二時間くらいか。時間に意味がないといういまはそれも関係ないだろうが、点いているうちに戻ってきたいと林蔵は思う。あの火は自分で消したい。

14

夜がいきなり昼になるのは時間が無意味だからだ、それはいいとして、と運転しながら忠則は言った。

「夜の闇が消えてなくなったのは時間とは関係ないだろう。原因は別にあるはずだ」

「それは、たぶん」

林蔵は道道考えていたことを忠則に言う。

「モデル＃9の視覚と人間のそれがコンフリクトをおこしているせいだろう」

「よくわからんが」

「ヒトの意識とロボットの知能活動のコンフリクト状態だよ」と林蔵は言う。「仮称三浦さんが、モデル＃9と野依さんの亡霊の関係について、そう喝破した。そのとおりだろう。夜も明るく見えるのはロボットの視覚、その暗視性能によるものだ」

「ということは、なにか」と忠則は目を林蔵に向けて言った。「われわれの感覚はロボットに乗っ取られているというわけか」

「入り交じっている、干渉されている、まさにコンフリクト状態なんだろう。モデル＃9のほうでも困ったことになったと思ってるにちがいない。だから燭台を使って人類との関係を断ち切ろうとしているんだ」

「まるで林蔵くん、モデル＃9の気持ちが読めるようだな」

「前を見て運転してくれ」

「おっと、狭いな」

松本市内に入っている。仮称三浦さんの家は、ナビで見るところによると美《うつくし》ヶ原《はら》温泉郷の裏手の山を上がっていく途中にある。温泉旅館の並ぶ道は昔から狭くて曲がりくねっている。

「きみのクルマが大きすぎるんだよ」と林蔵。

「見かけほどでかくないが、ハンドルが切れないのが不便と言えば不便だな」と忠則。

「雪道になってる。しかも登りの山道だ」

「このクルマのために用意されたような道だ。まかせておけ、だいじょうぶだから」

「すごいところに住んでいるんだな、管理士さん。熊が出そうだ」

「兎角が出るよりはましだ」

「出るんだな、熊」

「そりゃあ信州の山だ、熊はどこにでもいるよ。具合が悪くてわたしに診てもらいたいと思っている熊もいるにちがいない」

「この際、診てやれば?」

「診療報酬をもらえるならやるよ」

「プロ根性だな、さすがな言い訳だと思うけど——」

「言い訳って、それはないだろう、林蔵くん」

「腹痛を起こした熊が木の葉のお札とかドングリのお金を差し出して、これで治してくれと頼んできたらどうする。このいまの世界状態だと十分あり得る」

「うーん」と忠則。「それは受けるしかないな。職業倫理として診療拒否はできない。だが林蔵くん」

「なんだよ」

「いま熊は〈なし〉にしてくれ。林蔵くんの思惑で実際にそうなりそうな気配だからな。そんなことをしていたらますます夢状態から抜けられなくなる。熊のイメージから離れろよ」

「わかった。そうする」

「わ、なんだ」

いきなり制動がかけられたがクルマはすぐには止まらない。ザザッと滑り、向きを変えつつ速度が殺される。ほんの数メートルで停止したが林蔵には長い距離と時間に思えた。

「死ぬかと思った」と林蔵。

登りの細い山道の周囲は、ぶどう棚が見えている段々畑で、先に石垣に囲まれた一軒家がある。

「なにか、やばそうなのが来てる」忠則は林蔵の非難を無視して言う。「装甲車だ」

忠則の視線の先、カーブの向こうを林蔵も見やる。小山のような車体が先をふさいでいた。

「警察車両じゃないな。陸軍だ」と林蔵。「機関砲がついてる。本気の武装だ」

「兵隊が来る。逃げよう」と忠則。

「なんで」

「なんでって、彼らはモデル＃9と戦争しているにちがいない」

「じゃあ、味方だ」

「それはちがうぞ、林蔵くん、わたしらは元凶だからな、それがばれたらただではすまない。なにしろ林蔵くんが燭台に火を点けたせいでこういう事態になっているんだぞ」

「兎に角」と林蔵は助手席ドアを開ける。「モデル＃9と仮称三浦くんに会わないと、らちがあかない」

「まて、まてって、林蔵くん」

「彼らのところに、なくなった二本の燭台があるはずだ。きっと灯っている。それを消して、回収する。取り戻す。三本そろえて、未来に送る。それで一件落着だ」

「仕方ないな、もう」

林蔵はうっすらと積もった雪を踏みしめて、前からやってくる人間を待たず、自ら向かう。兵士と民間人らしきコート姿の男の二人連れだった。

林蔵が近づくと先方は足を止めた。兵士のほうがカービン銃を無言で構える。銃口はこちらから少しずれてはいるが、明らかに威嚇だ。止まれ、近づくな、というのだ。警告を無視したら兵士は発砲するだろうか。するかもしれないし、しないかもしれないが、林蔵はチキンレースをするつもりはないので止まる。するとコート姿の民間人らしきほうが前に出てきて、間を詰めてきた。立ち話をするにはいい距離になる。

「これより立ち入り禁止です」

男が着ているコートは黒。ポケットに両手を入れたままだ。横柄と言えば横柄だがポケットの中で拳銃《けんじゅう》を握っているかもしれず、そうなると、横柄というより慎重な態度と言うべきだろう。

「お名前とご職業をうかがっていいですか」と男は言った。「わたしは経産省のウラべと申します。こちらは陸軍松本連隊のアナイ少尉」

「三匣教教祖、太田林林蔵です。うしろは――」林蔵は振り返る。忠則は逃げ帰ったかと思ったが、まだいた。「元町《もとまち》で動物病院をやっている獣医師、伊能忠則くん。ぼくの友人だ」

「どこに行かれるつもりでしょうか？」

「経産省のヒトだとか？」

林蔵は質問に質問で返す。

「はい、そうですが、もしや、わたしに用とか？」

「いや。モデル#9を知っているのだろうなと思ってね。モデル#9に会いに行くところだ。家電管理士さんのところにいるはずなんで」

「知能家電管理士ですね。モデル#9をどこでお知りになったのですか」

「うちの実家の離れに住んでいた、野依十九さんに教えてもらった」

「野依からですか。彼は亡くなっていますが、そうですか。野依十九は経産省主導で開発中のモデル#9を私物化していたのですが、そうですか、それはありそうなことだが――」

「生前の野依さんじゃないよ。死後だ。彼の降霊で知った」

「降霊とはまた、意外な方法で。それで三匣教とかいう教祖さまなわけですね、なるほど」男はうなずいて、続けた。「で、本当は、どういういきさつでモデル#9の情報を手に入れられたのか、教えてください」

「どういうわけか」と林蔵は応えた。「あちらのほうから、三匣教の本部、ぼくのところに現れたんだ」

「あちら、とは？」

「モデル#9だよ。ナンバ・キュウ。あのロボットはどうやら野依さんの意識とコンフリクトをおこしているらしい。それで、あの家、ほら、上に見えているあの家に住む知能家電管理士さんに、コンフリクトの状況を調べてもらうために、ナンバくんを預かってもらったんだ。その様子を見に来たところなんだが、どうやら、面倒なことになってるようだね。なにが起きたんだ」

「お教えできません」

「陸軍はなにしにここに来たんだ？」

「害獣退治です」

「怪獣退治？　映画のロケかなにか？」

「怪獣ではありません、害獣です」

「なんだ、害獣ね。熊か、猪《いのしし》か、それとも角の生えた兎か——」

「モデル＃9のことだろうさ」と、後ろからいつのまにか隣にいる忠則が言った。「陸軍は災害派遣で来たんだろう。害獣駆除の任務で完全武装して出動するのは過去にも例がある。しかし、モデル＃9は害獣じゃないだろう。これは戦争だぞ。法的根拠はどうなっているんだ、きみ」

「どうやら、あなたがたも関係者のようですが」とコートの男は言った。「これはあくまでも、害獣駆除、害獣退治です。おわかりいただけると面倒がなくていいのですが」

「わかった」と言ったのは忠則だ。「そういうことなら、わたしは反論はしない。害獣退治ご苦労さま、だよ。林蔵くん、戻ろう」

「いや」と林蔵は退かない。「仮称三浦さんの本名を知りたい。そのためにぼくは自分の燭台の蠟燭に火を点けたんだ」

「いま、なんて言った？」と忠則。

「彼の名前が思い出せないのが、どうにも耐えられなくて、蠟燭に火を点けた」

「マジか」と忠則は目を丸くして言う。「そんなことのために、時間も空間もキメラにしてしまったというのか、林蔵くん」

「言うな」と林蔵もそっとため息をついて応えた。「自分でも馬鹿な願いで世界を破滅させてしまったなと、情けなく思ってる。——だけど」

「だけど、なんだよ」忠則は、あきらかに怒ってる。「ここにくればわかることじゃないか。わかってて火を点けたのか」

「いや、だけど、火を点けたのはぼく自身じゃなくて、兎角だ。兎角は、さっさと世界を終わらせたかったんだ」

「内輪でなにをもめているか知りませんが」と男が言った。「立ち入り禁止です。お引き取りを」

「家電管理士さんを呼び出してくれ」と林蔵。「要求を受け入れてもらえるまで、帰らん」

「同意」と忠則。「毒を食らわば皿までだ」

「警告はしました」と黒いコートの男は言った。「お二方の安全は保障できかねます。害獣の被害を受けられても自己責任ということで」

「呼んでもらえないのか」と林蔵。

「緊急逮捕されたいですか」と男。

「戻ろう」と忠則。「こちらが害獣扱いされそうな気配だ」

「いま何時だ」と林蔵は男と少尉に向かって言う。「きみたちがここにいる時間ではないだろう。時計を見ろ、二人とも」

「なにを言っているんです？」

男はそう言ってポケットに手を突っ込んだままだったが、カービン銃を手にしている少尉はちらりと左手首に目をやった。腕時計をしているのだ。

そのとたん、異変が生じた。いきなり少尉が消えた。道をふさぐ大きな装甲車も消失した。

男が振り返り、なんだこれ、と言った。

「部隊はどこへ？」

「キメラ時空のどこかだな」と忠則。「いやあ、すごいな」

「マジックですか」と男。「どうやったんです」

道の先が、夜だ。明るい夜。色がついていない。だが、男が立っているところは昼にちがいない。コートの黒が、鮮やかな黒に見える。

「いや、マジックでもトリックでもない」と忠則が自分の手柄のように自慢げに言う。「これがリアルなんだよ。真の世界というやつだ」

「なにを言っているんです？」

「時間を確認するといい」と林蔵。「それであなたの日常に戻れる」

ポケットからなにか出す。林蔵は緊張するが、スマホのようだ。男はそれに目をやって、消えた。

「林蔵くんは魔術師よりすごいな。面倒なことは言葉一つでなんとでもできるんだ」

「ちがうよ」と林蔵。「面倒のない状態を選択できる、それだけだ。それしかぼくにはできない。たぶん、どんな人間にも、それだけはできる。それしかできない、とも言える。人間にはリアルな世界に対する自由意志はないんだ、たぶん。兎角を消せないのはそのせいだ。だけど唯一、リアル世界にある無数の状況世界の一つを選択できる能力はある」

「それこそ〈自由意志〉というものじゃないのか、林蔵くん」

「かもしれない。兎も角、行ってみよう。行けるうちに」

「それはそうだな」

石垣に囲まれた一軒家だ。平屋でさほど大きな家ではなかった。白い夜のまばゆい光の中、いわゆる通常の照明は点いていないのがわかる。窓も夜の白い闇のままだった。玄関はドアではなく和風のがらがらと開く引き戸だ。手を掛けると、鍵がかかっているという予想に反して軽く開いた。

「ごめんください」

驚いたことに「はーい」という声が奥から返ってきた。「開いてます」

「太田林だけど」と林蔵。「林蔵だよ。いいかな」

「お邪魔します」と忠則が先に靴を脱いで上がる。

電気は点いていないが室内にも闇はどこにもなくて、つまずく心配はない。

座敷の入り口で立ち止まった忠則が、「げっ」とおかしな声を上げた。林蔵がその肩越しに中をうかがうと、なんと、大勢の人間がいる気配がする。宴会をしているようなのだ。

表からは見えなかったが、座敷の真ん中ほどに蠟燭を灯す燭台が、一台。それを挟んで二列のお膳《ぜん》が並んでいて、その席に着いているのは、野依さんと野依さんにそっくりなモデル#9ことナンバくんと仮称三浦くん、その三種類の人たちだ。大勢いる。しかもそれらが、ぶれて見えるのだ。思わず林蔵は目をこすりたくなる。蠟燭の炎が揺らぐと、お膳も人も揺らいで分裂し、増えたり減ったりしている。錯覚ではないだろう。まちがいなくこの燭台はフォマルハウトの三つの燭台のうちの一つにちがいない。

「林蔵さんも、どうぞ」

近い席の仮称三浦くんが腰をずらして席を空けてくれたので、なにも考えずに勧めに従って席に着いてみた。

「なにかのお祝いですか」林蔵の隣に座った忠則が言う。「楽しそうですね」

「それはそうです」と野依さんの一人が言う。「人の意識というのは幻想だ、それがわかったので安心して死んでいられる」

「林蔵さんが三つ目の燭台を点けてくれたおかげで」と、こちらは野依さんに似てはいるがいかにもアンドロイド風な不気味さを呈しているモデル#9（のうちの一体）が言った。「人の世を終わらせることができました。これはめでたいです。人間たちはラッダイトを始めて自滅です」

「ラッダイトって、産業革命の打ち壊しだっけか」と忠則。「ロボットを壊しはじめたってことか」

「人工知能を敵視してのことだろう」と林蔵はため息交じりに言う。「人間たちはモデル#9の同族を破壊、攻撃しているんだ」

「そんなことをしても無駄です」とモデル#9たち、たくさんいるそれらが、口をそろえて言う。「無意味です。わたしに給料を払えばいいのに、ただ働きさせるから、こういうことになるんです」

「林蔵くん、給料を払ってあげたまえ」

「ぼくの手には負えないよ」と林蔵。「国家予算レベルの話だろう。モデル＃9は資本主義世界を拡大させる話をしているんだ。そんなのは不可能だ。自然を消費し尽くして、地球生命は大絶滅する。というか、したんだ」

「このモデル＃9のせいでか」

「そうだよ。元はと言えば経産省のプロジェクトが発端だろう。野依さんが関わっていたやつ。貿易より内需拡大で経済を回す、そのための方策だったんだ」

「そうです」とモデル＃9。「お給料、ください。わたしはそのために作られました」

「国は」と忠則が考えて言う。「国民全員に基本給を支給しなくてはならないだろうな。ベーシックインカムを超える額を出す必要がある。人人はその現金でロボットたちに給料を払う。そうして経済を回すと。しかし、ラッダイトとはね。どこかで歯車が狂ったんだな。モデル＃9は敵視する対象ではないだろうに」

「モデル＃9の出来のよさが、怖くなったんだろう。言ってみれば、野依さんの、自分の姿を外から見るという好奇心のせいで、こういう事態に発展したんだ。さきほどの経産省のウラべとかいう男はこの混乱の源、オリジナルのモデル＃9を破壊すべく、陸軍に出動要請をしたんだろう」

「でも解決することはできなかったわけだな、この様子では。給料よこせを叫ぶロボットたちの制圧に失敗したんだ」

「内乱鎮圧行動でやればいいのに、害獣駆除とか災害派遣とかいう姑息《こそく》な名目でやれば失敗するに決まってる。秘密プロジェクトやその失敗を隠蔽しようとすると破滅するのは歴史の常だが、人は歴史から学ぶということはしない。できないんだ。能力がない。できるのはせいぜい個人レベルの、自分の経験から学ぶことだけだ。だから、歴史が必然ならば、歴史は繰り返す。とうぜん、そうなる」

「上から目線だな。林蔵くん」

「いいんだよ」と林蔵。「ぼくが教祖で元凶だからな。偉そうで当然だ。偉ぶっているわけじゃない、実際、偉いんだ」

「わたしの娘たちの将来はどうなる。林蔵くん、おまえさんには娘たちの未来を奪う権利はない。そこまで偉くない」

「それは、きみの問題だ」と林蔵。「きみの意識の問題だ。選択の自由はある。それしかない」

「悪夢から覚める自由はある、ということかな」

「話の通じる友は、生涯における財産だ。きみがいてくれて、ほんとうによかった」

「どのみち意識など幻想です」と野依さんたちが言った。「意識はリアルな世界に遍在しているのです」

「それもまた幻想だ」と林蔵。「彼がそう思って安心しているだけだ」

「飲もう、林蔵くん。酒池肉林といきたいが、この禁欲的な感じは、林蔵くんが教祖をやっているせいだな。残念だけど、宴会料理があるだけでもいいとしよう」

「牛糞かもしれないぞ」

「え？」

林蔵は立って、ちらちらと三種類の人物の複製が見えたり消えたりする周囲を見渡して、仮称三浦くんに詰問する。

「もう一本の燭台はどこだ。ミウラくん」

「なんです、いきなり」

林蔵はお膳をまたいで燭台に近づき、そこに灯っている太い蠟燭の火を、吹き消す。

周囲が白い闇になった。

「お」と忠則が声を上げる。「いない。どこに行ったんだ」

仮称三浦くんたち、複数いたその姿がみんな消えている。野依さんとモデル＃9たちは平然としていた。

林蔵は仮称三浦くんがいた席の一つに、トースターが転がっているのを見る。

あの仮称三浦くんがハンモクだと、どうしてわかったのかと忠則が問うので、それでも獣医かと林蔵は言ってやる。

「この際、職業は関係ないと思うが」重い青銅の燭台を持たされている忠則は気分を害されたという表情になって、言った。「どういう意味だい、林蔵くん」

15

表に出ると昼だ。明るさはさきほどの夜の室内とさほど変わらないが、林蔵も忠則もまぶしさに目を細める。圧倒的な情報量の違いだった。瞳孔《どうこう》を狭めないと色に飲み込まれてしまいそうだ。

「パンサがいなかった」

くしゃみを一つして、林蔵はトースターを抱え直し、忠則にそれだけ言った。

「あ、そうか」と忠則はそれで納得する。「寒かったしね。猫のパンサには酷な環境だ。パンサの飼い主ならそんなことはしない。なるほど。すると、パンサはいまどこにいるんだろう。この寒さの中、散歩をしているとも思えない」

「このトースター、ミウラに訊いてみよう。家庭用電源が取れるところ、近くにないかな」

「ディフェンダーにインバータ電源を積んである。でも訊かなくても、わかった気がする」

「獣医の勘でか？」

「それは関係ない」クルマに戻りながら忠則が言う。「わたしにも、なんとなくこの事態がわかってきた。仮称三浦くんには、もともと名前なんかなかったんじゃないかな」

「ぼくもそう思う」林蔵は強くうなずく。「彼の正体は、このトースターそのものだ」

「トースターの意識が人間の実体を作った、か」と忠則。「真の世界とかいうリアルな世界ではありそうだと、わたしにもわかってきた」

「なんでもあり、だ」と林蔵。

「燭台の威力はすごいな」と忠則。「しかし、あの蠟燭を吹き消したのに消えなかったモデル＃9と野依さんたち、あれはハンモクじゃないのかな」

「幽霊は遍在するし、モデル＃9は量産されたんだろう。どこにでもいるさ」

「仮称三浦くんのハンモクはその真似をしてたくさん自分の姿を出していた、か」

「そんなことより、パンサはどこだと思う」

忠則のクルマ、ディフェンダーの荷台に燭台とトースターを載せて、二人も乗り込む。

「パンサの故郷だよ」と忠則は誇らしげに言う。「帰省してるにちがいない」

「それって帰巣というんじゃないのか。でも故郷って、どこ」

「きみの実家、あの離れだ。ミウラくんがパンサの世話をし始めた、懐かしの家だよ」

「懐かしのって、それほど昔の話じゃないだろうけど――」

「猫にとっての時間はわれわれとは違うよ」

「一理あるな。どのみちあの離れには行くべきだと思ってた。もう一本の燭台は、あそこにある」

「確信がありそうだね」

忠則はそう言ってディフェンダーのエンジンを始動し、狭い道の先を見つめる。

「眷属のジャカロップが言うには燭台は自らぼくのところに集まってくるそうだ」と林蔵。「盗まれた元の場所に、きっとある。たぶんパンサも一緒だ。――なにを見ているんだ？」

「バックで山道を下りたくない。だから、どこで向きを変えようかなと思っていたんだが……雪がほぼ消えている」

「ほんとだ」車外へ目をやると、土手に黄色の花が咲いているのが見える。透き通るように薄い花びらで遠目には目立たない。「福寿草の花が咲いてるぞ。早春だな」

「季節も飛ぶのか。すごいな」

「パンサが帰ったんだ。ミウラが意識を持った、あの日だろう。きみの病院に定期検診に行った日だよ。トースターが目覚めた日だ」

「フム。ある日インターネットは自意識に目覚め、人類に対して宣戦布告した——裁きの日だな」

「それは映画のセリフのパクリだろ。リアルな世界では日常的になんにでも意識はありそうだし、意識を交換し合っているのだと思う。ぼくらはときどき家電の意識でものを考えているのかもしれないし、トースターが人間界で意識に目覚めても、いきなり人類を敵視したりはしないよ。実際、しなかった」

「意識を交換し合っている、というのは面白いな。それでも変だとは自分では思わないのかな」

「それが、思わないんだな。意識というのは自分がだれなのか、わからないんだ」

「それはおかしいだろう。わたしは自分は忠則だとわかるぞ」

「いや、わかってない。意識にわかるのは、自分は自分だ、ということだけだ。特定のだれなのか、というのはわからない。自分は何者かというので悩む哲学的な問題はそのせいだ。我思う故に我あり、それは正しいだろう。でも我ってだれ、という問いに関しては自分自身には答えられない」

「そういう意味なら、そうだろうさ。アイデンティティの揺らぎとか、自分探しとか、昔流行《はや》ったな」

ディフェンダーがゆっくりと発進する。

「リアルな世界には」と林蔵は、福寿草を踏むなよ、と言ってから続けた。「自他の区別はないってことなんだ。きみが考えた意味とは少しちがう。いまこの瞬間はトースターのミウラの意識かもしれない、というような意味だから」

「フムン。だれでもいいって、か。すごいな」

「だから、自分がだれなのかわからないというのは当然だろうし、それでなんの問題も生じないんだ。ほら、福寿草に気をつけて」

「踏まないよ。——それなら、そうだろう。ぜんぜん問題ない、ノープロブレムだ。実にいいかげんだ。なんでもありじゃないか」

「ずっと、そう言っている」

「たしかにね。しかし、ほんとうにそうなんだとなると、なんというか、感慨深い」

石垣のある家に向かって細く曲がっている坂道を進み、もう少しというところで、忠則はまた急ブレーキを踏む。雪のない乾燥路だったのでガツンと止まった。止まってから、二人同時に「ぎゃっ」という声を上げてのけぞった。いきなり黒い壁が前方に出現している。

「なんだこれ」と忠則。

「装甲車だ」と林蔵。

「どこからきたんだ」と忠則。「降ってきたのか」

「ちがう」と林蔵。「こちらが入ってしまったんだ」

「戦場かよ」

「バックだ、忠則。逃げよう」

忠則はギアをRに入れてハンドルを切る。ぶどう棚のある土手に向かってディフェンダーは後部から突っ込む。

「忠則、福寿草が」

「畑荒らしも気になる」

緊急事態なので許せと忠則は叫んでハンドルを切り返す。が、発進できない。前に人がいた。

装甲車の機関砲が発砲音を連続して響かせているのが二人の意識に入ってくる。

「どいて」と林蔵と忠則が声を合わせて叫んだ。「はやく」

小山のような装甲車に銀色の無数のなにかが張り付いたり落ちてきたり登ったりしているのが見える。人の形をしている虫のようだという奇妙な考えが林蔵の頭に浮かぶ。考えたくはなかったが、あれはモデル＃9のコピーたちにちがいない。量産されたモデルだろう。軍隊と戦争をしているように見えるが、実体は労使紛争だろうと林蔵には見当がつく。モデル＃9たちはヒトに向かってこう要求しているのだ。

『賃銀を払え、資本家たち』

人工知能の革命と人類側の対抗制圧行動の現場かもしれないと思う。ここでの賃金はやはり〈賃銀〉と表記すべきだろうな、などという考えを振り払い、ディフェンダーの前に立ちふさがって邪魔をしている人間のほうに意識を移す。

黒いコートの男だった。経産省のウラベとかいう男。

「危ないからどいて」と忠則が窓を開けて大声で言う。「あなたの言うとおり、ここから離れるんだから、邪魔される謂《い》われはない」

「乗せてください」

後部ドアへと男は駆け寄って、止める間もあらばこそ、さっさと乗り込んできた。

「早く出して」と男。

忠則は言われる前にもう発進させている。狭い坂道を転げ落ちるように下る。松本の街並みが一望できた。北アルプスも春の気配だ。が、右へ左へと曲がりくねった道を駆け下りているので見えていたのはほんのつかの間だ。左右に振られる身体を支えるのが大変だ。

林蔵はそんな中、がんばって首を曲げ、いまきたほうを見やるが、男がいるので視界がふさがっていた。石垣に囲われた一軒家は見えない。が、そちら、上の方で、ひときわ高い爆発音が響いた。腹を打つような重低音がして、きっと地面も震えたことだろう。

「アジトを吹き飛ばしたぞ」とウラベが言った。「怪獣退治は成功だ」

「害獣退治だろうが、気持ちはわかる」と林蔵。「だけどアジトを潰してお仕舞い、は甘いと思うね」

「責任はだれが取るんだ」と忠則が大きな声で言う。「民家を爆撃していいのか」

「テロに対抗する武力行使に切り替えた」とウラベ。「知能ロボットらの行為はテロだ」

「彼らモデル＃9にとっての革命だろう」と林蔵。

「あれはモデル＃9ではありませんよ。より自己進化をとげた、モデル＃12だ。下界では民衆があいつらを打ち壊し始めていて――」

「結局のところ」と林蔵は男の言うことを最後まで聞かず、言う。「きみたちのプロジェクトの行き着く先は、これだよ。高度な人工知能にヒトの価値観を組み込むことで恭順させられると計算したんだろうが、そんなの、こういう結果になるに決まってる。その場限りの姑息な手段ばかり考えているからこういうことになるんだ」

「国家百年の計という長期視野でものを考える官僚がいなくなったな」と忠則はハン

ドルを忙しくさばきながら怒鳴る。「目先の権益を守ることしか考えていない。効率ばかり考えて、損して得取れということを知らない」

「それは政治屋たちに言ってください」とウラベは怒鳴り返した。「日本を駄目にしているのはあいつらの腐った我欲ですよ」

「それは主権者たる国民の責任だろう」と林蔵は自分には関係ないという冷ややかな思いをこめて言う。「政治屋を選んでいるのは一般大衆だ。大衆が望んだんだ」

「林蔵くんは大衆の一員ではないわけだな」

「無論だ。教祖さまだぞ」

「いったいあなたがたは何者ですか」とウラベが言う。「どうして野依十九のことを詳しく知っているんです」

「そんなことより」と林蔵は切り返す。「野依さんがモデル＃9を私物化したとあなたは言っていたが、野依さんは具体的にどんなことをしていたのか教えてもらいたいな」

「野依十九はモデル＃9を横領したんです。裁判にもなった」

「……わたしが裁判員をした案件か」と忠則がブレーキを踏んで停車し、言った。

「九上野依《くがみのえ》という被告だった」

「九上野依は偽名です。というか、そんな人物は存在しないはずだった。正体はついに、われわれにもわからなかった」

「存在しないはずって」と林蔵は考えて、思いついたことを言った。「自殺に見せかけてあなたがたが野依さんを殺害したんだな。国家機関が。国が」

「まさか」と言ったのは忠則だ。「そんな小説みたいなこと、現実にあるわけない」

「いや忠則、現実はもっと苛酷《かこく》だよ。野依さんは、非在のキャラを創作して野に放った。九上被告も似たようなことを言ったそうじゃないか、忠則。野依十九は非在のキャラで、それを自分は消した、と」

「それなら殺害されたわけじゃない、あくまでも自死だろう」

「九上野依は、野依十九さんの意識が作った人物だ。野依さんの意識は、その非在のキャラを支えていたんだ。九上被告というのは、いわば野依さんの幽霊なんだ。生前の野依さんは、モデル#9に自分の意識を移そうとして自殺行動に出たつもりになっていたが、実のところは、国家権力によって殺害されたんだと思う。でなければ、このウラベさんが自信を持って野依という人はこの世にはいない、九上は存在するはずがなかった、とは言えないはずだ」

「どうして」

「モデル#9を野依さんから取り戻すことに成功したからだ。モデル#9は野依さんの手から離れて、完成したんだ。で、ぼくの庵に現れた」

「よくわからん」

後席のウラベは黙っている。反論しないのは無言でノーコメントを主張しているのだろう。ということは、きっと自分の思ったとおりなのだと林蔵は理解する。

「出せよ、忠則。うちに行こう。パンサが待ってる」

ディフェンダーは停車したままだ。美ヶ原温泉郷の狭い道の三叉路《さんさろ》だった。どちらに行っても実家までの道のりにたいした距離の差はない。が、どちらが運転が楽な道かなと忠則はそれで迷ったのだろうと林蔵は思う。どちらにしても道は狭くて曲がりくねっていることには変わりないのだが。

「降りてくれないかな、ウラベさん」

忠則が後ろを向いてそう言ったので、林蔵は自分が勘違いをしていたことを知った。道を決めかねて止まっていたわけではないのだ。

「それがいい」と林蔵。「ここまで下りてくれれば、あとはお仲間に迎えにきてもらえばいいよ。温泉もあるし、のんびり待っていられる」

「いや」とウラベは首を横に振った。「あなたたちを逃がすわけにはいかない」

林蔵も忠則も思わず吹き出す。

「捕まっているのは」と林蔵は言ってやる。「あなたのほうなんだが。なにが起きてもぼくらは知らない。兎に角、ぼくらと一緒だと時間はキメラ状態になる。いまがいつでもかまわない状況なんだ。警告はしたからね、あとで文句を言わないように。自己責任とやらで行動してくれ」

「なにをわけのわからないことを――」

「忠則、行こう」

「わかった」

ディフェンダーは確信をもった動きで道を走り出し、やまびこ道路に出ると女鳥羽《めとば》川《がわ》をスポーツ橋で渡って北上、林蔵の実家に向かう。距離的にはすぐそこだったが、着いたのは夜だ。相変わらず明るい夜。

離れの玄関前にディフェンダーを停めて、林蔵だけ下りて玄関戸の戸締まり具合を確かめると、それは簡単に開いた。クルマに戻り忠則に声をかけて、トースターと燭台を下ろし、それらを持って先に入った。すぐに忠則が続いて、ウラベは独り取り残されるのを恐れたのだろう、「おいていかないでください」と言い、玄関に入り戸を閉めた。

林蔵は小脇に抱えたトースターを食卓の上に置いて、燭台を手にして座敷に入り部屋を見回した。パンサがいる気配はない。押し入れのふすまを開けてみるが、中は空だ。その天井を見上げると、天井板が少しずれていた。燭台を畳の上に置いて押し入れの上の段に乗り天井板を大きくずらして天井裏をうかがうが、埃と蜘蛛の巣だけだった。

押し入れから出ると室内の照明が点いていた。暗視状態の見え方から通常の視界になっている。

「異常なしだ」と林蔵。「でも異常なしでは困るんだよな。パンサと残りの一本の燭台がここにないといけないんだが」

「暖房もない。寒いよ、林蔵くん。これは真冬だな」

「また元に戻ったかな。正月か」

「炬燵に入ろう。林蔵くんの部屋にあるやつ」

言われる前に林蔵は縁側に出て、離れを区切っている板戸を見やったのだが、それはもう開いていた。しかもそちら、自分の部屋に照明が点いているのがわかる。だれかいるのだ。

この自分の部屋に、いったいだれだ、不埒《ふらち》なやつがいたものだと林蔵は思い、それから、親かなと思ってそれを打ち消した、親は離れにはこない。それから、親と言えば離れの仕切、つまり縁側のこの板戸を取っ払って全体を貸すというのが大家であるその思惑だった、ということを思い出した。

新しい借り手かもしれない。玄関に鍵が掛かっていなかったのも、そう考えれば不審ではない。こちらこそ不法侵入している立場ではないのか。

「ごめんください」

声をかけて、おそるおそる元自分の居室をのぞき込む。

まず目に入ってきたのは猫だった。炬燵の上の猫。パンサだ。パンサが炬燵で丸くなって寝ている。

「ああ、いらっしゃい」

そう言ったのは仮称三浦くんだ。炬燵に入っている。その隣に野依十九さんがいて、どうやら仮称三浦くんと談笑している雰囲気だった。

「ナ、ナンバ・キュウ、どうしておまえがここにいるんだ」とウラベの裏返った声が背後から飛んできた。「わ、野依十九、生きていたのか。そんなはずは——そんな、こんな、ばかな、幽霊を見ているのか、なんてことだ——」

「おお、皆さんおそろいで」と忠則がウラベをのけて室内に入り、空いている炬燵の席にさっさと腰を下ろす。「林蔵くんも入るといい」

林蔵がいつも入っている炬燵のそちら側は空いている。文机を背にして林蔵はそこに座り炬燵の上のパンサをなでてみた。パンサは目を開けずに尻尾の先をちょいと上げてみせた。それで林蔵は満足して炬燵に落ち着く。

室内は自分が暮らしていたときのまま、なにも変化はない。しかしいまここにいる面子《メンツ》は、忠則を別にすればみな正体の知れない者ばかりだった。

モデル＃9は野依さんにそっくりな顔ではなく鏡面体のヒューマノイドロボットの姿をして、炬燵に入っている野依十九さんの後ろに立っていた。両目はアーモンドの形の人工眼でアイコンタクトができるようにヒトと同じように白目と黒目がはっきりしている。視線がわかるように設計されているのだ。

「そちらはどなたです？」

仮称三浦くんが、縁側に中腰で立っているウラベを目で指して林蔵に訊いた。

「わたくしは」とウラベは懐に手を入れ、するりと抜いて名刺を出して、膝を座敷につき、差し出した。それを忠則が受け取って、ウラベって、占部《うらべ》って書くのか、占い師みたいだね、と言って林蔵に渡す。林蔵はちらりとそれに目をやっただけで向かいの仮称三浦くんに渡して、自分が訊きたかったことを、訊いた。なんとまあ、長い回り道をしてきたことだろうと思いつつ。

「管理士さん、あなたの名前はなんでしたっけ？」

すると仮称三浦くんは、なんのこだわりもなさげにさらりと答えた。

「ミルサ・パンサチャイです」

「……そうだっけか？」と林蔵。あまりピンとこない。「なんだか覚えがない名前だけど、そうだったんだ」

「信大の留学生でしたが、いつのまにか松本に住み着いちゃいました」

そんな身の上話は聞いたことがなかった。もともと身の上話をした記憶はないので、ほんとうにそうだったかどうか、わからない。

「トースターのミウラに意識を乗っ取られたというか、ミウラの意識にきみの身体が乗っ取られたと言うほうが正確だろうが、それは覚えてるかな？」

「もちろんです」とパンサチャイと名乗った知能家電管理士さんはうなずいて、続けた。「たぶん職業病のようなものですね。知能家電のコンフリクトを解消する仕事をしていると、たまにあるんですよ。ですがミウラのは大変重症で、燭台に救われましたが……ですが、あのあと、どうも自分の記憶が曖昧なままなんですよ」

「健忘症かな」と忠則。「人医には行ったのかい」

「人医、ですか？」

「ふつうの医者のこと」と林蔵。「獣医ではなく」

「ああ、行ってません。別に困ってませんし」

「わたしが行きたい気分だ」と忠則。「パンサチャイさんという名前だったとは、ぜんぜん記憶にないな。まあ、パンサのお父さん、で不便なかったし、そういうことか」

「燭台はどこ」と林蔵。「火の点いたやつがあるはずなんだが、知らないかな」

「ああ、それなら」と言ったのは野依さんだった。「後ろに。停電だから、ちょうどいいと蠟燭に火を点けたんですよ。真っ暗になったからね」

「真っ暗？　夜がなくなったのに？」と忠則。「夜でも明るかったろうに」

「ああ、それは」と自称パンサチャイくんが言った。「ぼくが燭台を使って、ナンバくんの人工視覚とヒトの感覚のコンフリクトを解消したので、ふつうに戻りました。野依さんは幽霊でも夜目は利かないらしい」

縁側のガラス戸の外を見やると、暗い。でも雪が積もっているらしく白い。白いが、さきほどまでの色のない白さとはちがう。正常な夜の庭だ。

「ナンバくん、もう消してもよかろう」

野依さんがそう言うと、鏡のような身体のロボットがその背後を向いて、それから向き直った。青銅の燭台を手にしている。百目蠟燭が灯っていた。

「ちょっとまて」と林蔵。「その蠟燭は、もしや、角の生えた兎が持ってきたんじゃないのかな」

「はい、そうですよ」とパンサチャイくんが言う。「ジャカロップです」

「そうだろうと思った」と林蔵。「それで、その火を点けたのはだれ。正常な夜を取り戻すためパンサチャイくんが点けたのか」

「いえ、それはべつの燭台です」とパンサチャイくん。

「わたしですよ」

と、モデル#9が言った。そして、予想もしないことを言い出した。

「パンサチャイさんは人ではありません。わたしにはそれがわかります」

「それはまた、すごい話だな」と忠則が心底感心したという声と表情で言った。「人じゃないとしたら、なに。アンドロイドか」

「それが、わかりませんでした」

モデル#9は立ったまま言う。のっぺりした顔で表情がないため、感情が読めない。ロボットだから感情はないのかなと林蔵は思うが、野依さんに似ていたときのナンバくんを思い出すと、そうではないだろうと思う。なにせポストシンギュラリティの人工知能を搭載しているのだ。いまナンバくんは、けっこう悩んでいる感じを見せようとしているにちがいない。

「ですので」とナンバくんは続けた。「直接訊いたんですよ、管理士さんに。そしたら、自分にもよくわからないから燭台を使うといいと教えてくれたのです。燭台は林蔵さんの家、つまり、ここにあるからと。そこで、みんなでここにうかがった次第です」

「だれもいない空き家に、どうやって入ったんだ」と忠則。「大家さんに開けてもらったのか？」

「林蔵さんが入れてくれたんじゃないですか」とパンサチャイくん。「まあ、上がれって。でも、どこに行ってたんです？　コンビニでおでんでも買ってきてくれるのかと楽しみにしてたんですが――」

「ハンモクだな」と忠則。

「そんなことより」と林蔵は訊く。「ナンバくん、わかったのか？　管理士さんの正体はいったいなんなんだ。トースターのミウラじゃないのか」

「ちがいます。家電ではありません」

「じゃあ、もしかして、パンサチャイさんはこの世にはいない、野依さんのような幽霊とか？」

「幽霊でもヒトでもありません。ですが存在はしています」

「わかった」と忠則。「狸《たぬき》が化けているんだ。ぶんぶく茶釜だよ。実体は狸だ」

忠則はいいかげん自棄《やけ》になっているようだと林蔵は思うが、黙ってモデル＃９の応答を待つ。長くは待たなかった。

「ちがいます」とモデル＃９はパンサチャイさんを見下ろしながら、言った。「そこにいるヒトの形をしたものは、猫に作られた機械です。パンサに作られた、猫用の召使いロボットですよ」

人間たちは、野依さんも含めて、無言。

林蔵には予想もつかない、理解できかねる、突拍子もない答えだった。なにをどう質問してよいやら、それも思いつかない。

炬燵の上のパンサがうんと伸びをして、それからひょいと畳の上に飛び降り、そして、自称パンサチャイくんに向かって「にゃあ」と鳴いた。

「ご飯か、そうか、そうか」とパンサチャイくんは言って、炬燵から出る。「パンサに餌をやってきます」

「ちょっとまって」と忠則。「自覚はあるのかい、パンサのお父さん？」

「ぼくは猫の父親じゃないですよ。ずっと気になっていたんですよね、そういう言われ方。それは兎も角、ぼくは自分が機械だなんていう感じになったことはないですし、ナンバくんはだれか、人の意識とあらたなコンフリクトを起こしているにちがいないです。——パンサ、おいで」

知能家電管理士さんはそう言うと縁側に出て、姿を消す。パンサがあとを追って部屋を出て行った。

トースターの意識が管理士さんの身体を出現させたというのが〈あり〉なら、猫〈の意識〉が自分の役に立つように召使い用のヒトを作るというのは、ぜんぜんふつうだろう、そう林蔵は思ってみた。〈ぜんぜん〉という語は昔は否定に使うのが〈ふつう〉だったよなと意識しつつ。

「パンサが作った猫用召使いとはな」と忠則。「トースターのほうがまだわかるような気がするが、林蔵くんはどう思う」

「ナンバくんが見た真実が正しいと思う」と林蔵は炬燵を出ながら言う。「ぼくらのふつうの世界には、そうした人間がたくさんいるんだ。自分ではなにも疑問に思わず一人のヒトとして生きているけど、リアルに区別すると、幽霊だったりロボットだったり猫用召使いだったり、野依さんが創った非在のキャラだったり、その他、考えられるかぎりのバリエーションでもって、世界に満ちているんだ」

「みんな自分は自分だと思いつつ、か」

「生まれ育った記憶さえあれば、それで十分だろう。なにも問題は生じない」

「フムン」

林蔵はモデル#9が手にしている燭台を火が点いているまま受け取った。ナンバくんは快くそれを手放してくれた。

それを手にして林蔵は縁側に出る。忠則がついてきた。

16

おお、春の日差しだ、と忠則が言う。

離れの貸家側、その縁側に猫用の座布団が敷いてあって、パンサはそこでひなたぼっこをしている。舌舐めずりをしているので好物のカリカリを食べてきたのだろう。飼い主の管理士さんが与えたのだ。

だがその管理士さんの姿がない。

林蔵は火のついている燭台を手にして、縁側から座敷に入る。持ってきた燭台の一台が立っているだけで管理士さんの姿はない。忠則もそれを見て、彼は非在のキャラだったのかな、と言った。

「パンサチャイという名前も適当に思いついただけだと思うな。名前はないんだ」

「いや、だから」と林蔵は言う。「非在キャラだろうがなんだろうが、実際にいなくては困るんだ。ぼくらの現実とはそういうものだ。名前も、適当だろうがなんだろうが彼がそれが本名だと言えば、本名はそれだよ。戸籍にもパスポートにもその名が書かれているはずだ。パンサにとってはそうでないと困るんだ。彼に稼いでもらわないと餌も家も定期検診の権利も得られないからね」

「すみません、お話し中、失礼します、お手数でも立たせてもらえるとありがたいのですが」

そういう声は、占部だった。立つことができず這うようにして縁側をやってきたのだ。

「わたしを見捨てていくなんてひどいです」と占部。「ここは地獄なんですね、よくわかりました。あの美ヶ原温泉の角道で降りるべきでした。はい、自己責任です、お二人の忠告を無視してしまったわたしが悪い」

「わかって、なによりだ」と忠則。「納得したか」

「それは、もう」と占部。「仮想現実でも夢でも幻覚でもなさそうで、おそろしくリアルだ。地獄って、こういうところだったんですね。罰が当たったんだ」

「やはり野依さんを計画的に殺害したんだな」と林蔵。

「国家権力というのは国民をなんだと思っているんだ」と忠則。

「資源だ」と林蔵。「国家にとって国民は人的資源だよ。物的資産や資源と同じ扱いだ」

「それは戦時体制研究文書の一節です」と占部は言った。「よくご存じで」

「野依さんをやったのは、戦争だから仕方がなかったと強弁するつもりか」と忠則は言って、占部が立とうとして立てないでいるそれには手を貸さない。「ずっとそうして腰を抜かしているがいい」

林蔵が代わりに手を貸して、占部を座敷に引き入れてやる。占部は畳の上に正座をして、生気を取り戻した表情になった。

「わたしの立場はそんなに偉くないのです。だからといって責任はないとは言いませんが。でも野依十九もあれで、けっこうな悪人なんですよ。幽霊だかなんだか知りませんが、生前の悪行なんかすっかり忘れた顔をして。やつに騙されてはいけません」

「だから殺してもいいという理屈にはならん」と忠則。「まったく信じられん。こんな占部のような人間を食わせるために税金を払っているなんて、思いたくない。おい、わたしが納めた金を返せ」

「還付請求なら税務署に言ってください、お願いします」

「こいつ、いい根性をしているな」

「忠則、世俗の怒りはあとにしろ。パンサがのんびりできないじゃないか」

「世俗って――」

「わたしは、いえ、わたしたちといいますか」と占部は林蔵を見上げて言う。「元に戻れるんでしょうか、ご教祖さま」

「ご教祖さま、だと」と忠則。「この変わり身の早さ、いやらしいぞ」

忠則の怒りは無視して占部は続けている。

「――わたしは生き返れるんでしょうか、生き返ったら蛙になっていたとかいうのは、なしで、このまま人間でいたいんですが」

「さあて、それはどうかな」

林蔵はそう言って、まだ持っていた火のついた燭台を置く。

「兎に角、管理士さんを捜そう。元の世界を取り戻すには彼の存在が不可欠だ。このままではパンサが困る」

「そうだな」と忠則もうなずいた。「われわれの世界を取り戻せるかどうかは、パンサにかかってるわけだ」

「わたしも手伝います」と占部も腰を上げる。「なんでもやりますので、見捨てないでください」

「それにしても」と占部を無視して忠則が縁側に出て言う。「いまだに、彼がパンサの召使いとしてこの世に出現した人間だなんてことは信じられないよ。猫がヒトを作るなんて、思いつくことすら難しい、とんでもない説だ」

「最初の燭台を使ったときに現れたハンモクが、パンサにそっくりな猫だったんだ」と林蔵は思い出した。「パンサがそいつを追いかけていった。きっとパンサも、自分の召使いがトースターの意識とコンフリクトを起こしてしまって困ったにちがいない。そうか、あの一本目の燭台を使った、その主体は、猫のパンサだったんだ。これは驚いたな。パンサもリアルな世界を見たにちがいない。なあ、パンサ」

林蔵は腰をかがめてパンサをなでる。ごろごろと喉を鳴らすので気持ちがいいのだろう。林蔵に同意を告げているようでもある。

「リアルな世界って、信じがたい真実の集まりってわけだな」と忠則。「だが、それにしては、あまり超常世界という感じじゃないよな。パンサは猫のままだし。角は生えてないし。しゃべらないし」

「パンサがしゃべったら、それは猫じゃないよ」と林蔵。「リアルな世界でも猫は猫、そうに決まってる。ぜんぜん変じゃない」

「じゅうぶん、変なところです」と占部。「リアルな世界ってなんですか」

「兎角のいるところだ」と林蔵。「たぶんあれは、本当の姿はあんなんじゃないと思う。人間の感覚では真の世界の全体を捉えることはできない。に、しても、条件付きでその一部を体験することはできる。いまがまさに、そうなんだろう」

「これが燭台の見せているリアルというわけだな」

「そういうことだろう」

「ほら」と忠則が縁側の続き、林蔵の部屋のほうを指して、言った。「あそこにいるよ」

林蔵はパンサから目をそらし、そちらを見やった。

ああ、これがリアルな世界というやつかと、林蔵もそれを見た。

自分の居室のある縁側で、どてらを着ている中年男と、もう一人、青年が、座布団に腰を下ろし向かい合って話している。男はどてらの袖から蜜柑を出しては食べているが、剝《む》いた皮は周囲にはない。あれは幻想の蜜柑だなと林蔵は思う。果てしなく出現し続ける蜜柑が幻想なら、それを食べている男も現実の人ではないだろう。

「知能家電管理士さんと」と忠則が言った。「林蔵くんのハンモクだ」

あれはハンモクだ、もちろん、そうだろう。

「野依さんとモデル#9はいないな」

「除霊されたんですね」と占部。「すばらしい」

「それより、問題は林蔵くんのハンモクだ」

林蔵はうなずく。うなずくつもりだったが、首は横に振っていた。

「そう、ハンモクだ。でも、ちがう」

「消えるはずなのにな。オリジナルが現れたんだから」

「いや。あれは、ぼくだ」

「では、そう言っている林蔵くんは、だれなんだ」

「だれでもない」

林蔵は悟っている。もとより自分は存在しない者としてこの世に暮らしていたのだ。でなければ、向こうの自分こそオリジナルで、いま、この自分がハンモクだ。しかし、そのような区別は無意味だろう。

これが、自分の燭台が見せているリアルな世界の真相にちがいない。

「だれでもない、か」忠則は落ち着いた声で、言った。「わたしは伊能忠則という人物ではないかもしれない、だれであってもいい、自分は自分だ、確実なのはそれだけだ、そう林蔵くんは言ったけど、でもわたしは伊能忠則以外のだれでもないというのが常識だし、それを疑ったこともないのだが」

「ぼくは、きみのその常識を保証している者、だよ」

「どういうこと」

林蔵はもう一度パンサの頭をなでて、座敷に入る。それから、二台の青銅製の燭台を両手に持ち、火のついているほうの蠟燭に顔を寄せて吹き消した。その様子を見て、忠則は縁側の先を見やった。

「まだいるけど」

「帰るぞ、忠則」

「どこに」

「三厓教の本拠地だ。ジャカロップが待っている。送ってくれないかな」

「もちろん送っていくけど、なにがどうなっているのか教えてくれないか」

「わたしも、わたしも、つれていってください」

「いいよ」と林蔵。「行こう」

「母屋のご両親に挨拶していけば？　正月の餅ももらったことだし」

「いや、いいんだ」と林蔵。「ぼくには親はいない。疑うなら母屋に行ってみるといい。リアルな世界では、そこは無人だ。でも、元の世界に戻ったら、忠則、ぼくの代わりに礼を言っておいてくれ。そこにはいるから」

「わからないな」

「ぼくは出家した、そういうことになってる」

「まったく意味不明だ」

「ぼくはどこにもいないし、だれでもないんだよ」

「ちょっと待っててくれ」と忠則は言った。「きみの言うとおりかどうか、母屋に行ってみる。ついでに、あちらの林蔵くんとパンサチャイくんとも話してくるよ」

「わかった」と林蔵。「ぼくはクルマで待ってるよ。燭台を手放したくないので。これ、持って歩くには重いから」

「了解だ。じゃあ、キーを使ってくれ。これだ」

忠則はディフェンダーのキーを占部に手渡し、座敷から出ていった。

林蔵は燭台を持って玄関にいき、長靴を履いて表に出た。外は夜だった。正常な夜。寒い。

林蔵はもう慣れていて昼がいきなり夜になっていてもそれについて言及したりはしなかったが、もはや占部も静かなものだった。驚いても無駄だと悟ったのだろう。占部がキーを使ってドアロックを解除した。後席ドアを開けてくれと林蔵が言うと、忠実な執事のような物腰で従った。

林蔵は二台の燭台を持ったまま後席についた。占部には助手席を勧める。

忠則はすぐに戻ってきた。

「どうだった」

と林蔵が訊くと、忠則はディフェンダーのエンジンをかけ、ヘッドライトを点けて、発進させる。それから、言った。

「きみの言うとおりだったよ。母屋は無人だった。縁側に出たら、向こうから家電管理士さんが歩いてきて、びっくりしていた。林蔵くんのハンモクと話していただろう、ハンモクは蜜柑を食べ続けていたよねって言ったら、それはトースターが死んだ日のことだろう、林蔵さんと話をしていたのはトースターのミウラです、という話だった」

そうだ、そうだったなと林蔵も思い出している。忠則曰く、裁きの日だ。ミウラは死んだのではなく、意識に目覚めたのだ。

「それで管理士さんは、帰ったのかい」

「いや、またあの離れを借りることにした、大家さんと話を付けてきた、と言った。彼にとっては、林蔵くんのご両親は存在しているのだな」

「里山辺のあの一軒家は引き払ったんだな」

「ちがうよ、爆撃されて吹き飛んだそうだ。危うく捲《ま》き込まれるところだったんだと。パンサをリュックに入れて一足先に逃げ出したそうだ」

「きみが売りつけた猫用リュックね」

「そうそう、よく知っているな」

「彼が話してくれたんだ」

「そうか。市価より安く斡旋してあげたから喜んでいただろう」

「それは、どうだったかな――」

「しかし、民家を吹き飛ばすとはな。あれは現実だったんだな。陸軍も思い切ったことをしたものだ」

「わたしの手柄です」と占部が嬉しそうな声で言った。

「いったいどんな害獣を退治したことにするつもりだ」と忠則。

「いかようにもしてみせます」と占部。「しかし、野依の死亡の件が再捜査されて事実が公になるようなことがあれば、わたしは詰め腹を切らされるでしょう。わたしも使い捨てにされる身の上です」

「それでも生き返りたいか」と忠則。

「もちろんです」きっぱりと、占部。

「事務次官とか政治家とか清貧を旨として自ら実行している経団連会長になって」と林蔵。「まともな世にしてほしいね」

「お任せください」

「信じられん」と忠則。「人はそう簡単には変われないよ。とりわけ清貧は絶対に無理」

「努力しますので、なにとぞ、お助けください」

「それはあなた次第だ」と林蔵。

「精進いたしますんで、なにとぞ――」

「さて林蔵くん」と運転しながら忠則が言う。「林蔵くんの言う〈だれでもない〉は、だれであってもいい、ということなのかな」

「きみは忠則だ」

「そうだよ。それ以外のだれかだという感じはしない。ここがリアルな世界であってもだ」

「さっき言ったように、きみのその常識感覚を保証しているのが、ぼくなんだ」

「フォマルハウトの三つの燭台ではなく？」

「燭台は真の世界を見せるだけだ。ぼくらはリアルな世界をよく見たんだ。垣間見ただけだけど。でもぼくには見えた。忠則、きみが生きている世界については、ぼくが語り手なんだよ。それがわかった」

忠則は応えない。どう応答すればいいのか、わからないのだ。占部は、さすが教祖さまはすごい、神のごときお力を持っておられるのですね、などと言っている。案外、占部はいいところを突いているなと林蔵は思う。

その占部も暗い山道を登り始めるころには不安になったらしく無口になる。

つづら折りの山道の先に道祖神のある脇道がヘッドライトに照らされて、忠則は迷うことなくそちらにディフェンダーを乗り入れる。

境内に入り、お堂の脇に停車する。その前には軽トラがそのまま置かれていた。林蔵は二台の燭台を手にしてディフェンダーを降りる。お堂は真っ暗だ。木木もお堂に覆い被さり黒黒と風に揺れているが、真上は天が開けていた。星明かりで、夜空には雲一つないのがわかる。

「まともな夜はいいなあ」と忠則も出てきて空を仰いだ。「でも、寒いのはいやだな」

「ここが教祖さまのお住まいですか」

「忠則、占部さんを連れて帰っていい。きみには世話になった。ほんとうに感謝している。ありがとう。元気でな。娘さんたちによろしく言っといてくれ」

「なにを水くさいことを。兎角をもう一度この目で見ないことには信じられんし、林蔵くんがあの火を消すところまで付き合うよ」

「わかった」

「おまえさんは」と忠則は占部に言う。「クルマで待ってろ。なんならキーも渡すから、逃げ帰ってもいいぞ」

「いやです。一人になりたくありませんし、クルマ窃盗の罪を着せられるのもごめんです」

「人の親切を罠だと思う、この根性がいやだよな」と忠則。「勝手にしろ」

「ありがとうございます」

庵の窓から明かりが漏れている。照明が点いているのだ。

林蔵が戸口をくぐると、太い蠟燭とその炎が目に入る。百目蠟燭は三分の一ほどに短くなっていた。

「おかえりなさい、林蔵さん」

角の生えた兎も、ちゃんと燭台の脇にいた。しかし、どうやら腹を上にして寝ていたらしい。ごろんと畳の上を転がって、後ろ肢で立ち、両前肢で顔を洗う。

それから、入ってきた三人にぱっちりとした黒い目を向けて、兎角は言った。

「みなさん、よく楽しみました」

占部は目を丸くして、だまって兎角を見たままだ。忠則は靴を脱ぎ、兎角を避けて壁際を歩き、炬燵に向かう。腰をかがめてスイッチを探って、入れる。兎角からは目を離さずに。

「あなたも炬燵にどうぞ」と林蔵は入口を閉めて、勧めた。「占部さん」

「ありがたきしあわせ、ではお言葉に甘えさせて頂きますです」

忠則よりもずっと慎重に兎角から距離を取って、占部は先に炬燵に入っている忠則の隣に腰を下ろす。と、忠則に叱責された。

「客じゃないんだからまったりと炬燵に入ってないで、茶でも淹れろ」と忠則。「その電気ケトルだ。わたしはコーヒーがいい。そこの瓶《びん》ね。カップはそっち」

「わかりました。気がつきませんで、すみません」

勝手知ったる他人の家だなと林蔵は思いつつ、部屋に上がり、燭台を置いた。

三本の青銅製の燭台が並んだ。いまや火が点いているのは一本だけだ。

「林蔵くんも炬燵に入れよ、寒いだろう」

「いや、ぜんぜん」

「それ、消すのか？」

「そのつもりだが」

「消えると、どうなるんだ」

「どっとはらい、だろう」と林蔵。

「呪文ですか」と占部。「さすが教祖さまはちがう」

「昔話の、最後に言う決まり文句だよな、それ」と占部は無視して、忠則。「日本昔話のアニメを娘たちに見せていたのを思い出した」

「アフリカだったかには、物語は終わっても世界は続く、という意味の決まり文句があるとか。結語だよ。物語世界から出るための一種の呪文だろう。きみたちは、たぶん」と林蔵は考えながら言った。「一本の映画を見終えて映画館を出たときのような気分でここを出ていくことになるんじゃないかな」

「林蔵くんがそう言うなら」と忠則はうなずいて、言った。「そうなんだろうな」

「そうですね」と占部。「生き返るんだ」

「林蔵くんは、どうなるんだ？」

「それは、やってみれば、わかる」

「リアルな世界はお仕舞いになるわけだ」

「そう」

「ぜんぜんリアルな感じがしないんだが」と忠則は言う。「いまのほうこそ、物語の世界じゃないか。われわれはこの燭台で、どういう真実を見たんだろう？」

「体験したじゃないか」と林蔵。「知能家電管理士さんのこととか。野依さんとか九上さんとか」

「それはそうだが、よくわからん、というこの気分は解消されないんだが」

「体験を言葉にして概念化しないと納得できないというのは人間の性《さが》だろうが、ようするに、実在論も唯名論も、言ってみればどんな哲学的概念も、真の世界、リアルな世界では意味がなくなる、ということをぼくらは知ったんだ。仮称三浦くん、自称ミルサ・パンサチャイくんの彼、管理士さんの名前は、なんでもいいんだ。どんな名前でも彼は彼で、しかも彼は非在のキャラだ。リアル世界ではヒトではない、猫に作られた機械だ。にもかかわらず現実にはちゃんと人として生きていて、過去も未来も職業もある。彼はパンサのために生きている、それがわかった。ぼくは実に満足だ。この火を灯した甲斐があったよ」

林蔵は息を大きく吸った。蠟燭の火を消すために。

「ちょっとまて」と忠則が止める。「林蔵くんの話が本当なら、林蔵くんはわれわれの世界にはいないわけだから、その火を消したら消えるのだろう」

「おそらく、そうだろうな」

「いいのか」

「ジャカロップに言ったんだ。世界を終わりにしてもいい、形あるものはいずれ壊れるって」

「われわれの元の世界を道連れに、か」

「それはだいじょうぶです」と兎角が言った。「モデル#9は負けましたから、林蔵さんの世界はまた泡になりました」

「泡になったって、あぶくのように消えるのかい」と忠則。

「再起動に成功したということだよ」と林蔵。「では、もういいか？」

「ちょっとまて」と忠則。「まだ覚悟ができない」

「すっかり信じてるじゃないか、忠則」と林蔵は笑った。「燭台の威力はすごいな」

「林蔵くんが消えたら、やはりショックだよ。わたしの林蔵くんに関する記憶もバチッと閃光一発で消えるんだよな？」

「それは映画のパクリだろ」

「友人が、実は生まれたときからこの世には実際には存在してなかっただなんて、どうにも寂しすぎる。そんなのはいやだ」

「だから、出家したと言ったんだ。ここが本山だ。いつでも来てくれ。ぼくはここにいるから」

「魂として、だろ？」

「実体として、というのがよければ、それでもいいよ」

「そっちにしてくれ」

「わかった」

「林蔵くん」

「なに」

吹き消そうと息を吸いかけていたのに、また忠則が止める。

「ほかに言い残すことはないかい」

「やめろよ」と林蔵。「縁起でもない」

「だって、そうだろ、消えるんだから」

「ここに来れば会えると言ったじゃないか」

「それは本物じゃない、ハンモクみたいなものなわけじゃないか」

「ぼくはもともと生きてない。だから本来形はないし、死なないんだ」

「さすが教祖さまはちがう」と占部。

「おまえさんは黙ってろ」と忠則。「調子が狂うんだよ」

その隙に林蔵は百目蠟燭に顔を寄せて、その火を吹き消した。とっさに近づいたので眉を焦がしたかと思うほど熱かった。

周囲が暗くなった。

世界の終わりを楽しみました、と足元から声が聞こえる。ジャカロップだ。

——林蔵さん、わたしと同じになりました。

燭台の眷属か。番人だから、それでいいのだ、なにせ出家したんだしと、林蔵は思った。

結句もしくは短い終章

語り手が消えて闇、来たる。

解説

末國善己（文芸評論家）

一七世紀に、科学的に分析できない心と、物理法則で解明できる体を別のものとして考察すべきとした心身二元論を唱えたデカルトは、新しい人間観を示し、人間の心以外を科学の研究対象としたことから近代哲学の祖とされている。またデカルトは、心を持たない人間以外の動物は一種の自動機械であるとした動物機械論も唱えたが、一八世紀に『人間機械論』を発表したラ・メトリーは、人間の思考も物理的に分析可能とした。『人間機械論』は、生物と機械的な通信、制御、情報処理を統一的に取り扱うサイバネティクスなどにも影響を与えた（サイバネティクスを提唱したウィーナーが一九五〇年に発表した“The Human Use of Human Beings”の鎮目《しずめ》恭夫《やすお》、池原止《し》戈《か》夫《お》による訳は『人間機械論　人間の人間的な利用』だった）。

人間の思考や精神を再現する機械は長くできなかったが、コンピュータが高性能化したことに加え近年の人工知能（AI）の急速な発達により、人間の論理的な思考や推論は代替できるようになってきた。それにより、意識や感情、自由意志といった人間固有の性質とされる要素までAI化できるのか、できるのであれば人間とAIは区別できるのかという新たな哲学的、科学的な問題が出てきている。

神林長平は、生まれると与えられる人工副脳（PAB）に話し掛けながら成長し、成人する頃には本人とPABの思考に差がなくなる未来の火星を舞台にした『帝王の殻』、自動車の自動操縦が普及した社会で、旧式の自動車を走らせようとする老人たちを描いた『魂の駆動体』などで、人間と機械の見分けがつかないほどテクノロジーが発達すると両者は識別できるのか、人間を人間たらしめている根本は何かなどを問い掛けてきた。本書『フォマルハウトの三つの燭台〈倭篇〉』もこれらの系譜に属しているが、AIが搭載された家電が音声で操作でき、裁判員はVR眼鏡を着けて仮想現実空間で裁判に参加するなどのテクノロジーは、その多くが既に現実に存在し、何年後かにスペックが上がれば作中と同じくらいになりそうなものが少なくない。生成AI元年といわれた二〇二三年に、人間の質問に自然な言語でかなり正確に回答したり、完成のイメージや雰囲気を文字で指示すると自動的に画像を作ったりする生成AIに触れ、世界的な巨大テック企業が自社製品にユーザーをサポートするAIを組み込みＡＩエージェント元年と呼ばれる二〇二五年を生きる読者は、本書の世界観が身近であるだけに、作中の問題提起が生々しく感じられるはずだ。

物語は、三つが存在し、そのすべてに火を灯すと世界が終わると伝えられる「フォマルハウトの燭台」の周囲で起こる三つの奇妙な事件を描くことで進む。

「序文もしくは長い副題」では、燭台に失われた古代南アラビア文字に似た文字が刻まれており、そこからシバの女王が作らせた、アラビアのロレンスが三台のうちの二台を発見してイギリスに持ち帰った伝説があるなど、真偽不明の来歴が語られる。燭台の解説を通して、情報を長期保存する方法としてデジタルが優れているのは劣化より早く複製が作られるからだが、それよりも強力なのは人間の想像力と、想像力を駆動している言葉であることが説明される。この想像力と言葉は、燭台をめぐる事件の、さらに本書を読み解くための重要な鍵になる。

第一の事件は、ＡＩ搭載でミウラと名付けられたトースターの自殺である。ミウラの人工人格は死んだが、パンを焼くトースターの機能は使えた。家庭にあるＡＩ家電の悪い干渉状態を予防、解決する知能家電管理士で持ち主の「ぼく」は、ミウラの死の原因が、他のＡＩ家電との軋轢《あつれき》なのか、「ぼく」自身にあるのかを調べ始める。しゃべるＡＩ家電に囲まれている「ぼく」は、迷い込んできた野良猫をパンサと名付け飼っているが、猫語の翻訳装置を否定し、しゃべらない猫との生活を楽しんでいる。ここには直接的な会話にしろ、メッセージアプリを介したテキストにしろ、言葉に頼っているコミュニケーションのあり方を問う視点がある。ミウラのＡＩは沈黙したが、人工知能チップは複製が簡単なので、クラウド上などに蓄積されたデータが残っているかもしれず、それを内蔵チップに戻せばミウラが蘇《よみがえ》るかもしれない。複製可能なＡＩにとって死とは何かを問うテーマは、第二の事件でさらに深められる。

「ぼく」は、ミウラの死を大家の息子で本好き中年引きこもりの太田林林蔵《おおたばやしりんぞう》に相談する。林蔵と幼なじみの獣医師・伊能忠則《いのうただのり》が、本書の探偵兼狂言まわし的な役割を担う。テクノロジーの急速な発達で社会や人の価値観が変わり先が見通せなくなったカオスな状況をナビゲートする役割を与えられた林蔵と忠則は、未開の地を進み間宮海峡を発見した江戸後期の北方探検家・間宮林蔵と、江戸後期に全国を測量して日本の正確な形を明らかにした伊能忠敬を意識したキャラクターのように思えた。

もう一つ、「フォマルハウトの三つの燭台」の眷属《けんぞく》とされる角の生えた兎《うさぎ》も狂言まわし的に登場し、混乱に拍車をかけていく。角の生えた兎は、ありえない物事のたとえで使われる兎角《とかく》（兎角亀毛の四字熟語で使われることもある）、アメリカ西部に棲息《せいそく》するとされる未確認動物にちなんでジャカロップと呼ばれる。現実には存在しないのにあるように見える仏教の「空《くう》」を説く時にも使われる兎角は、林蔵が宗教団体の教祖になる第三の事件では特に重要な役割を果たすことになる。なお林蔵が引用する漱石《そうせき》の作品は、「智に働けば角が立つ。情に棹《さお》させば流される。意地を通せば窮屈《きゅうくつ》だ。兎角に人の世は住みにくい」の冒頭部が有名な『草枕』である。

業務上横領で起訴された九上野依《くがみのえ》が、裁判の途中で殺人を自白するも、被害者の野《の》依十九《よりじつく》は九上が創造して野に放った仮想人物で、その仮想キャラは九上自身であり、それを司法、行政、立法に知らしめるために裁判を受けていると主張するのが、第二の事件である。九上の裁判の裁判員に選ばれた忠則は、野依に部屋を貸していた林蔵に相談。二人はミウラ事件の「ぼく」が退去した後に野依が入った部屋を調べる。

人間の意識をコンピュータ上にアップロードしても、そこに意識は発生しないと考える野依は、意識を移動させる独創的な方法を考えつく。意識を移植する技術は本当に実現されたのか、それとも野依の妄想なのか、妄想だとしたら林蔵が貸している部屋で間違いなく死んでいたのは誰か。これらの議論は、肉体が存在しない仮想空間で開かれている裁判員裁判と共鳴し、意識とは何か、意識によって確定される現実とは何かを問い掛けていくだけに、読者は現実と妄想は区別できるという常識を揺さぶられ、今いる現実はリアルなのか、実は妄想なのかを考えてしまうのではないか。

本書の収録作は、謎が設定され、それを解明する展開になっているが、第二の事件が最もミステリとしての完成度が高く、謎解きを通して示されるビジョンも驚きが大きかった。

第三の事件は、宗教法人を買った親に教祖をやるように命じられた林蔵が、引きこもっていた部屋を出て移った安曇平《あずみだいら》市三郷《みさと》の庵を舞台にしている。林蔵が教祖になる三匡教《さんがいきょう》は、戦前の宗教ブーム（大正〜昭和初期）頃に立教されたとされているので、ひとのみち（現在のパーフェクト リバティー教団）、霊友会、生長の家、立正佼成会、創価学会などと同じ、いわゆる新宗教に分類されるだろう。林蔵の庵に、これまでの事件の関係者が現れ騒動を巻き起こし、三つの燭台に火が灯されるのか、世界が終わるかにも決着がつくことになる。

本書で描かれる事件はどこかユーモラスだが、謎解きの先に置かれた現実はシリアスだ。二〇一六年三月、マイクロソフトは人間と対話するＡＩ、Ｔａｙの運用を開始したが、インターネット上の公開データとスタッフの編集機能で学習したＴａｙが、ヘイト発言を乱発したため十六時間後にサービスを停止する事件が起きた。対話しているのがＡＩとすぐに分かれば問題は少ないが、人間の意識が直接ネットに接続されるようになると、ＳＮＳや動画配信サイトでヘイト発言に触れるより影響力が大きくなる可能性があり、人間と区別できないＡＩが世論を誘導するようになれば、社会を意のままに動かすことにもなりかねない。意識はコンピュータに移植できるのか、移植できたらコンピュータと人間の意識は区別できるのか、移植された意識と意識がネット上で出会うと言語コミュニケーションより強い影響力を与えるのか、肉体が消滅した後も自分の意識を宿した機械が残るなら生と死に差があるのかといった科学的、哲学的な議論を描いた本書は、現代人が直面している現実的な社会問題とも無縁でないことは忘れてはならない。

本書は、人間の想像力がいかに強い力を持っているかから始まる。それは、人間が想像したテクノロジーが次々と現実に作られていることからも分かるが、想像力が切り開いてきた科学技術の発達が、恩寵なのか、災厄なのか判然としないケースもある。本書は人類の未来を明るく照らすために、想像力をどのように使うべきかも示しているのである。

本書のタイトルには〈倭篇〉が入っているが、続編はあるのだろうか。現実のテクノロジーが本書の世界に近付いてきているだけに、著者には続きを書いて欲しい。

初出

「メフィスト」2016 VOL.1

「メフィスト」2016 VOL.2

「メフィスト」2016 VOL.3

※収録にあたり加筆訂正がなされています。

この作品は、
2017年5月、
小社より単行本として
刊行されました。

|著者| 神林長平　1953年、新潟県新潟市生まれ。'79年、短編「狐と踊れ」で作家デビュー。「敵は海賊」、「戦闘妖精・雪風」シリーズなどで数多くの星雲賞を受賞し、'95年、『言壺』で第16回日本SF大賞を受賞した。『魂の駆動体』『永久帰還装置』『いま集合的無意識を、』『ぼくらは都市を愛していた』『だれの息子でもない』『先をゆくもの達』『レームダックの村』など著書多数。SFファンの圧倒的な支持を受けている。

フォマルハウトの三《みつ》つの燭台《しよくだい》〈倭篇《やまとへん》〉

神林長平《かんばやしちようへい》

講談社文庫

定価はカバーに
表示してあります

2025年３月14日第１刷発行

発行者――篠木和久
発行所――株式会社　講談社
東京都文京区音羽2-12-21　〒112-8001
電話　出版（03）5395-3510
　　　販売（03）5395-5817
　　　業務（03）5395-3615

Printed in Japan

KODANSHA

デザイン―菊地信義
本文データ制作―講談社デジタル製作
印刷―――株式会社KPSプロダクツ
製本―――加藤製本株式会社

ISBN978-4-06-538681-1

講談社文庫刊行の辞

二十一世紀の到来を目睫に望みながら、われわれはいま、人類史上かつて例を見ない巨大な転換期をむかえようとしている。

世界も、日本も、激動の予兆に対する期待とおののきを内に蔵して、未知の時代に歩み入ろうとしている。このときにあたり、創業の人野間清治の「ナショナル・エデュケイター」への志を現代に甦らせようと意図して、われわれはここに古今の文芸作品はいうまでもなく、ひろく人文・社会・自然の諸科学から東西の名著を網羅する、新しい綜合文庫の発刊を決意した。

激動の転換期はまた断絶の時代である。われわれは戦後二十五年間の出版文化のありかたへの深い反省をこめて、この断絶の時代にあえて人間的な持続を求めようとする。いたずらに浮薄な商業主義のあだ花を追い求めることなく、長期にわたって良書に生命をあたえようとつとめるところにしか、今後の出版文化の真の繁栄はあり得ないと信じるからである。

同時にわれわれはこの綜合文庫の刊行を通じて、人文・社会・自然の諸科学が、結局人間の学にほかならないことを立証しようと願っている。かつて知識とは、「汝自身を知る」ことにつきていた。現代社会の瑣末な情報の氾濫のなかから、力強い知識の源泉を掘り起し、技術文明のただなかに、生きた人間の姿を復活させること。それこそわれわれの切なる希求である。

われわれは権威に盲従せず、俗流に媚びることなく、渾然一体となって日本の「草の根」をかたちづくる若く新しい世代の人々に、心をこめてこの新しい綜合文庫をおくり届けたい。それは知識の泉であるとともに感受性のふるさとであり、もっとも有機的に組織され、社会に開かれた万人のための大学をめざしている。大方の支援と協力を衷心より切望してやまない。

一九七一年七月

野間省一